共和国核记忆
亲历者说

余剑锋 ◎主编

中国原子能出版社

图书在版编目（CIP）数据

共和国核记忆亲历者说 / 余剑锋主编 . —北京：
中国原子能出版社，2019.12
（核铸强国梦系列丛书）

ISBN 978-7-5221-0366-2

Ⅰ.①共… Ⅱ.①余… Ⅲ.①纪实文学—中国—当代
Ⅳ.①I25

中国版本图书馆 CIP数据核字（2019）第 283853号

共和国核记忆亲历者说

出版发行 中国原子能出版社（北京市海淀区阜成路 43 号 100048）
责任编辑 蒋焱兰
装帧设计 谢定莹
责任校对 宋 巍
责任印制 潘玉玲
印 刷 河北文盛印刷有限公司
经 销 全国新华书店
开 本 787 mm × 1092 mm 1/16
印 张 31.25
字 数 285 千字
版 次 2019 年 12 月第 1 版 2019 年 12 月第 1 次印刷
书 号 ISBN 978-7-5221-0366-2 定 价 88.00 元

网址：http://www.aep.com.cn
E-mail:atomep123@126.com
发行电话：010-68452845

共和国核记忆

亲历者说

前言

今年是中华人民共和国成立 70 周年。我国核工业是伴随着新中国站起来、富起来而创建和发展壮大的。新中国成立后，面对帝国主义咄咄逼人的核讹诈与核威胁，党中央、毛主席毅然决定发展中国自己的核工业。1955 年 1 月我国核工业创建以后，在党中央和中央专委的正确领导下，全国上下大力协同，在极其艰苦的条件下，仅用了短短十余年的时间，就取得了“两弹一艇”的历史成就，建立起了只有极少数国家才拥有的完整核科技工业体系，确立了中国的大国地位，显著提升了我国的国防实力和国际影响力，极大地振奋了民族精神，为新中国站起来提供了强大的后盾。

改革开放以后，随着全党工作重心的转移，我国核工业实施保军转民的调整改革，开始了“二次创业”，核工业的工作重心转移到服务国民经济和社会发展上来。经过不懈努力，实现了核电等产业的良好起步和较快发展，我国自主掌握了 10 万、30 万、60 万直至百万千瓦级核电技术，取得了以自主三代核电“华龙一号”为代表的一批重大创新成果，我国核电实现了型谱化、批量化、规模化发展，天然铀生产、核燃料研制、核技术应用等领域均取得了重大突破，为国民经济和社会发展作出了重要贡献。

党的十八大以来，随着中国特色社会主义进入新时代，我国核工业迎来了重要发展战略机遇期。习近平总书记对我国核工业创建六十周年作出重要批示指出：“核工业是高科技战略产业，是国家安全重要基石。要坚持安全发展、创新发展，坚持和平利用核能，全面提升核工业的核心竞争力，续写我国核工业新的辉煌篇章。”这为新时代核工业的发展提供了根本遵循，指明了前进方向。核工业在保障国家安全、推动能源革命和经济社会发展、共建“一带一路”等方面发挥着越来越重要的作用。

回顾历史，保障国家安全，服务经济社会发展，是核工业的根本政治任务，是几代核工业人始终如一的初心所在。展望未来，我国核工业要加快实现从跟跑、并跑向领跑的历史性跨越，我国要加快由核工业大国向核工业强国转变。2018 年 1 月，党中央、国务院作出了中核集团和中核建设集团合并重组的重大决策。一年多来，“两核”重组得到了高效率、高质量落实，实现了“1＋1＞2”的效果。新时代，新中核集团确立了“以建设先进的核科技工业体系和打造具有全球竞争力的世界一流集团，推动我国建成世界核工业强国”的奋斗目标，通过 2020 年、2035 年、本世纪中叶“三步走”，推动把我国早日建设成为核工业强国。

在新中国七十华诞之际，于敏院士荣获“共和国勋章”，“两弹一星”先进群体荣获“最美奋斗者”集体、中核集团“华龙一号”总设计师邢继荣获新中国成立 70 周年“最美奋斗者”表彰。一代代核工业人是共和国的见证者、创业者，是“两弹一星”精神和核工业精神的传承者、践行者。如今，参与第一次创业的核工业人都年事已高，有的已离我们而去。留下老一辈创业者的口述资料，既有史料研究价值，也是一项抢救性工作。《共和国核记忆亲历者说》选取了近 60 位当年的亲历者讲述核工业在最困难的条件下诞生，在最艰苦的环境中磨砺成长，为了核工业最初的萌芽和后续的壮大，他们所经历的极其曲折的创业历程的故事。全书分“‘两弹一艇’出成果”“科研与苦战攻关”“建筑安装，建成众多的中国第一”三个篇章，传颂“两弹一星”精神和核工业精神。

谨以此书作为一份特殊礼物，

献给中华人民共和国成立 70 周年！

献给所有为中国核事业奋斗奉献的核工业人！

编委会

2019 年 10 月

目录

1 || 第一篇章 “两弹一艇”出成果

1. 1958年青藏牧民大搬迁 / 2
2. 亲历中国最大当量氢弹的研制 / 11
3. 我在“草原”参加“两弹”会战 / 18
4. 任务比生命更加重要 / 27
5. 保质保量完成二二一厂交通运输后勤保障工作 / 33
6. 我们一炮炮打出了“争气弹” / 42
7. 给第一颗原子弹插雷管 / 53
8. 两弹总装车间的故事 / 61
9. 中子源部件的研制攻关 / 70
10. 那些不该被遗忘的“两弹”往事 / 80
11. 点火中子源研制及核爆化学测试 / 89
12. 我国两弹研制中核测试的经历 / 96

13. 我国第一颗原子弹的核爆轰试验 / 106
14. 研制中国第一颗原子弹炸药部件 / 114
15. 我国第一颗氢弹的轻材料成型与制作 / 124
16. 二二一厂的核设施退役治理 / 132
17. 金银滩核武器研制基地的艰难岁月 / 143
18. 二二一厂的撤销及职工安置 / 153
19. 二二一撤厂是系统工程 / 165
20. “九院”往事 / 177
21. 我国第一座潜艇核动力装置第一批操纵员的成长 / 189
22. 我国第一座潜艇核动力装置技术方案的诞生 / 196
23. 潜艇核动力的诞生 / 201
24. 我国第一代核潜艇陆上模式堆堆芯的安装 / 208
25. 我国第一代核动力装置热工水力的研究 / 215

26. 我国第一座压水型反应堆工程的
建设 / 221

231 || 第二篇章 科研与苦战攻关

27. 参与核爆试验 / 232
28. 以“一堆一器”为基础为氢弹研制作
贡献 / 243
29. 简法生产核纯二氧化铀和四氟化铀 / 254
30. 研制中国第一批镭及天然
同位素 / 263
31. 制备中国首批吨量级高纯致密
金属钍 / 271
32. 简法生产吨量级二氧化铀、四氟化铀 / 280
33. 功勋铀矿七一一 / 289
34. 因地制宜建设七一二矿 / 297
35. 与七一二共成长 / 304
36. 创业艰难百战多 / 311
37. 任劳任怨艰难创业 / 321
38. 在七一三矿为核工业流汗 / 330

39. 保密到家的爱情故事 / 339
40. 我们曾经为强国强军奋斗过 / 345
41. 汇五湖四海之力 铸铀浓缩摇篮之梦 / 351
42. 亲手提取共和国的第一瓶高浓铀 / 359
43. 学透钻深浓缩扩散机级联工艺 / 366
44. 吃的是山药蛋 造的是原子弹 / 372
45. 从“一厘钱”精神到“希望工程” / 377
46. 艰苦创业铸造“仓库精神” / 384

391 || **第三篇章 建筑安装，建成众多的中国第一**

47. 甘当核工业发展的一颗“螺丝钉” / 392
48. 我国第一艘核潜艇陆上模式堆焊接攻关 / 402
49. 在大草原上搞基建 / 410
50. 奔赴草原建设二二一基地 / 419
51. 金银滩与大三线的建设历程 / 427
52. 在西北戈壁滩建设我国第一个原子能联合企业 / 434

53. 参与建设中国的第一个核武基地 / 446
54. 赴大三线建设二套核武基地 / 455
55. 三线工程建设的峥嵘岁月 / 460
56. 我国第一批核工业厂矿基地五〇四厂的建设过程 / 468
57. 迁徙只为核燃料老厂 / 477
后 记 / 484

第一篇章 『两弹一艇』出成果

本篇章由『两弹』和『一艇』两部分组成。『两弹』部分由核工业二三一局以核武器研制、试验和生产为线索，分别在原二二一厂理论部、试验部、设计部、第一生产部、第二生产部和机关职能部的老领导、老专家、离退休职工中，选取了20位亲历者，讲述『两弹』研制突破及二二一撤厂销号、完成历史使命的历史往昔。『一艇』部分通过6位参加第一代核潜艇陆上模式堆研制任务的老同志，讲述建造中国第一代核潜艇陆上模式堆的峥嵘故事。

1. 1958年青藏牧民大搬迁

昂　巴 口述　　**窦建德** 翻译　　**杨新英** 整理

昂巴，男，藏族，1938年4月2日出生于青海海北藏族自治州海晏县西海镇夏科村。1958年3月参加工作。1972年5月加入中国共产党。先后担任221青海矿区牧场副科长、牧场大队长、牧场副厂长等职务，曾当选矿区人大代表。1990年10月退休。

我的家乡——青海海北藏族自治州海晏县的金银滩草原是一片地势开阔、水草肥美的天然牧场。这里，因为“天苍苍、野茫茫，风吹草低见牛羊”的草原美景而风光无限，因南北两岸盛开黄色白色的花而让人心驰神醉。这里，也因为西部歌王王洛宾那脍炙人口、风靡海内外的情歌《在那遥远的地方》而名扬天下。这里，还因为60多年前成为我国第一个核武器研制基地，孕育了新中国第一颗原子弹、氢弹而神秘莫测。

记得在1958年秋天的时候，我们居住的金银滩草原上突然传来一个令人意想不到的消息，因为国家建设的需要，世居金银滩草原的牧民需要搬迁。当年专家们到金银滩来考察的时间，正是牧民们放羊的时候，草原上人很少，到处都是牛羊，非常漂亮。金银滩有什么好处呢？就是很隐蔽，地处青海湖北侧，四面环山，也比较适合移民。当时，建设国家核武器研制基地的事情保密工作做得非常好，我们谁都不知道。我们只记得 1955 年至 1956 年有一些苏联专家在这里取石化验。后来，国家就把核武器研制基地选在了金银滩。选定这里之后，当地的 1 700 多户、9 000 多名农牧民二话没说，收拾了行装，匆匆离开了这片祖祖辈辈繁衍生息的草原……青海金银滩草原人为我国核工业事业做出了不可磨灭的贡献！

1958 年 9 月底，海晏县委根据青海省指示，决定把北山区全部及达如玉区、海东区部分群众迁到托勒牧场及附近的刚察、湟源等县安置。10 月初，海晏县召开紧急会议，对搬迁的具体问题进行了研究。因搬迁的群众大部分去托勒牧场，会议决定成立托勒搬迁指挥部，由托勒牧场场长孔海荣任总指挥，随调干部 30 人。会上还指定了搬迁至刚察、湟源的负责人。同时，海晏县要求，用三到五天时间，动员组织群众，说明意图以及搬迁时间、地点和要求。

夏茸尕布

牧民们离开了祖祖辈辈繁衍生息的草原

谁愿意背井离乡，谁舍得别离熟悉的草原、帐房和自己的一个个亲朋好友？更何况，分布于祁连、刚察等地的迁居之地，生活条件远不能和金银滩草原相提并论。要知道，在整个环湖地区，金银滩草原是水草最肥美的牧场……就在人们议论纷纷的时候，海北藏族自治州的第一任州长夏茸尕布[①]出现在牧民中间。这位出生于海晏的州长，在草原有着极大的影响

① 夏茸尕布（1929—1992），藏族，青海海晏人，德庆寺第八世夏茸尕布罗藏龙柔旦巴加措活佛。1953 年后，历任海北藏族自治州州长，青海省民委副主任，青海第三、四届政协副主席和第五至七届人大常委会副主任，中国佛教协会副会长。是第一、二、三、五、六、七届全国人大代表。

力。作为活佛，他所管辖的部落和寺院，分布于青海尖扎、化隆、贵德、贵南、同德、刚察、海晏等地，在西藏、内蒙古和甘肃同样有许多信仰他的群众。为了搬迁工作顺利推进，夏茸尕布从这户牧民家走进那顶帐房，从这面山坳爬到那面山坡，风餐露宿，披星戴月。夏茸尕布的解释和劝说，极大地推动了搬迁工作的进行。奇迹就这样发生了：在三天之内，金银滩草原的 1 279 户牧民，6 000 余人，赶着 15 万多头牲畜，没有提出任何条件，仅用了 10 天时间就离开了祖祖辈辈繁衍生息的土地。

就这样，为了共和国的核事业，金银滩草原人离开了生活 200 多年难以割舍的故土，让出最为丰美的牧场。夏茸尕布，以自己特殊的身份和地位，同数千名藏族群众一起，为共和国做出了不可磨灭的贡献。

在我们的印象中，最难忘的是夏茸尕布州长的率先垂范，以身作则。在金银滩草原，第一户拆卸帐篷、响应政府号召的，就是夏茸尕布母亲一家。在草原深处渐起的寒风中，夏茸尕布的母亲、妹妹等亲人打点行装，走向搬迁地点。

夏茸尕布州长的原则性很强。牧民们曾多次询问他搬迁的原因，可他总是避而不谈。出于保密，动员牧民大搬迁，不能直接说出原因，因此这项工作的难度可想而知。

记得搬迁前的一两天里，县上通知公社和村里的一些干部到县里开会，县委书记、县长讲话，说明天你们搬到祁连托勒去，今天凡是来的同志都要听从组织分配，谁说不去不行，一定要去。会后，开始转接工资关系，并明确了带队搬迁领导。对牧民群众保密相当严格，当时的情况是早晨通知，下午就搬走，当天就要把牲畜交清楚。移民出发的时候正是十月寒冬开始的时候，牧民只知道要去托勒牧场，并不知道海晏到托勒牧场到底有多远。干部就及时向群众进行宣传。实际上托勒到海晏有 1 000 多里路，那里只有几十户人家，经营着 2 万～3 万牲畜，是一片荒无人烟的大滩。海拔都在 4 000 米以上，交通很不便利。搬迁群众及牲畜组成了五个大队，第一大队由原北山区的群众组成，作为先遣队在前开路。其余四个大队由原达如玉区、海东区的部分群众以县公私合营牧场为基础组成。第一大队于 1958 年 10 月上旬从海晏县出发。时值冬季，1 000

多里的搬迁路，90%以上都是茫茫雪原，天和地分不清，寒风夹杂着冰雪，气温下降到了零下 20 多度。一进入默勒地区，大雪覆盖草原，一面要叫牲畜吃饱，一面还要走路，每日行程不过十几里地。记得一次，搬迁的牲畜走到一块雪地时，不知道前面是一个冰冻的大水坑，600 多只羊踩着雪走上去，随着"哗啦"一声，全沉下去淹死了。在那种冰天雪地的条件下，人们晚上睡觉盖在身上的被子，早晨黏在雪地上揭不起来。在那个雪天里，每个劳动力一天既要照顾家里的病人、老人、孩子，还要搬家、放牲口，承受着很大的劳动强度。一天吃不上一口热饭，喝不上一口热茶，牲畜跑了还要找回来。

搬迁途中

当时的气温在零下 20 多摄氏度，有些妇女在迁徙途中生下了孩子，她们就抱着襁褓中的婴儿继续前行。新的安置点最近的要 500 多公里，远的1 000多公里，有的还要翻越海拔4 100多米的高山。由于劳累和疾病，途中许多牲畜死亡，许多牧民同胞都病倒在迁徙的路上。就是这样的情况，成千移民群众没有一人讲怪话发牢骚。搬迁的路上，牲畜损亡率达30%。到达新牧场时，很多人几乎已经一无所有……

虽然迁出工作在三天之内得以完成，但是，并不意味着这项工作已经结束。某些搬迁地属农耕地区，有些搬迁地没有医院、学校，生活不便。于是，不时有牧民提出回迁金银滩的要求。为此，夏茸尕布州长组成专门的工作组一户一户地走进牧民帐房，耐心细致地做说服工作。他告诉牧民们："只有新中国好了，我们的生活才能更好。"他一次一次实地考察，为牧民解决具体的生活难题。搬迁到祁连县的一些牧民生活不便，他通过多次走访，成立了可可勒乡政府，建立了卫生所、学校、供销社、粮店等服务网点，有力地改善了当地牧民的生活条件，安定了人心，为顺利建设西北核武器研制基地提供了保障。

慢慢地，远迁他乡的牧民，在当地政府和群众的帮助下，开始了新的生活。青海矿区后来招工建牧场，部分搬迁的牧民又回到了金银滩，成为矿区的牧工。

对 1958 年的牧民搬迁，我是亲历者之一。当时，我只有 20 岁，接到搬迁的通知后，金银滩草原上的牧民全部用牦牛驮起粮食、被褥和生活用品举家搬迁。当时我们不知道要发生什么，只记得“上面”来的人很严肃，也很神秘。由于搬迁时间非常紧，加上当时生活比较困难，口粮比较少，一路上牧民们吃了很多苦头，牛羊饿死了很多。经过 40 多天的艰难跋涉，我们终于到达了与甘肃省接壤的祁连县托勒牧场，开始了新的生活。

三年自然灾害时期，核武器研制基地同样遭受粮食供应短缺的困境，于是基地开始自办牧场、农场、渔场，以保证自给自足，当然，自办牧场也是为了充实厂区周围的管理和掩护基地。

于是，1962 年，我们一家又戏剧性地迁回了原地，改变了户籍和身份，由牧民变为了矿区居民。虽然工作还是放牧、种地，但却是给基地放牧的，算是吃商品粮的，这在当时是很值得炫耀的事。

当年我就在牧场参加了工作，领到了一张属于自己的通行证。但是，拿着这个证件只能在生活区和周围的牧场活动，其他区域不得进入。后来，我又领到了工作证，但这个证件仍然不能进入厂区。当时，我们不知道基地是干什么的，只知道保密非常严，部队特别多，炮兵、防空兵、警卫团都有，晚上探照灯很亮，据说当时从湟源都能看到。由于部队很多，所以外面把这里叫军区。

当年221厂的神秘，我至今仍记得清清楚楚。当时，四周分布有6个哨位，山头上还有防空炮，把整个221厂都包围起来了，“没证件，一只鸟也飞不过去”。其中6号哨进出的人最多，所以也最严。外人要进入221厂，必须先在西宁办好证件。基地严密的保密纪律对牧民也不例外，属于基地的牧工每个人都有十条保密条例，并且熟知里面的内容。我至今仍对当年的保密条款烂熟在心：“不知道的别问，知道的也别说……”那时的牧民们只管放羊，一分厂、二分厂等核心机密区我们从来不去，当然也进不去。现在，矿区牧场改名为221矿区牧场，面积436平方公里，环抱着整个原子城，与当年那些核武器实验区紧密相连。在被称为六分厂的爆轰试验场，曾经用牧场的羊做过实验。当时，工程师根据角度不同，距离远近来观察爆轰对羊的损害程度。因此，除了搬迁让出家园，牧民们为基地建设做了很多贡献。

2. 亲历中国最大当量氢弹的研制

杨连堂 口述　　**蔡晶磊** 整理

杨连堂，男，研究员级高级工程师。1940 年生于河北博野，中共党员。1965 年毕业于北京工业大学。曾任二二一厂科长、办公室副主任、核工业部军工史办公室主任，核军工史丛书副主编，退休前任中核总档案馆馆长。

到祖国最需要的地方去

1964 年，我们这些即将跨出大学校门的学子，听到我国第一颗原子弹爆炸的新闻公报后，激动的心情远非“欣喜若狂”四个字所能形容。我们与全国人民和海外侨胞一起欢呼雀跃，彻夜庆祝，同时，也盼望早日加入建设祖国的行列中。我们虽然在北京上大学，但在毕业分配表上，却毫不犹豫地填写了到祖国最需要的地方去，到最艰苦的地方去。结果，我如愿以偿地走进了西北核武器研究设计基地的大门。

西北核武器研究设计基地坐落于青海省海晏县的金银滩，占地 1 167 平方公里。当我们这些从全国各大院校分配来的千

当年结婚的地方

余名应届毕业生从西宁乘火车来到这里时，欢迎我们的是伸手不见五指的漫天黄沙。

这里的气压不足海平面气压的三分之二。由于高原缺氧，长期在这里工作的人，有的头昏目眩、食欲减退，有的指甲翘起变形，甚至心室也会变肥大。这里虽远离城镇，但医院、商店、邮局、银行、影院等一应俱全，还有自己的公、检、法机关。

这是一个绝密的军事禁区。先来的同志告诉我们，不该问的不要问，不该记的不要记，不该听的不要听，不该说的不要说，一切都要谨言慎行。我们这些刚进入社会的青年知识分子，自然是唯命是从。那时，我们年轻气盛，身体健壮，对这里恶劣的自然环境没有什么明显不适，只觉得被挑选到这种单位工作，体现了党和政府对我们的充分信任。即使工作和生活有种种不便，心里也充满了自豪感。这里是我国核试验震惊世界的发源地，是国防现代化建设的最前线。这里虽然偏远，但与中南海紧紧相连。

只能成功不能失败，这是一项分秒必争的任务

1969 年 9 月，基地当时承担着两个型号的核试验产品的研制任务。其中之一是我国首次地下核试验产品，王淦昌副院长是技术总负责人。当时，我与一位上海交大毕业的同事一起刚被调到一个核心车间的重点工段工作，诸事不清楚，见到黄澄澄的贫铀核部件，不仅生疏，而且有点害怕。一天上午，我值班后回到自己动手用马厩改造的所谓家中，刚端起碗要吃午饭，一位同事十万火急地在门外高喊："老杨，老杨，不好了！车间出大事了，赶快回去！"吓得我饭一口没吃，抬腿就往单位跑，边跑心里边打鼓：到底出什么事情了？

当年生活的地方

到了车间门口一看，三四辆小轿车停在门口，王淦昌副院长、朱光亚副院长，还有一位军人副院长都在，工段上所有的人都集合了。王淦昌不停地走来走去，嘴里念叨着"这怎么办，这怎么办”，朱光亚坐在椅子上板着脸一言不发，军人副院长一脚蹬在椅子上叉着腰，目光炯炯地巡视四周。

室内气氛压抑得让人喘不过气来。一问才知道，是我所在车间负责生产的特殊形状核部件，由于工人师傅看错了图纸，把近800毫米长的部件多车掉了10毫米，因此生产出来的部件比图纸短了10毫米。产品原计划明天出厂，这个关键部件没有备件毛坯，加工废了要重新到兄弟厂去定做，周期至少要两个月。

第一次地下核试验是中央领导亲自定下的试验日期，好多参试人员已经来到了试验基地，可以说到了箭在弦上的时刻。这是一个只能成功、不能失败的试验。

大家都急得如同热锅上的蚂蚁一般。作为新人，我当时非常着急，但也没有经验、没有办法。有一位哈工大毕业的老工程技术人员张家厚凑到王副院长跟前说：“我想了个办法，看行不行。部件多车去了10毫米，找一个料头车个10毫米的环用过渡配合镶上行吗?”他还画了个草图说明。王副院长看后，当场拍板表态：“可以，可以。产品原来设计是3段，后来改成了2段，现在被迫又做成3段。你们赶快找料加工，保证产品按时出厂进行核试验。”他还一再安慰我们，“不要紧，不影响部件功能，大家不要担心，不会造成产品哑炮。”

老科学家的拍板使我们如释重负。方案一定，我们几个技术人员和工人赶快去库房找来料头，饭也顾不上吃，连夜加工至凌晨四点，把部件镶嵌加长完毕。产品总算按时出厂了。1969 年 9 月 23 日，新闻公报传来了试验成功的消息，压在我们心上的石头才算落了地。

少了任何一个人的努力，试验都没有办法成功

完成第 9 次核试验的生产任务后，我很快就又投入了第 10 次核试验工作中，研制我国最大当量的核武器。其中贫铀核部件均由 102 车间重工段承担，其中特殊形状的核部件变化较大，增加了法兰盘和螺钉孔，尺寸大。理论部出了方案、设计部完成设计后就来我们车间联系生产，衔接得非常紧密，留给我们的加工时间很短。

理论上的设计要变成真正的核武器，很大程度上是对加工环节的挑战。比如理论上特殊形状的核部件理想是薄壳，但这在实际加工中难以实施。加工前要设计吊具、夹具、靠模、样板、编写工艺卡片……所有这些都要自己从头来弄。设计完了也未必能够加工出来。我到现在都难相信，自己居然能完成这件事。

仿形机床上加工不了，只能用大球车来加工，检查方法也非常传统，就是用样板来检验，看产品合不合格。加工内外表面的时候，因为曲面不规则，是坐标曲线，不是圆、抛物线

等，因此更增大了加工难度，吊、装、卡、加工都遇到很大困难。我设计了吊、装、卡专用工装，解决了这些难题，特别是解决了悬臂过大产生振动的问题。据说我设计的吊具、卡具等运去了 902，用于这种部件的加工。那真是一段敢想敢拼、充满创造力的时光。

在核试验的过程中，少了任何一个人的努力，试验都没有办法成功。团队里每一个成员所承担的压力都是非常巨大的。有一个核部件由三层材料组成，另外一层的加工任务由兄弟单位承担，中间那层材料比重很小但硬度很大，又有剧烈的化学毒性。我们戴着两层口罩、一层防毒面具，即使这样，加工时产生的一种气体让人头顶就像揭开一样生疼，难受难忍。当时，就是这样身体负重地完成任务。

中间层加工好、同侧外层胶合好之后，厂里就派我们坐产品车，把工件送去加工厂。到了加工厂，分厂的厂长接待我们。另一侧外层他们已经加工好了，和我们的部件胶合后，就等着车止口了。但这项工作有脱胶的风险，一旦脱胶很可能达不到贴合面积的要求，还要打螺钉孔，工艺精度要求很高。加工厂让我们拉回厂去自己加工。可是拉回去进行加工很可能就赶不上中央定下的试验时间了。

僵局之下，通过保密电话请示单位后，我们立即找来加工总工程师。当时是“文革”特殊时期，在加工厂总工的协调下，我们终于在下午 4 点钟时启程去加工厂分厂继续加工。加工厂总工就站在一旁，工人叫他回家休息他也婉言谢绝。这样一直加工到了凌晨四五点，完成了任务。

那次最大当量的核试验，于 1969 年 9 月 29 日圆满成功。前面后面其他核武器的研制对我而言，印象再没有这样深刻的了。

2009 年，新中国成立 60 周年国庆节，我有一张天安门南侧观礼台的入场券，看到东风某导弹“轰隆隆”从天安门广场驶过，欣喜地用摄像机把现场录了下来。亲眼看到自己参与的劳动成果已用于战备值班，我真实感觉到自己做了一件十分有意义的大事。

3. 我在“草原”参加“两弹”会战

谢建源 口述　　**蔡晶磊** 整理

谢建源，男，研究员级高级工程师。1938 年出生于福建省福州市。1963 年清华大学工程化学系毕业，分配到北京第九研究所。1964 年 3 月为研制“两弹”到青海核基地参加“会战”。退休前任中国核学会材料分会副秘书长。

我们口中的“草原”，就是青海省海晏县境内金银滩草原的银滩。1964 年 3 月至 1967 年 7 月期间，我在那里参加研制生产原子弹、氢弹的“会战”。

紧急任务将我们召回了草原

1963 年，我从清华大学毕业后，先被分配到北京第九研究所，接到的任务是：到新建的核部件生产基地负责相关材料的回收任务。1964 年年初，李觉院长动员我们“到‘前方’去，到‘草原’会战去”，我便跟着先遣队来到了草原。但一个月后接到指示，为了更好地完成之后的工作，组织上安排我和另一名清华同学一起，先去实习厂实习，查阅有关文献资料。

20 世纪 80 年代中期，
谢建源（左）在 221 基地

从草原到戈壁，我在实习厂度过了充实愉快的三个月时光。从文献调研中得知，在国外，切屑燃烧是原子弹研制中需要解决的一大难题，而且往往难于预料和控制。我们在大量试验的基础上，提出了防止铀切屑燃烧、灭火、储存和运输的多种方案，使得加工材料切屑处理得到圆满解决，并对今后铀屑的处理有重要的参考价值。

1964 年 6 月下旬，草原传来消息，说有紧急任务派给我们。时间紧迫，我们搭中国第一次运送核部件的专列的便车，在严密护卫下回到草原。

草原上是一片紧张忙碌的景象。102 车间副主任宋家树告诉我们，要我们回来的原因是发生了核材料燃烧事故。6 月 13 日，车间准备把浸泡在四氯化碳中的切屑从小桶中倒出装入大桶，以便运到兄弟单位进行回收处理。装桶时想多装些、压紧些，造成有些切屑暴露在空气中，这样就发生了自燃。

我们的任务就是解决这些切屑的问题，以保证储存和运输时的安全。为此成立了 4 人小组，由我负责。当时我还是未转正的见习技术员，面对这项工作，真是“赶鸭子上架”。

切屑的处理非常重要，它不仅影响第一颗原子弹研制进程，而且凡是在 221 基地进行的核武器研制、生产，都必须解决切屑的处理问题。经过反复的思考与讨论，我们认为核武器研制生产单位在处理“废”屑上花费了大量精力，这些精力也许可以精简，只要能保证在加工过程中临时储存和运往回收工厂途中保证安全，不着火不出事故即达到要求。

虽然任务要求逐渐明确，但对于我们四个刚毕业的大学生来说，完成任务的条件是既无实验场地也无实验设备，只能白手起家，边摸索边干。

没有场地，车间西边空阔的草地简单铺上塑料布就成了我们的小实验场。锯了一根不锈钢管当作搅拌棍，配上自己设计的简单试验设备，我们就开始用“土”办法进行试验。因为之前 102 设计中省掉了“火法”处理切屑的工艺流程，所以我们首先提出了“水法”处理的方案，实现将废屑转化为黄饼储存和进一步回收利用。

如何除去切屑中的水分成为这个过程中的一道拦路虎。对于加工产生的大量切屑，只要没有空气没有氧，它就不可能燃烧。因此我们设想，或许可以采用真空低温干燥的方法去掉水分，在真空状态下保障储存和运输安全。经过试验，这种方法确实可行，于是我们立即付诸实施。但用了一段时间后得到兄弟单位反馈，说他们在开罐进行切屑回收时，仍有少数储藏罐在打开时发生自燃。我们又查阅了资料，发现铀在富氧状态表面氧化生成的保护膜可防止铀进一步被腐蚀，但在缺氧有水的状态下，铀会被更快地腐蚀。我们采用的真空低温干燥是否彻底除水“干燥”？当时没有检测手段，只是凭经验控制干燥时间和温度，难免有些批次未干透。

又一次看似无计可施时，我们转换思路，放弃了真空储运的方案，干脆对产生的切屑不作处理，放在桶中自然蒸发去掉水分，让空气中的氧和铀反应生成的保护膜阻止进一步氧化腐蚀，等到冬季再往桶中倒入水，将切屑冻在冰块中，这样运输就安全了，回收也不受影响。

能有这样的解决方法，现在想来，真是“知者不难，难者不知”。一次次尝试让我们对处理对象的属性有了深刻的认识，这样才能得心应手地根据天时地利人和的具体条件，采用最经济简单的办法达到目的。

当年我们是全身心投入到完成任务中。没有上下班，双职工都分别住在单身宿舍，每天早起就往车间走，在车间洗漱后到食堂买二两稀饭，吃烤馒头片，然后立即投入工作。中餐、晚餐也都是根据实验情况，抽出两三人一起拿着大锅把饭菜打回来，大家再分别或一起就餐，其实也就是简单扒拉几口，脑子里还想着工作和实验。每个月初，每人都把发的保健票、自己买的食堂饭票放在我办公桌的右边小抽屉，谁去食堂打饭谁自取。晚上大家也总会不约而同地留在办公室查资料，处理试验数据或学习外语。这样的生活周而复始，似乎没人觉得单调。现在回想起来更是觉得那些日子过得很踏实、很愉快、很有意义。

102 车间是一个出成果、出人才的地方

氢弹研制攻关中，102 车间的主攻任务是研制生产出合格的轻（热核）材料部件。轻材料部件按其在核装置不同作用分为四种，各部件的质量要求极高，近乎苛刻，比如品位和同位素的丰度都必须在 98％以上，部件的密度要均匀，部件不得有裂纹、杂物等，因此生产出质量符合要求的产品难度很大。

生产出合格毛坯是 102 车间第三大组的任务。轻材料部件毛坯必须经过机械加工达到尺寸和精度的要求，而脆性材料机加工时进刀量稍大，就可能有小块崩落，所以只能用小进刀量一点一点地打磨，但这样下来的切屑都是细粉尘，弥漫散布在手套箱内，一旦有火花就可能发生爆炸。机加工的任务由第一大组承担，保证不发生轻材料粉尘爆炸的任务就由我领导的安

全组负责。

轻材料的化学活性极高，空气中少量湿气也会使它变质，水解成强碱的氢氧化锂，因此一旦吸入轻材料粉尘，人就会咳嗽不止，对身体造成伤害。为了保证材料不变质，几乎所有的操作都在有保护气体的手套箱内进行，压制也是在密封桶中进行的。

20 世纪 80 年代中期，谢建源（右）和军工局总工程师张兴钤院士合影

我们过去对轻材料连听都没听说过，对它的认识一片空白，就像一张白纸。文献资料上也仅有关于这种材料理化性质的简单描述，要研究它的燃烧、灭火、粉尘爆炸以及变质的规

律确实是困难重重。没有试验方法可借鉴、没有试验的仪器设备、也没有试验的场地，什么现成的条件都没有，我们就自己创造条件，自己改装设备。

比如进行轻材料的粉尘爆炸试验时，我们拣来废弃不用的手套箱，用它来模拟机加工时的密闭工况，配合当时一种较为简陋的橄榄型吸尘器进行爆炸试验。那个手套箱是一个用 M8 螺钉紧固的很结实的有机玻璃箱，壁厚约 2 厘米，高度 20 厘米，长、宽各为 60 厘米。我们把吸尘器排气端接到手套箱充当鼓风机来扬起轻材料粉尘，再用可调变压器加热箱内的电阻丝模拟热源，先扬尘后加热电阻丝，大约半分钟就发生了爆炸，箱盖的 M8 紧固螺钉被切断，上盖板被抛出五六米远，让我们见识到轻材料爆炸的威力。

当时试验就在 102 车间西边的草地上进行。不知道是谁走漏了消息，负责轻材料加工的工人师傅们都在远处观看，大家知道了粉尘爆炸的安全问题不可小视，必须研究怎样保证加工时手套箱内粉尘不爆炸。后来经过实验和分析，我们认为只要手套箱内氧含量低于某个值时就不可能发生爆炸，于是设计了一个小型玻璃爆炸球试验。经过多次反复测试，终于确定只要控制箱内空气中氧含量在某个限定值以下即可不发生爆炸，同时找出了手套箱内氧含量的测定方法，圆满解决了机加工防粉尘爆炸的任务。

轻材料部件刚开始进行加工时，师傅们常说“谢建源来了我们就放心加工”，希望我们在机床边陪着，他们才能安心踏实地进行加工。我们就是这样，群策群力，因陋就简，以“土”代“洋”，逐步开展研究工作，从定性、观察性的试验逐渐过渡到半定量的，最终通过进行大量试验，很好地掌握了轻材料粉尘末燃烧、爆炸后变质的规律，归纳出加工中的一系列安全措施，保证了热核部件攻关的顺利完成。

102 车间是我终生难以忘怀的地方，我在这里建功立业成家，这里充满着我奋斗的回忆。221 基地研制生产了我国的第一颗原子弹和氢弹，为国家的 16 次核试验提供了试验产品，并对几个型号进行了武器化，生产了产品，武装了部队，提高了军威和国防力量。221 基地保卫部门的口头禅是 102 车间是“核心中的核心、要害中的要害”，因为在核装置研制生产中，102 车间承担了核部件的精加工，甲球的内球组合件的组装，点火装置的生产，热核部件的生产，乙球的组装等工作。

102 车间不仅在科研生产中做出重要的贡献，结出了丰硕成果，而且造就了一批科技人才，人们戏称之为“黄埔军校”。据回忆中不完全统计，前后在 102 车间工作过的工程技术人员约 120 人，这些人中出了两名院士：中科院院士宋家树（原车间副主任）、工程院院士武胜（原 102 车间三大组组长）；出了三任厂长：903厂厂长何文钊（原102车间主任）、221厂厂长王菁珩（原102车间团支部书记）、903厂厂长吴东周（102车间安全组技术员），还有被派往联合国国际原子能机构任职的国际公务员。

4. 任务比生命更加重要

李宪州 口述　　**申文聪** 整理

李宪州，男，出生于1934年4月，中共党员，1959年调入二二一厂，在102车间从事特种材料加工。1975年调入中物院工作，曾任中物院材料研究所某车间副主任、党支部书记。1978年获四川省科学大会先进科技工作者荣誉称号，1994年退休。

回想起在二二一厂的工作，我记忆犹新。1959年，作为一名车工，我从辽宁本溪钢厂调到二二一厂。刚到厂里时，条件非常艰苦，我们吃的是青稞面，住的是四面漏风的帐篷。在这种条件下，没点儿毅力，很难待下去。我们本溪钢厂一起调过来十几个人，最后只剩下我和另外一位同事，其他人都因忍受不了艰苦离开了。我的家人都在辽宁，但是我不想当逃兵，怀着为国争光的责任心，一心一意地就在厂子里干下去了。

技术能手也要再接受培训

我刚到二二一厂时，由于厂里的基建都还没完成，根本没法生产。在厂里的安排下，我和一起调来的同事先在西宁工学院实习工厂当了不到一年老师。1960 年，二二一厂小电厂发电了，我们才陆续到金银滩。进厂后，我们先是在辅助单位电厂工作，生产一些电厂要用的设备零件或检修备用件。大约是到 1963 年，随着我国原子弹理论研究的完成，开始转到制造阶段，我也调入了二二一厂第一生产部。刚开始在 512 车间干了一段时间，等到第二年，生产终于走上正轨，我才正式调入第一生产部 102 车间，从事重材料加工。

原二二一厂一分厂 102 车间重工段

由于 102 车间从事的是"两弹"核材料生产的关键环节，且生产用的铀材料非常珍贵，因此对工人的技能要求非常高，最低也要五级工才行。即便达到了技能等级，也不是上来就能动手操作。比如我们车工，因为过去我们在钢厂时生产零件车的是直线，而在 102 车间我们的工作需要车球形，技术上与以前显然不大一样。为了保证能顺利生产，在正式开工前，我们这些以前厂里的技术能手像一名普通的学徒工那样，开始接受严格的培训。

重材料的比重和水银相当，看着不大的材料拿起来相当费劲儿，更别说还要车成球形，技术上存在相当大的难度。为了能让车工掌握好技术，练习时车间工艺组的技术员还在旁边为我们指导。车间也对我们车工做了严格的分工，车内球的只干内球，车外球的只干外球，工作非常单一，不能交叉，为的就是让我们保持熟练度，在工作中尽量不出差错。我们日夜加紧练习了整整两个月，到1964年3月份，车间正式投产，我们开始用真正的铀材料加工第一颗原子弹需要的部件了。

原二二一厂一分厂重工段

活儿越干胆子越小

那时候，我们的生产设备非常落后，和现在没法比。现在，工厂用的都是数控机床，把程序设置好，大多都是自动操作。虽然 102 车间的设备是从苏联进口的，我们车工用的是两台大球车、两台小球车和一台仿形机床，与当时普通工厂的设备相比已经算是先进的，但是，操作起来依然不那么便利。

开始时，由于大家都是第一次真正用铀材料加工，对铀材料的认识不够，哪怕是表面出现一点划痕，都会惊动到上边的设计人员、科学家和领导到现场研究解决。但是，等我们熟悉了之后，就不被允许再出现丁点差错。实在是因为我们生产的部件太重要，责任重大，车间主任要求在我们这里绝不能出问题。在领导的严格要求下，大家越干胆子越小，生怕下刀时出现问题，有的工人甚至怕到连上刀都不敢。我属于胆大的，每个床的最后一刀经几个人研究后，都由我来操作，所幸从来没出过差错。

原二二一厂一分厂重工段外景

为尽量清除影响工作的因素，每次开机前，我们还会组织召开班前会。我作为车工组组长，除了交代工作内容、讲安全、讲质量、讲要注意的问题之外，还会询问每个人的思想状况、身体状况，甚至家里有没有需要解决的事情，为的就是让大家能以最好的状态投入到工作中。

原二二一厂一分厂厂区外景

1964 年 9 月，我们终于按期把第一颗原子弹需要的产品生产出来了，经检验全部合格。

我在二二一厂时期，我们车间先后加工过第一颗原子弹、氢弹、核航弹等产品，有些还实现了批量生产。

外边着火，里面继续干活

当时，我们从事重材料加工是 6 小时一班。进到车间，哪怕外边发生了天大的事情，也要把这个时间段的活儿干完了，才能出来。因为进出一次车间并不容易，进去前要穿戴防护眼镜、帽子、几层手套，出来后为减少辐射当量，还要洗澡等。

1964 年 6 月的一天下午，我所在的班组正在紧张地为第一颗原子弹生产核材料部件时，突然听到外边“失火啦，失火啦”的呼叫声，原来在我们车间大厅外的装卸厅里，发生了火灾。

由于大火把我们车间的大门封死了，车间里没有加工任务的同事赶快绕到四号大厅，打破消防玻璃，爬出去帮忙救火去了。

外边大火熊熊燃烧着，可是，我们在球车上正在加工的工人与技术员等，依然守在自己的岗位上，该车刀的车刀，该检查的检查，该捡铀切屑的继续捡，没有一个人因害怕危险，擅自离开工作岗位。因为一旦撤刀，我们正在加工的铀材料就报废了。这时候，对于我们来说，任务比生命更加重要。一直等到我加工完最后一刀，大家才从车床上撤下来，赶去救火。

大火扑灭后，我们又紧急对设备进行去污清理，以确保第一颗原子弹生产任务按时完成。

后来经过调查，查明了发生火灾的原因，并进行了改进，以后再也没有发生过类似的意外。

我在二二一厂 102 车间一直工作到 1975 年。后来，因国家战略调整，我调到四川三线，继续从事重材料加工工作，直到退休。其间，只因工作原因回过几次 221 厂。

5. 保质保量完成二二一厂交通运输后勤保障工作

缪仲甫 口述　　王晨香 整理

缪仲甫，男，1935 年 3 月 15 日生于浙江省杭州市。1953 年 5 月至 1959 年 2 月，先后在上海铁路局杭州铁路分局和铁道部武汉大桥工程局任机械技术员；1959 年 2 月至 1974 年 2 月，先后在二二一基地动力站、交通运输处、三生产部部办公室等多个岗位任技术组长、处（部）办公室负责人；1974 年 2 月至 1983 年 4 月，先后任国营二二一厂厂办办公室秘书科副科长、厂（党）办公室副主任。退休前任核工业计算机应用研究所副所长、工会主席。

一棒接一棒　来到草原上

1955 年 5 月以前，我在上海铁路局杭州铁路分局闸口机务段工作，是五级机械技术员，同年我被抽调到当时可称之亚洲第一大桥的武汉长江大桥的工程局机械处工作，这也是我国第一个五年计划苏联政府援建中国 156 项重点工程之一。1957

年10月1日，武汉长江大桥建成通车，大桥局对做出成绩的职工进行表彰奖励，我是其中之一，得到了晋升两级的奖励，升为三级机械技术员。

1958年下半年，我正积极准备参与制定南京、芜湖两座长江大桥机械化施工方案，大桥局党委书记兼局长彭敏等领导同志分别找了我们6位同志谈话，说经过政审和考核，决定调我们到二机部尖端保密单位去工作，这是党和国家对我们最大的信任，并亲自宴请为我们送行。

陪同李德生到二分厂参观（后中为缪仲甫）

我们到二机部武汉调干组报到后，给我的调令是到北京401所工作。我心里蛮高兴的，因为是首都，而且工作单位又是搞尖端科研的。

但后来又说，我的工作单位有了变动。

1959年春节过后的第四天，我到二机部报到，接待人员说我到西北工作，也不说地址，先进行保密教育。很快我们一行大约五六十人从前门车站上车出发，就像接力运动员手中的接力棒那样，一棒一棒往下交接。我们坐了两天两夜火车到了兰州，办事处的同志说还要继续西行，发给我们每人三大件：一件布面老羊毛大衣、一顶棉帽和一双大头棉鞋。在兰州等了三天，派来几辆卡车拉着我们继续西行，历经近 10 个小时的颠簸到了西宁，被安排在市干校招待所等待分配。招待所几排土坯砖瓦平房里设施极其简陋，没有火炉，我们只好裹着大衣和衣而睡。有人受不了这种艰苦生活，不辞而别。

住了 4 天后，来了几辆嘎斯 51 型卡车，我们连人带着帐篷从西宁出发，4 个多小时后到了二二一厂。我们被安置在动力站，那里头顶青天，脚踏草原，周围荒无人烟。

动力站站长是朱子彤，连同站长共有 10 多人，都是 104 公司的职工。两个月前遵照上级指示，划归二机部二二一基地筹建处领导。很快建立了支部委员会，书记是朱子彤，副书记是曹瑞兴兼动力站站长，我和曹登实、钱道仓为支部委员。

艰苦创业　确保基建电力供应

这里的生活环境真是艰苦。风沙大，居住的帐篷几次被刮塌；气压低，米饭都是夹生饭，蒸出来的青稞馒头是黏的，难以下咽；交通不便，经常发生断粮断菜情况。大家想办法渡过难关。没有水从麻皮河挑水；煮饭取暖煤炭供应不上就去草原捡牛羊粪当柴烧；粮食短缺就三餐改两顿去草原挖野菜采蘑菇、去麻皮河里抓湟鱼；没有电，支部副书记曹瑞兴出主意想办法，利用附近小河水位落差挖水渠引水发电，修建了一座10千瓦的小型水电站。

为了让各工区也能早日用上电，领导指派我和范鉴高、袁之宝、骆金宝安装小型柴油发电机。

1959年下半年在骆驼山下窑厂附近筹建了职工医院，首要的是解决医疗用电问题，领导派我去安装20千瓦柴油发电机任务。我也在这时结识了我的爱人。

为了加快基地建设，1959年下半年，从河南招收的农民工、复员转业军人、职工医院人员相继到基地。筹建处党委决定启动小电厂、窑厂、采石场等各项敷设工程的建设。筹建处购来两台制砖机、3台100千瓦柴油机，要分别安装在一工区和窑厂，由我负责安装。我和同事组成安装小组。窑厂距动力站有10多公里。当时正是寒冬，没有交通工具，早晚都要步行，在没有路的草原既挨冻又不安全。为了抢时间，我们就住在机房里，没有被褥，就拿草席当垫被，没有棉被，就穿着发的羊皮大衣挤在一起，席地睡在机器旁。安装机器没有吊装设备和工具，就想办法在机器底下垫木棍，手推肩拉硬是把几吨重的机器安装到位，在草原开冻前完成了安装发电，制砖机投入生产运行。紧接着又到一工区安装柴油发电机，保证了小电厂建设的顺利进行。

苦守奋战　交运处几经变迁

1960年年底，筹建处在原汽车队的基础上，成立了交通运输处。包括三个车队和汽车保养、修理两个车间。

汽车队的主要车辆是1958年年底从归国志愿军那里接收的100多辆朝鲜战争时期苏联援助的嘎斯51型载重汽车、几辆嘎斯69小型越野车，还有几辆朝鲜战场上从美军缴获的道奇卡车。同时还接收了150名刚刚退役的志愿军司机。基地初期建设时，西宁到兰州和基地之间的人员和物资供应都由这支车队负责。

当时草原工区之间没有道路，后来的便道，完全是汽车队的司机们在为各工区运送人员和物资，驾驶着颠簸车辆开辟出来的。已有的公路因为无人管理维护，路面坑坑洼洼，车辆滑入泥坑发生故障无法开动的情况经常发生，白天还可以设法救助，如遇夜间只好待在驾驶室里受冻挨饿。

我和几位同志调到交通运输处，分配到汽车修理车间，组成柴油车汽车修理小组，我担任组长。车间设在骆驼山的山沟里，这时的生活和环境比动力站更艰苦。那里还有帐篷住，这里没有住的地方。我们在山坡找了一个比较安全的地方，挖了一个大约十四五平方米的“地窝子”，也像半地下室的窑洞，两面山坡上架上几根木棍当房梁，房顶铺上竹席和油毛毡，埋上黄泥土，就这样建成我们居住的“安乐窝”。1962 年 8 月 1 日我结婚的时候，也是挖了个近 10 米的“地窝子”。一遇到雨季屋顶漏水，外面下大雨，屋内下小雨，夜间都无法睡觉。住了四年多，交运处书记霍慎斋和他夫人李维华从他们居住的两间简易平房中让出一间给我们，他住办公室，他夫人和孩子挤在一间平房。

在这期间，正遇到苏联撕毁协议撤走专家，也是三年自然灾害时期，粮食等严重供应不足。定量减到每人每月 24 斤，全部是青稞、蚕豆和谷子磨的杂粮面，仅 2 钱菜子油。食堂的饭难吃又难咽，没有油也吃不饱。我们只好到草原采蘑菇、苦苦菜等野菜，种过土豆，到青海湖去打过鱼。基地不少人得了浮肿病，不少人因为肠黏连得了肠梗阻病，及时治疗的就保住了性命，不及时的，大约有 50 多名职工长眠在骆驼山坡上。我也得了肠梗阻，因离医院近，有幸做了手术，陈亮辉、冯宝兴各为我输了 200 毫升血，保住了性命，现在肚子上留下了 15 厘米的疤痕。我们这些人是咬着牙过来的，就是有个信念，要把科研搞上去。

1962 年 5 月，党中央、毛泽东主席批示要加快二二一科研基地建设，不久成立以周恩来总理为主任、15 人组成的中央专委，各部委大力协同，工程兵、交通部、铁道部和建筑部抽调强有力施工力量进驻草原加强建设。在短短一两年时间里修建了海晏至厂内的铁路专用线44公里，厂区内高级沥青路面公路77公里。铁路和公路的修建大大加快了基地的建设，至1964年基本完成了科研生产必不可少的重点工程。

确保安全　为“两弹”研制护航

为了尽快开展铁路运输，首先组建铁路管理站领导班子，首任铁路管理站站长王家栋、书记马长安；组建了配套齐全的车、机、工、电检、调度、技术安全、保卫等各部门；派出水平高的张清振、陈祥、郭庆华、王殿侠、王永祥等技术人员和机车司机联系铁路系统有关部门，接收、检验机车和各种车辆等运输工具、设备。从最初的一台跃进297型蒸汽机车，以后逐步增加了三台解放型蒸汽机车和一台内燃机车，后来还开通了通勤列车。首任铁路管理站调度主任商公然说，当时一个班一天之内完成了进出200多辆车皮的运输任务。

铁路管理站承担了各次核武器试验和产品交付铁路安全运输任务。我国第一次核试验的产品就是从这里运出去的。产品车伪装成外观绿色卧铺车厢，加上隔离车、卧铺车、餐车组成一列普通列车，其余车辆设备组成一列货车。周总理对第一次核试验的运输安全极为重视，亲自下令有关铁路局，将这趟运载核弹的列车定为国家一级专列。专列由总厂保卫部门派员和驻厂警卫部队战士随车押送。李觉院长、吴际霖副院长亲自上专列押车。在沿线各有关部门、部队的积极配合大力协同下，专列安全顺利到达核武器试验马兰基地。

交通运输处老领导老同志合影（前排左一为缪仲甫）

第一次核弹试验期间的运输、吊装所用的各种车辆，如吊装用的七吨汽车吊机、工程车测试车等都在出发前由八厂汽修车间的维修人员和车队参试人员共同进行仔细的安全检查。特别是七吨汽车吊机直接影响核武器起吊安装的安全，必须绝对保证无误。由于我在长江大桥做过桥梁吊装机械技术工作，对起重机械比较熟悉，处长让我负责检查七吨汽车吊机工作。我和范鉴高在汽车吊司机朱振奎师傅和修理工袁之宝、骆金宝等师傅配合下，对吊机的吊钩、钢丝绳、制动部件等仔细检查、维修和调正，更重要的是进行动载和静负荷试验，以符合安全规范。后来我才知道是为了保证第一次核武器试验安全顺利完成吊装任务。

由于吊机完好，加上朱振奎师傅的精心操作，在曹庆祥师傅的精准指挥下，圆满完成了第一颗原子弹爆炸试验过程中的安全吊装任务，确保了核弹试验的顺利完成。以后的多次核试验，产品交付部队装卸运输过程中所参试的吊机和各种工程车以及其他车辆设备都和第一次核试验时的要求一样进行仔细检查。车队的朱振奎、董志远、王世杰、段居安、崔福海、袁德成等以及八厂车间的范鉴高、陆阳、冯宝兴、周祥生、孙广勇等同志共同努力，保质保量保安全顺利完成了各项参试任务。

6. 我们一炮炮打出了“争气弹”

陈常宜 口述　　**蔡晶磊** 整理

陈常宜，男，1928 年生于江苏常州，1952 年毕业于复旦大学数理系。1960 年从北京地质学院抽调到北京第九研究所，在陈能宽院士领导下参加了“17 号工地”爆轰试验。1963 年到 221 基地，1964 年第一颗原子弹装置爆炸试验时任第九作业队 701 队队长，并是起爆前最后一道工序“插雷管”组组长。1966 年第一颗氢弹原理试验时任试验现场第九作业队 701 队队长。1982 年任核工业部军工局副局长。1988 年离休。

爆轰试验是联结核武器理论设计与核试验成功的关键一环。核武器研制经过理论设计出理论方案，需要通过试验来验证具体的参数和技术。其中最重要的验证手段就是依靠爆轰试验来解决设计中一些参数的确定和可行性问题。如果爆轰试验过关了，那么总体设计就可以结合理论部的理论设计、实验部的爆轰试验结果，最后完成整个核装置的设计。

挑战一个接一个

中国研制的原子弹采用"内爆法"又称压紧型，在一个球体中通过引爆炸药而产生一种向心聚合的冲击波，从而压缩核材料使之达到高超临界。这种原子弹反应效率比较高。

陈常宜（左）和彭桓武院士

内爆型原子弹首先要解决一个问题。当时，理论部给的是一个尺寸，比如说炸药要多大、里面的结构是什么材料，但怎样能产生内爆的、向内传播的聚心的爆轰波，是需要试验来解决的问题。我们必须要通过研究做出聚焦元件来控制爆轰波的路径。我负责研究的，就是做出起爆元件，产生内爆的聚心爆轰波来压缩核材料。这是原子弹研究中非常重要的一环。

研制起爆元件还有一大挑战在于，这是一个众多元件的组合，不仅要做出元件，更要保证这些元件组合后具有非常好的对称性，要能聚焦到非常小的范围，这样才能保证雷管起爆后爆轰波的扩散方向可控、且受到有效的控制。

爆轰试验一开始做的是小型的元件模型，此后还要做 1∶1

尺寸的模拟试验，对元件的尺寸、配合度要求也会不断提高，试验难度也不断增加。我们需要一步步测得不同层级的爆轰波向内传播时与设想的波形、速度等各项参数是否相符，再将测得的数据反馈给理论设计，由他们将计算出来的数据与我们试验得到的相比对，从而验证理论设计是否正确。

另外，还必须有各种支撑结构相配合。这些支撑结构的稳定性如何？会不会影响最后爆轰试验的结果？这些都必须在一次次爆轰试验中进行检验和调整，目标是让这些结构对爆轰波的不利影响降到最小。

我们只能自力更生

之前我们做原子弹，是苏联答应给我们提供援助的。后来中苏关系恶化，苏联停止援助，我们只能自力更生，依靠自己来研究这个问题。

整个研发过程始终都很困难。当时国家正处于困难时期，天灾人祸交织，我们必须克服一切困难，学习开展爆轰试验。

1960 年开始，九所安排了两个组来承担爆轰试验任务，我所在的组主要就是攻关起爆元件的研制，另一个组则负责测定高温高压等试验参数。当时保密很厉害，我完全不知道别人在做什么，也不去打听，一门心思就是要完成元件的研制。第一个元件我们摸索了一年多，到 1961 年年底基本掌握了原理，到 1962 年年底把元件做出来了。做出元件后，现有的试验环境就无法满足我们开展较大规模的试验要求，需要去“前方”进一步试验。

我们所说的“前方”，就是青海 221 基地。1963 年 3 月，我们抵达基地。有一个碉堡供我们做试验工作，还有一个砖瓦房，以前是青海驻地领导住的。为了照顾我们科研人员，领导们搬出来住帐篷，把房子让给我们住，用实际行动全力支援原子弹研制工作。

到了青海后，我们就在实验部做爆轰测试，另外还有人负责做核测试。刚到草原时只有我们一个室做爆轰试验，后来根据工作需要，分成了三个室。我当时是二室主任。元件模型做出来了，但真正要能实现应用的话，还需要通过一系列试验检验。另一方面，还要验证这么多元件组合后的效果，看能否达到内爆型的波形需要。这些试验规模比较大，做起来很费时间。另外，要把这些元件组合在一起，还需要结构件，还要验证结构件在爆轰波影响下作用如何。

所以，在青海基地的日子，我们始终在做试验，从模拟试验一直做到最后的检验性试验，而且试验规模从 1∶2 放大成了 1∶1，更考验元件之间的相互配合，工作量更大、难度更高。

共和国核记忆亲历者说

从零开始摸索

之前，中国从来没有爆轰试验方面的研究，也没有人学过相关的专业知识，甚至连炸药什么样、雷管什么样都没有见过，大家只能从零开始，边学边干边摸索。

试验探索的进度比较缓慢，因为一般我们要先通过计算得到参数，再通过试验来进行验证。这是三维的问题，计算非常复杂，又没有经验可供借鉴。当时我们求助的很多力学专家都没有想到有效的办法，后来室主任陈能宽就提出了一个思路，按他的思路进行试验，取得了成功，且加快了速度。这种通过试验来倒推参数的方法在当时算一种尝试，也是现实要求逼着我们进行创新。

第一个元件的研制我们整整摸索了一年的时间，中间改进了得有几百次吧？实在是数也数不清了。每天脑子里想着的只有这件事，不停地改、不停地试。包括对试验效果的测试技术，也是从无到有、从有到优，一步步试出来的。这完全是靠爆轰试验一点一点打出来的，因为空想想不出来，必须上手去试，掌握了测试技术，才有可能接近成功。每一次试验获得一点改进，然后大家进行讨论，看为什么会有这种进展，然后下一次再设计、再做试验，每一步都走得很慢、很艰难，但我们就是这样坚持下来，走通了这条路。

插雷管的时候，连紧张都顾不上

最后一次综合性的检验性试验是在 1964 年 6 月 6 日完成的，可以说结果非常理想，我们真的特别激动和开心。

后来在核试验场，有人问我，检验性试验成功了，对核试验的成功有几分把握？还存在什么因素会导致核试验的失败？当时我觉得，如果不成功，可能就是雷管有瑕疵。因为一个元件搭配一个雷管，那么多元件就意味着每一个雷管都必须要按计划成功爆破。任何一个雷管不爆或者晚爆，都可能导致原子弹失灵。

雷管也是我负责的工作。当时彭桓武问我："陈常宜，你这雷管保险不保险?"其实，在做核试验以前，我对雷管也进行了大量的可靠性试验，一批雷管有上千个，我也拆解了近千个，逐一测量它们爆炸的同步性、作用时间。因为雷管是核试验成功与否的关键，必须用大量的测量数据来保证可靠性。我还对每一根雷管做了 X 射线透视，检查它的内部结构，测量装药高度、电极距离等等数据。

插雷管的时候我其实是不紧张的，因为连紧张也顾不上了，脑子里没有别的事情，一心想的就是要把雷管插好、检查好。彭桓武问我对核试验有没有信心，其实我内心是很笃定的。因为我们几年来一直就在做这项工作，持续时间很长，对自己的工作很熟悉、每天想的都是查漏补缺。

陈能宽是这项工作的总指挥，我和另外两人插雷管，插完我再整体检查一遍。起爆线也是我们插的，我和另外一个人一起检查。每一步都是非常仔细认真的。之前我们做冷试验的时候也要插雷管，所以工艺技术上是熟练的，只是现在更加危险、要求更加严格。比如过程中我们要严防静电，静电问题特别讨厌，弄不好就会引爆。我们穿着布衣布鞋，全身不能有一点塑料的东西。

陪同环保专家到基地，介绍爆轰试验场（右一为陈常宜）

那一刻，我瘫坐在椅子上

第一次核试验，工期非常紧张，很多细碎的工作都只能走一步看一步地摸索，因此对每一项工作的标准要求也都定得很高。像爆室里温度要求是 20℃±5℃，直到炸响之前都不能超过这个范围。为了这个细节，我们也做了很多努力。比如预计做核试验时室外温度如何？在这样的温度下如何保障温度达标？我们当时去的时候是夏天，外面温度有 30 多摄氏度，爆室里更是高达四五十度，我们为了准确测出爆室室温的变化曲线，往往在高温室内一待就是好多个小时。定下温度曲线后，我们再根据后期试验时的温度变化，来确定核试验时的爆室温度，从而设置降温或者加温。

我们对自己的要求就是必须仔细再仔细。像核试验之前起吊核装置时，我们发现吊具的钢缆有一根钢丝断了，当时工人们都觉得没有问题，一根钢缆有几十根钢丝，只是一根钢丝断了并不会影响起吊。但我们为了保险起见，还是汇报院里指挥部，领导决定换上了全新的。我们整个原子弹研制过程就是坚持一丝不苟。

从 1960 年开始，历经分解试验、小比例试验、大比例试验、到综合性检验，再到最后核试验前的安装、在塔上插雷管，我都是亲历亲为，到 1964 年 10 月第一颗原子弹爆炸成功，这一路真是非常不容易。起爆前的 10 秒倒计时，人好像已经没有知觉了，紧张、期待等各种感情交织，脑子里一片空白。预示着爆炸成功的巨响传来，大家幸福得跳起来、鼓掌、抱在一起，我心里一块石头落了地，一下子瘫坐在椅子上。

要赶在法国人前面

1966年年初，中央决定要在年底完成氢弹原理性试验。这意味着1966年10月要完成爆轰试验。时间非常紧迫，这在一定程度上与国际形势有关。当时世界上只有美国、苏联和英国有氢弹，法国正在研制，所以当时的想法就是我们一定要抓紧氢弹研制工作，要赶在法国人前面。

陈常宜（后排左三）和部机关同志参加纪念碑落成典礼

氢弹爆炸需要很高的温度和压力，只有原子弹爆炸的能量能达到这样的要求。而原子弹试验成功后，如果要适用于氢弹，还需要做一些改变。这就带来了新的技术挑战。

氢弹突击队实际上就是解决原子弹改进后正常试验的问题。那时虽然处于“文革”时期，但九院也非常了解我们任务的紧迫性，重新调集力量组织起研究队伍。我被授命为这支突击队的队长。后来证明这支队伍确实是精兵强将。

同时，为了保障按期完成，院里还采取了一系列措施，将负责试验的、理论的、设计的研究人员结合起来，尤其是试验的与设计的联动配合，集中力量突击攻坚。这种策略大大缩短了沟通成本与反馈周期，试验过程中就有负责总体设计的人员参加，从而能够了解我们的试验进度及遇到的问题，也能提前知道后续总体核试验装置需要注意哪些问题，有哪些需要试验检验的就随时给我们提出。

无论是人力、计划、设备等方面，还是生产车间的配合，院里都为我们提供了大力的支持。我们也有同志在车间蹲点，对于形状复杂、加工精度要求高的元件，都能及时跟进、及时调整。这些试验性的生产，很多时候都是不断摸索不断配合的，这种“质量联系”的工作方式下，效率就非常高，也更好地调动了大家的生产积极性。

突击队很多时候，就是在看似没有路的时候，创新方法，解决问题。我们当时的工作环境主要是 3 个碉堡。为了试验安全，我们住的地方离办公室很远。有的同事为了节约交通时间，中午不回家吃饭，甚至晚上还接着干，直到夜里山上起雾了，湿度、温度达不到试验要求，才赶回家抓紧时间休息一下。能够在 10 个月内完成是奇迹，也是大家实实在在干出来的。

能够参与核武器研制工作，这对大家来说都是非常荣耀的。这是组织上的信任。所以大家心都往一处想。原子弹是中国的“争气弹”，氢弹研制也最终实现了“赶在法国人前面”的目标。

7. 给第一颗原子弹插雷管

叶钧道 口述　　**余诗君** 整理

叶钧道，男，1931 年生，陕西户县人。1955 年毕业于东北工学院，分配到中国科学院力学研究所。1960 年调入二机部北京九所。1963 年转入青海 221 厂实验部，任第九作业队 701 队副队长。先后在 221 厂实验部、九院一所工作。曾任 221 厂研究所副所长，研究员。1991 年退休。

我 1960 年 5 月从中国科学院调往二机部九局（九所），当时李觉担任九局局长兼九所所长，朱光亚、郭永怀、彭桓武、王淦昌等科学家为副所长。当时朱光亚跟我说，调你进来搞爆炸力学。随后，九所成立了理论部，邓稼先担任理论部主任，周光召等为副主任。接着又成立了实验部，主任是陈能宽，我被分配到实验部五组，组长是任益民，副组长为经福谦。我们组分成两个方案队，一个队主要研究高压下材料状态方程，队长是熊后光，队员有董庆东、李国珍等人。另一个队主要配合理论部研究原子弹结构原理，吃透并验证苏联专家所提出的模型中的问题，从而建立我国独立的理论计算程序，设计出我国第一颗原子弹的总体图纸。我担任这个队的队长（方案负责人），队员主要有李炳生、杨中正等人，还有一个工人叫张振民，主要负责安装实验装置。

铁塔上经历大风夜

在北京，我们所工作的地方叫“17 号工地”。在那里，我们共同设计了 5 个试验方案，共做爆轰试验 200 余发（试验关键阶段有过一天打 13 发的记录）。这段时间，我们对原子弹的爆轰原理进行了一系列的研究，取得的大量第一手宝贵资料，为理论设计提供了可靠的试验数据。

1962 年，我爱人生孩子无人照顾，领导特批了我一周的假。但当时正是我研究飞层整型课题的关键时刻，理论与结果很不符合。我提前结束休假返回岗位，整日思考工作，上下班骑着自行车时也在思考马赫反射问题，有一次差点出车祸。通过日夜攻关，终于使这一课题圆满解决，得到了院领导的一致好评。

1963 年 4 月，我们到青海 221 厂后，赶上 1964 年草原大会战——二二一厂集中各个部门的力量大会战。我当时在实验部二室四组负责大型试验的爆轰试验，一共参与了六次大型爆轰试验。我们先做缩小一半尺寸的局部爆轰模拟试验，再做

1∶1尺寸的整体爆轰模拟试验。

1964 年 10 月，在即将引爆原子弹的
铁塔上 8 位参试人员合影

经过这次缩小一半尺寸试验，取得的结果符合理论要求。因为聚焦波形符合以后，中子源在中心的温度就可以得到保证。中子源小球需要千万摄氏度以上的温度才能出中子。聚焦得不好，温度达不到，中子源就不会产生大量的中子，试验就会失败。

我们进行 1∶1 尺寸爆轰模拟试验的时候，有一发用的是 8 号材料，大家对放射性材料心里有顾虑。作为组长，为了打消大家的顾虑，我请王淦昌所长来讲课。王淦昌说："我做了一辈子放射性工作。人家说做放射性工作对生育有影响，你看看我，有 5 个孩子，我身体现在还挺好。大家不要害怕，只要采取正确的防御防护措施，就可以避免放射性的危害。”

六分厂进行缩小一半尺寸聚合爆轰试验以后，要清理场区。铀 238 材料的放射性比较强。我们每个人都发了一副防护面具，把那些散落的放射性材料拿刮子刮到一块儿，然后装在箱子里，最后用吊车把箱子吊走，埋起来。清理场区时，吊车司机坐在吊车里面，我摆手让他开进来吊，他就是不进来。我到驾驶室里面问他原因，他说：“你们都穿着防护服，戴着防护面具，我只戴一个口罩，让我吊，我的身体怎么保障?”由于司机穿戴防护服无法开车，又考虑到试验已经过去一周，空气中的污染物都散了，只有地面上有污染，就给司机只配了口罩，没有穿防护服。为了打消司机的戒备心，我干脆坐在他的旁边，把我的防护服也脱了，防护帽子也卸了，然后说：“你看看我这个样子，我都不怕，你又不用下车，没有什么影响。”后来司机把车开了进去，把箱子吊走了。

1964 年 6 月 6 日，221 厂进行了 1∶1 尺寸整体爆轰模拟试验。这次试验除了不用核活性材料之外，其他部件全部采用原子弹装置核爆炸试验时所用的材料和结构。这次冷试验圆满完成，达到设计要求，我们完成了各项准备工作，就准备做国家核试验了。

1964 年 8 月，第一颗原子弹爆炸之前进行了一次预演，就是把真的原子弹放到塔上去。我是塔上工作队的副队长，当时，我和队长陈常宜在塔上值班。前一天上去的时候，风力不过三四级的样子，到了晚上就变成了十一二级大风，我们想下来却已经下不来了。我们也没带水和干粮，又冷又饿，大风之中，铁塔以大约一米的幅度左右摇晃，我们被晃得晕晕乎乎，根本没法睡觉。就那样在塔上面值了一夜班。第二天仍然没有水和吃的，是工程兵的一个牛工段长，冒着大风攀爬到铁塔架子上，给我们送来了水、鸡蛋和面包。直到下午风小了我们才下来。

时间最终定在了 1964 年 10 月 16 日。采用的是铁塔上爆炸的方式，即先把原子弹在地下室组装好，不插雷管。推到一百米高的铁塔下后，再吊升到塔顶，进行固定、检查、测试，等各项工作完成后，最后才插雷管。

最紧张的插雷管时刻

原子弹能否试爆成功，就看最后插雷管了，因为雷管是否能按规定要求插到正确的位置，直接影响到原子弹能否引爆成功。

1964 年 10 月 15 日，罗布泊核试验场区下达了清场命令，九院第九作业队大部分人员撤离现场。

16 日凌晨，李觉向试委会报告，原子弹塔上安装和测试引爆系统第三次检查完毕，请求 6 时开始插接雷管。张爱萍、刘西尧、朱光亚、张蕴钰等领导签字同意。

终于进入完成原子弹装配的最后一道工序——插接雷管！3 名操作手——队长陈常宜、同为副队长的张寿齐和我登上了高达 102 米的铁塔，等待插管指令。上去的还有陈能宽等领导，队员贾保仁负责记录哪个人插了哪个雷管，还要帮助递部件。

第一次进行核试验，要把数量甚多的雷管插好，操作手承受的心理压力有多大可想而知。这里面有两个重要问题：一是雷管的可靠性、同步性要好，二是插接要到位。如果这两条做不好，直接关系到原子弹能否正常爆炸，影响核试验的成败……

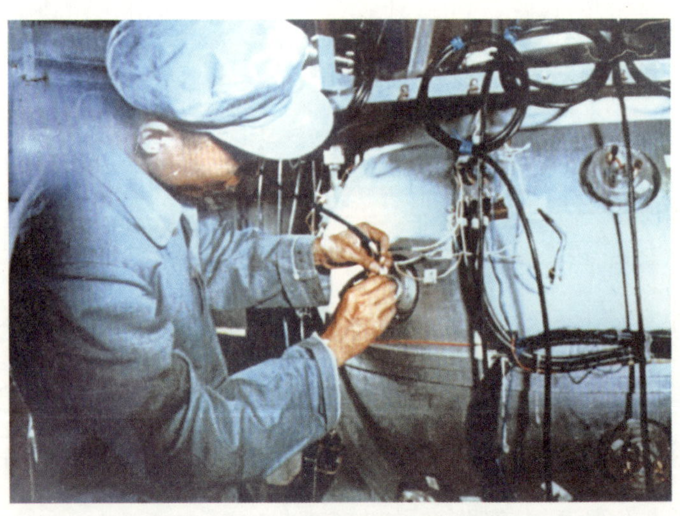

1964 年 10 月 16 日，我国第一颗原子弹升上铁塔后，第九作业队 701 队人员正在试插雷管

雷管是西安 804 厂生产的，一批大概 1 000 多发。做核试验的这一批，是在很多批次里面挑的数据最好的一批。挑出来以后，对这些雷管进行了可靠性与同步性实验。

这是第一个环节。第二个环节是插接。这次插接用了几十根雷管，我们三个人花了三个半小时。为什么花这么长时间？因为首次核爆插接雷管的工作全部都是手工操作。判断雷管是否插好，靠的是操作者的感觉和听觉，雷管插好时会听到“咔”的一声，如果有一个人说没听清，就会重新插。插完雷管之后，有一个人专门检查数据，进行测试、量尺寸，测试合格后，陈能宽再做最后的检查。

插好以后接导线，之后是导通环节，确定把同步装置与雷管联起来，这由赵维晋负责。此外要担心的还有静电。因为那时候空气很干燥，所以，我们插接雷管的同志身上穿的全是棉织品，包括鞋、衣服、裤子都是棉的。贾宝仁拿着雷管递给我们，我们操作一下马上去握一下接地的静电棒，确保消除静电，做这些动作都是很慢很慢的。因为动作很慢，所以插接的时间就比较长。

插雷管工作完成以后，经过领导检查，大家签了字，我们就下塔了。爆室下面空调间还有两个值班人员：一个是李炳生，另一个是杨岳欣，好像我们最后撤退的时候他们已先撤了，我记得在塔底下等待我们的是李觉、朱光亚和张蕴钰，李觉部长每次试验期间都现场坐镇，给我们无形的鼓励。

就这样，我们出色地完成了第一颗原子弹试爆插雷管任务。

蘑菇云变成红云

第一颗原子弹爆炸的时候，我全程亲身经历了那个现场。当时，现场许多人都是按照要求，脚朝着爆心，把脸捂着趴在地上，不能看，等到有人发命令才能起来。因为我是副队长，组织上专门给我配备了一个墨镜。我当时就一个念头——想亲眼看一看核爆，在还没有听到号令的时候，我就站起来了。很巧，刚好是起爆的那个时间，我感到的首先是光，很强的光，看了眼睛可能会被闪瞎的强光，因为有墨镜做防护，所以才能看，其次是冲击波，然后才是声音。我处在 50 公里以外，看到爆炸场面时，我也有个基本判断：应该是成功了！因为一般几百公斤的炸药爆炸时，冲劲一会就散了，但这个爆炸引起的巨大能量往上冲，卷起周围的大量沙尘。我看着升腾而起的蘑菇云，一直看到蘑菇云散了，变成一朵红云向东边飘走了。

8. 两弹总装车间的故事

黄克骥 口述　　**余诗君** 整理

黄克骥，男，1936 年出生于辽宁省辽阳县。1952 年进入沈阳重型机器厂，1960 年调到二机部北京九所车间工作，1964 年 5 月初调到青海金银滩二二一厂二分厂 207 炸药装配车间（后改为 203 两弹总装车间）参加我国第一颗原子弹装配工作，1980 年担任车间主任，1983 年任二分厂工会主席。1993 年撤厂后退休。

离开那高寒缺氧而又美丽神奇的金银滩 26 年了，在庆祝新中国成立 70 周年和我国第一颗原子弹试验成功 55 周年的日子里，我总是在想念着为我国发展核武器事业做出无私贡献的二二一人。1964 年 5 月初，我被调到青海金银滩二二一厂二分厂 207 炸药装配车间（后改为 203 两弹总装车间）。总装车间曾总装出中国第一颗原子弹、第一颗核导弹、第一颗氢弹，见证了中国核工业发展过程中的几个关键时刻。

1987年2月，二分厂工会主席黄克骥下炸药车间了解工作时留念照

总装第一颗原子弹

1960年，二机部正式把我们调往北京二机部九所。我们的任务是为研制第一颗原子弹做试验准备工作，加工试验需要的部分工具，主要为满足17号工地打小炮使用。我们中的另一部分人直接到青海参加基地建设。

在1962年至1963年间，我和李文星老师傅由新建车间调进旧车间（仓库），秘密总装一颗为原子弹空投的航道试验的配重弹。为了严格保密，当时我爱人也不知道我在做什么工作。

1964 年春，大批科技人员和技术工人奔赴大草原，我被分到二二一厂二分厂 207 工号，即总装车间，开始为第一颗原子弹的总装做准备工作。为了把“争气弹”早日装出来，我们每天严格地模拟练兵、看图纸、熟悉工艺，用假弹反复地拆装练兵。

1964 年 7 月，221 厂成立第九作业队，由技术过硬的工作人员组成，我是其中的一员。产品的相关零部件都陆续进入总装车间，开始正式进行产品总装。我们日夜不停地进行总装练兵，工作进入紧张倒计时状态。在那一段时间里，王淦昌、朱光亚、李觉、张爱萍等领导经常到车间检查工作进展情况，鼓励我们，送来亲切的问候，极大地鼓舞了我们的士气。8 月份，第九作业队全体参试人员登上专列，向新疆国家试验基地驶去。

1987 年 4 月，黄克骥在工作中

10 月 15 日的早晨，基地指挥司令部下达准备塔爆试验的命令。全体参试人员兴奋地互相搂抱在一起，高声喊道：“可盼来这一天了!”吃过早饭后，带着既兴奋又紧张的心情，在组长蔡抱真工程师、副组长吴文明工程师的带领下，我们装配组的全体工作人员激动而又有些紧张地走进地下工房。因为是临时工房，所以地方不够宽大敞亮，稍不注意就会被地面上摆放的零部件绊倒。但岗位分工明确，我们一切行动听从指挥，安静有序，忙而不乱地进行操作。没有一个闲杂人员，整个车间内鸦雀无声，静得仿佛掉一根针都能够听到。

吃午饭的时候，我们脱去工作服走出地下工房，一下子被站在出口处那么多位穿将军服、中山装的人惊住了。一位厂领导对我们说："张爱萍将军怕打扰你们的操作，在这里站了两个多小时了。"接着，张爱萍将军走上前来，握着我们每个人的手说："辛苦了，辛苦了……"就在这时，刚才那位厂领导又走上前来说："张爱萍将军特派直升机从乌鲁木齐运来了冰棍慰问大家!"听到这个消息，我们一阵欢呼！在挥汗如雨的时刻，能吃到一根冰棍，也是件幸福的事!

傍晚时分，首颗原子弹总装工作终于完成。我们走出地下工房时，看见铁轨上有一辆平板车载着一个大铁罐停放在那里，还有一辆大吊车停在一旁。一切就绪，就等着我们总装出来的原子弹了。

只听见一声"起吊"命令后，朱振奎师傅聚精会神地坐在吊车驾驶室里，在曹庆祥老师傅摆旗和哨声的指挥下，慢慢地将原子弹从地下工房的天窗里吊了出来，安稳地放进平板车上那个大铁罐子里。随后，我和蔡抱真、朱深林、曹庆祥在平板车旁就位，一声“出发”口令后，我们 4 人迈着统一的步伐，平稳地推着平板车，沿着铁轨一直推到那高高的铁塔下面，交给负责将原子弹运送到铁塔上的工作人员后，才长长舒了一口气。紧接着，我们随着大家一起登上大轿车离开这片戈壁大漠，在茫茫的夜色里向参观站方向驶去，等待明天那振奋人心时刻的到来。

16 日下午，当看到由我们亲手总装的产品一声巨响过后，翻滚着升腾起蘑菇云时，我们的那种激动是无法用语言来表述的。

总装第一颗核导弹

1966 年 9 月，我们第九作业队的全体工作人员再次乘上专列，带着金银滩的花香驶入茫茫戈壁，参加我国第一颗导弹飞行试验。

我们核弹装配组和设计部总装车间装配组的人员同宿在基地 6 号工作区的车间办公室。二机部副部长、九局领导李觉和队领导、系统组的技术人员住在距离车间百米远的解放军营房。

在基地指挥部的工作安排下，全队人员到达后来不及休息就投入了工作。我们总装组在队领导成员陈家圣、李必英和车间主任的带领下，开始了操作练兵，总装一发试飞航弹产品，准备基地全体预演。虽然一连几天都在紧张工作，大家都毫无怨言。但当夜里躺在被窝里的时候，就有些睡不踏实了：这次试验，我们要与核弹睡在一起。我是装配钳工，对于炸药、核材料，特别是对灵敏度很高的雷管的性能和安全知识，我们这些搞机械的技术人员知道得很少，心里总是不踏实，万一不小心碰响了引起爆炸……这是危险性很高的操作，不能有一点马虎。李觉将军非常了解我们这些工人的心理。他不仅亲临现场陪伴，还指派负责技术安全的同志给我们上课，讲解雷管的知识、性能和安全注意事项等。负责插雷管的师傅还给我们做了安全试验，解除了大家的担忧。

中秋节那天，执行总装一发试飞训练弹。吃晚饭的时候，刚坐下来，李觉副部长走过来，冲我说："大黄，今天是中秋节，晚上你们又要加班，可不能喝酒啊。"我站起身说："李部长放心，就是桌上摆着酒，我也不会喝的。"李觉副部长高兴地说："好，完成任务，我给你们酒喝。"

晚上，第九作业队顺利地完成总装工作的时候，圆圆的月亮早已升上了天空，月光下的戈壁景色迷人。工作队领导在营房里开会，研究下一步工作。作业队则趁此难得的闲暇，欢快地在办公室里谈笑着，有的打扑克，有的下棋……谁也没有想到，这么晚了，李觉副部长还来看望大家。见到他进来，大家立刻惊喜地站起来。他笑着说：“坐下，坐下，完成任务了，玩吧。可要注意休息哟。”我刚放好被子，想躺下休息，李觉副部长走到我的床前说：“大黄，今天过中秋节，没有喝着酒，不高兴了吧？”我赶忙笑着说：“没有，没有。”他把手里拿着的一瓶葡萄酒放在我床上说：“你和大家每人喝一口，睡觉香着呢。”大家感动得一时不知道说啥好，这是李觉副部长送给大家的一瓶充满关爱、充满寄托的酒呀！

1966 年 10 月 24 日，基地指挥部下达正式总装我国首颗导弹核武器命令。多少天来的学习、练兵、参加合练预演，都是为了这一天。下午，在试插雷管的时候，我们退到操作线外观看，等待继续总装工作。突然，意想不到的事情发生了。一位工人师傅小心谨慎地将雷管试插进去后，有一个雷管怎么也拔不出来了，本来就是冒着危险在操作，万一碰响雷管，后果不堪设想。站在操作线外的人们，急得头上都冒出了冷汗。此刻，李觉将军走进了车间，就坐在我们身后几米远的地方，注视着大家，一声不响。有人担心地小声说：“快让李觉副部长离开车间吧。”

这时，陈家圣走出操作线，跟李必英说了两句，然后走到我跟前说：“大黄，你是钳工，去试一试，给拔出来！”我一下子傻了，赶忙推脱说：“我从来没干过那工作，不行，不行。”

陈家圣了解我的心理，鼓励道："不要怕，只要胆大心细，别紧张，不会出问题的。相信你会有办法的，去试一试。"我望了一眼坐在身后的李觉副部长，他的眼中满是期待，又像是在鼓励我。大家的目光也都盯着我。为了争取时间，我没有再说什么，走到操作台前，稳一稳神，伸出手轻轻地左拧一下，右拧一下，但雷管仍旧一丝不动。我一边拔一边琢磨，大概过了半个多小时，突然，轻轻一下子就把雷管拔出来了。我舒了一口气，这时才发现我已经满头大汗，连内衣都湿透了。

1966 年 10 月 27 日，当太阳升起的时候，朝霞满天。我们陆陆续续登上一座小山坡，望着那雄伟壮观的发射塔，等待着那振奋人心的时刻。不一会儿，大喇叭里传来倒计时的报读声，蓦然就见发射塔下燃起翻滚的火焰，神箭喷火升腾，转弯进入航道向爆炸目标飞去，第一颗核导弹飞行试验成功了！

总装热核理论试验弹

1966 年 11 下旬，参加我国氢弹热核理论试验的二二一厂第九作业队装配组的人员名单公布，我亦在其中。

12 月初，我们圆满完成了氢弹热核理论试验弹试总装的任务，接着就进行核弹分解装箱，待命出厂。

12 月 9 日，我们装配组全体人员乘坐大轿车离厂驶往西宁市。

12 月 10 日，我们到达大戈壁试验场地。由于时间紧任务重，第二天，我们就进工房开始工作了。开箱检查产品零部件、地装和工具等工作……

12 月 27 日，我们装配组按时完成了总装氢弹热核理论试验任务后，乘上大轿车一路颠簸地撤离了试验现场，驶进马兰基地的总指挥部，和各路参试大军汇聚在一起了。

12 月 28 日上午，我国氢弹热核理论试验成功了！这一特大喜讯很快传遍全国，震撼世界……傍晚时分，在试验总指挥部庆祝酒宴的大厅里，灯火辉煌，喜气洋洋。我作为一名装配工人代表，和聂荣臻元帅、国防科工委副主任张震寰将军、李觉副部长等首长及钱学森、朱光亚等科学家们一起共同举杯，庆祝我国氢弹热核理论试验成功，我眼含喜泪，深感幸福和荣幸。在酒宴临近结束的时候，李觉副部长把我叫到他坐的餐桌旁，敬了我一杯茅台酒，这是首长和领导给我们装配工人最高的奖赏和鼓励……

半年后，1967 年 6 月 17 日，我国第一颗氢弹空投试验成功了。我国核武器事业发展迈上了新的里程。

9. 中子源部件的研制攻关

孔祥顺 口述　　王晨香 整理

孔祥顺，男，1953 年 10 月至 1958 年 7 月在哈工大学习。1958 年 7 月至 1960 年 6 月在清华大学学习。1960 年 6 月至 1964 年 10 月在二机部九所工作，技术员。1964 年 10 月至 1972 年 6 月在 221 基地工作，技术员，组长。1972 年 6 月至 1984 年 8 月在锦州电炉厂工作，任技术员、工程师至技术科长、高级工程师。1984 年 8 月至 2004 年 8 月在锦州真空设备厂工作，任厂长、总工程师。2004 年 8 月至现在，锦州航星集团终身顾问。

1964 年，我在二二一厂第一生产部 102 车间任第四大组的组长。从 1963 年到 1972 年离开 221 基地，我一直攻关研制加工中子源部件。从原子弹到氢弹再到武器化小型化，中子源部件加工也从乒乓球大小到指甲盖大小。中子源也形象地被称为引爆原子弹的“核火柴”，是原子弹研制的重点攻关关键项目之一。原子弹爆炸，装载核弹头，多次核试验，中子源小球都出自我们的手。没有我们的中子源小球，它们都响不了。

两个学校 七年大学

我是清华大学最早的一批清华工物系毕业生了。本科读了七年，念了两个专业，哈工大五年学的是金相热处理，清华两年学了第二专业——核材料。就因为这，后来在221基地，尤其“文革”期间，我是“臭老九”。念了两个大学，七年时间，当然更“臭”了。

1960年5月25日，清华大学工物系九五班毕业纪念照片
（后排左四为孔祥顺）

从哈工大怎么到的清华？有段故事。

1958年夏天，哈工大准备放暑假了。那天，系主任把我们班10个人召集到一起，说中央组织部下的调令，要我们这

些人到北京学习。什么原因，学什么，都没有说。下了火车，上了一辆解放牌的敞篷大卡车，就把我们拉到清华园。到了这里，我们才知道，是到清华大学学习来了。

我们这个班总共 27 人，是分别从哈工大、北京钢院、清华三校金相专业即将毕业的学生中抽调的，到清华工物系学习核材料专业。在哈工大基础课都学完了，在清华大学我们又学了量子力学、统计物理、反应堆活性材料及结构材料金属学、金属物理等 20 几门课程。当时，清华大学该专业只有 3 年级的学生，我们学习两年即可走上工作岗位，所以也称为“跃进班”。

1960 年 6 月毕业后，我们有 6 个人一起分配到了二机部的九所。我们班一共有 5 个优秀毕业生，我是其中之一，还有一个吴学义，我们两个分到九所。报到后分到四室一组，宋家树是组长。当时李觉是九所的所长，邓稼先是理论部的主任，那时大家都在一个食堂吃饭。我们经常能看到他们，邓稼先特别爱吃面条。

完成研制任务　周总理专门发来贺电

1962 年，我完成了领导交给我的氧化钙坩埚研制任务。1963 年年底的一天，宋家树组长对我说，新任务来了！你带队，到原子能所。其实就是让我做一个小球。先加工球壳，做成小球，再把黑色的粉末填充进去，最后进行很多性能检测。测试合格后，就送给下一步工序进行打炮试验，看是否有中子出来，打出中子来算是合格。

后来才知道，我的新任务就是中子源部件研制攻关任务。当时根本就不知道干什么用。

中子源的作用是用中子轰击原子核引起裂变反应，因此原子弹的点火装置叫做“点火中子源”，虽然它只有乒乓球大小，却是原子弹的关键部件之一。没有中子源小球，产生不了中子，就不能发生核爆。当时，中子源材料由王方定课题组在老一辈科学家指导下经过上百次试验已经研制成功了。

1963 年年底，我带着 4 个人（王凌峰、刘雨林、郝金玺、晁富海）一行组成实习队，到原子能所李林（李四光女儿）研究室，与所里的王树人、李开嵩课题组密切合作，开始了攻关任务。

先加工球壳。刘雨林是志愿军战士，侦察排长，后来转业做了钳工。王凌峰是六级车工，从无锡调过来的，由他们俩负责加工球壳。一开始选用的材质塑性比较好，用液压吹，像吹糖人似的吹个泡，留个口。但这种材料吹得壳不均匀，有的地方厚，有的地方薄。后来又选用其他材料，先车出两个半球，球壳成形加工，公差、形状、尺寸精度都要达到要求。然后把两个半球黏结起来。两半球封的时候，工人师傅用毛笔一点点涂，涂一层，用红外线灯烤一烤，再涂一层，一层一层涂，涂多少层也是通过试验逐步摸索出来的。反复做了很多次试验，验证之后证明可以满足要求。

球壳部件做好了，粉末怎么填进去呢？小球的开口特别小，也就是 2、3 毫米吧。大家想办法，想到了用震动的办法。我们自己动手做了一个粉末填充震动装置。一做，就成功了。

粉末填充的环境要求也很高。何泽慧提出要求，要解决纯度的问题。我们想到通过气体净化设备循环，把里面的杂质去除掉。我带着组员到哈尔滨调研，到工厂提出我们的要求，他们按我们的要求很快做成了气体净化设备。需要的气体分析仪器也准备到位了。

一切准备工作完成就绪了，我们利用室里现有的一台手套箱，开始做中子源小球。

做中子源小球是一个很精细的工作。手放到手套箱里，一只手扶着小球和漏斗，下面是震动装置，另一只手拿着小勺，像挖耳勺一样大小，把粉末填到里面，装满后进行测量，重量要达到一定的要求。刚开始粉末是从王方定小组那里拿到原子能所，放在像打针的针剂瓶一样的小瓶子里，我们在手套箱里将针剂瓶上面打碎，将粉末倒出来，再进行填充。

1964 年年初，王方定小组的胡泽春和他爱人芦瑶章带着粉末制备系统到我们实验室，进行粉末制备，为我们现场了解和熟悉生产过程提供了有利条件，为中子源221基地量产的后期移交做好了准备。

当时任务要求紧，我们7个人，两人加工球壳，其他5个人，白天晚上两班倒，夜以继日进行攻关制作中子球，夜里累了打一会儿乒乓球，缓解一下又继续工作。封装完成的小球要经过四项测试，测试结果都要符合要求。这些测试都在原子能所所内完成，有的项目是在反应堆上进行的。

孔祥顺收藏的9502产品包装盒，已捐赠给海北原子城纪念馆

中间出了一次小事故，也是整个生产过程中唯一的一次事故。那天，我正在实验室填充粉末，有人跑过来说，郝金玺出事了。我也不知道啥情况，赶紧跑过去。一看，房间里到处是黑色粉末。郝金玺满身也都是黑色粉末，脸也烧伤了，手也烧伤了。他懵了，我也懵了。立即报告领导，所里派救护车火速将他送往 307 医院。

原来，郝金玺用氦质谱检漏仪检测时发现疑问，不能确定是否真的有漏，于是用开水煮煮看，这种办法虽然土了点但很直观，过去也用过。这次很不幸，小球“砰”地一下爆裂燃烧。郝金玺经抢救处理后无大碍，只是吃了不少放射性粉末，需住院治疗。治疗一段时间后又去疗养 3 个月后康复上班了。

我们干这任务的时候，都有些担心，对后代有没有影响呀。有时闲聊时就问何泽慧。她说，有什么影响？你们看我，孩子一大帮。

1964 年 10 月 16 日，罗布泊一声巨响，向世人宣告我国第一颗原子弹试爆成功。第二天，国务院以周总理的名义向攻关小组专门发来贺电，上面有周总理的亲笔签名。我们小组当时都高兴坏了。这时，才知道，哦，我们的小球是干这个的。

221 基地 8 年　从试产到量产

我国第一颗原子弹爆炸成功后的 10 月末，组织上安排我们到草原去，还是加工制造中子源小球。能参加这样一个重要的工作大家都挺兴奋的，我们小组一行 5 人以献了青春献终生的决心，告别妻儿，义无反顾地打理行装奔赴 221 基地。

第一次去草原，是带着做好没有用完的中子源小球去的。一路上，小球不离身。我和郝金玺两个人专门包了一个软卧车厢，我们俩轮流照看，一定要确保小球的安全。小球不能磕碰，放在一个用木头做的小盒子里，旁边有孔，上面有个滑盖，里面放上松软的东西，再放到提包里面。本来为了留个纪念，我收藏了这个产品包装盒，后来捐赠给了 221 基地海北原子城纪念馆。

记得我们从北京出发坐了几天几夜火车终于到了西宁，在基地西宁办事处稍作休整，又坐几个小时火车到了海晏。海晏这个地名在当时也是保密的，回家的车票都要保存好，不能让家人知道。通信只能通过邮箱号码。

在海晏换乘厂内火车半个多小时到了总厂所在地，接站人员把我们带到宿舍楼安排好住处。到住处后每人发给四大件：鞋、帽、大衣和毛毡。到了之后就有高原反应。刚开始也不知道。睡了一宿，早上起来嘴唇干裂，出去走走就上气不接下气，我才二十几岁的小伙子，搬个桌子都很费劲。后来慢慢也就习惯了。

我们到的时候，221 基地厂区建设已基本完成了。我所在的四组办公室在第一生产部 102 车间 2 楼，是一个三室的套间。102 车间是一分厂的核心车间，和铀部件相关的部件生产都是在 102 车间。

四组的人员也由原来的 5 人增加到 17 人，我是组长。组里新增加了新毕业的大学生、高中生和工人师傅。四组的几个实验室就在大厂房里，当时只有空空的场地，其他还什么都没有。

原二二一厂一分厂 102 车间一角

中子源部件在北京研发生产时，是借助原子能院的外部条件完成的，工艺已定型，到了 221 基地就要白手起家。但因为已有了经验，虽然是从零开始筹建自己的生产线，很快也就建成了。

我们通过调研，采购设备、仪器，以及必要的物资准备，很快大小机床、手套箱、震动台、气体净化装置和气体分析仪、进口的氦质谱检漏仪、性能测试用的射线测试装置、放射源、手摇计算机等陆续进厂。粉末制备装置正式移交四组，人员也到基地了。经过自己动手调试，很快就达到开工生产的条件。

从 1965 年开始，产品很快从试产到量产阶段，“文革”中也没有中断。

随着武器化和小型化，产品尺寸、大小、加工方式也有些变化，对我们来说也都不是难事，很快顺利地都做成了。在后来的多次核试验中，我们四组都有人随行到现场跟踪测试。

1972 年，我调离了 221 基地，有了一个新的开始。离开基地时我已 38 岁了。我的青春都给了中子源小球，给了草原。

10. 那些不该被遗忘的“两弹”往事

胡仁宇 口述　　**申文聪　杨　东** 整理

胡仁宇，男，1931 年 7 月 20 日生于上海。1952 年毕业于清华大学物理系，同年到中国科学院近代物理研究所工作。1956 年 8 月赴苏联科学院列别捷夫物理研究所攻读研究生，1958 年秋奉调回国到第二机械工业部北京第九研究所工作。历任部副主任、副所长、副院长。1986 年任中物院院长。1991 年当选为中国科学院学部委员（1993 年改称院士）。1993 年当选为第八届全国政协委员，1998 年当选为第九届全国政协委员。1982 年获国家自然科学奖一等奖，1984 年获国家发明奖二等奖，1986 年、1989 年先后两次获国家科技进步奖特等奖。

任何曾为我国“两弹”研制做出过贡献的人或事都不应该被遗忘。无论是获得“两弹一星”功勋奖章的科学家、院士等，还是一名普通的技术人员、工人或者士兵；无论是众所周知的北京九所、金银滩 221 基地、新疆核试验基地等前线阵地，还是隐身背后、鲜为人知的原子能所等其他研究单位或生产工厂；无论是对“两弹”研制起关键作用的科学领域，还是生产工序上一个小小的环节……

1987 年 6 月，胡仁宇在中物院机关办公室

而在这里，仅从我个人的角度，谈谈“两弹”研制中所经历和了解的一些事情。

九所与原子能所协同攻关

1958 年，我国核武器研制单位二机部九局、九所刚开始筹建时，真称得上是“一穷二白”，既没有实验室，也没有仪器、设备，甚至连必要的科技队伍都没有。二机部副部长、中科院原子能所所长钱三强就从所里抽调了邓稼先、林传骝、王方定与我等 4 名科技人员到九所，分别负责有关理论、电子学、放射化学和实验核物理方面的筹建工作。

钱三强先生找我谈话调我去九所之时，我在国内休假期满，正准备返回苏联继续研究生学业。接到组织的任务，我没有考虑自己的学业问题，愉快地接受了组织的安排，不再回苏联，而我留在苏联的个人物品后来由我的同学林传骝带回国。

刚到九所时，我们技术人员主要学习有关专业知识，准备相关的仪器、设备。那时，国家打算依靠苏联的援助发展原子能工业。但是，到了1959年6月，苏联却单方面撕毁协议，陆续撤走专家、技术资料，不再对我国进行援助。

1989年4月11日，于敏与胡仁宇（左）交谈

1960年5月的一天，九局组织我们骨干科技人员召开动员交底会，传达国家要自力更生研制原子弹的决定，提出要因陋就简、“土法上马”，越快越好。会后，我接受的第一项任务就是组建加速器与中子物理研究室。对于当时研究生未毕业的我来说，这样的重任无疑让我既兴奋又害怕，兴奋的是可以参与到国家伟大的科研任务中，害怕的是担心自己能力不足，完成不了任务。

鉴于当时九所一穷二白，二机部党组决定，九所有关实验核物理和放射化学方面的工作都先依托原子能所来进行，充分利用那里的仪器、设备和科技力量。分配到九所的这一领域的新毕业的大学生也要先到原子能所去，尽快开展原子弹点火中子源原料的制备、性能的测量、点火的中子效果测试，以及原子弹的临界质量和临界安全、辐射防护等研究。

怀着忐忑的心情，我带领一帮刚毕业的大学生，来到原子能所开始组建实验室，夜以继日地投入到核物理科研工作中。特别感激的是，原子能所非常支持九所的工作。1960年夏天，吴际霖、郭英会、朱光亚等九所领导到原子能所拜会时，钱三强先生曾表态，只要九所任务需要，原子能所一定当做重点来安排。

当时，我负责有关实验核物理方面的研究工作，原子能所安排在二室由该室主任何泽慧领导；王方定负责有关放射化学方面的研究工作，原子能所安排在十室，由该室副主任刘允斌领导。而作为九所和原子能所的联络人，我每年都会将九所提交给原子能所的一份委托其承担的科研任务清单带给他们，包括项目名称、研究内容、技术指标要求和进度等。

1958年至1963年，我直接参与了九所和原子能所合作的全过程，深深感受到，在我国研发核武器的最初日子里，原子能所为开创与核武器有关的实验核物理与放射化学领域所做的工作和贡献，虽然只是全国大力协作中的一个组成部分，但应该说也是十分重要而且必不可少的部分。

这期间，九所派到原子能所工作的科技人员近百人，其合作形式大致有三类：一是以完成九所某项重点任务为目标，在原子能所有关室的领导下，以九所科技人员为主，单独设立一个组（有时也加入几位原子能所的科技骨干），这样的研究组先后有三个：二室的 27 组，从事中子发生器的研制，并开展快中子的测量和实验研究；十室的“王方定小组”，从事中子源的制备和其他放射化学研究；二室的 28 组，从事核材料次临界实验的筹备工作。二是任务安排到原子能所的有关室、组，由原子能所负责完成，九所派科技人员共同参加，如某些放射性同位素的生产。三是将九所的科技人员派到原子能所相应的科室实习，通过完成任务学习有关知识和技术，如辐射防护、反应堆和回旋加速器上参加实验、质谱分析、放射性核素的生产和测量等。

胡仁宇（左四）参加某次核试验

1964 年年初，位于青海金银滩的 221 基地的实验室土建工程大部分已完成，原子弹的研制进入到关键时刻，急需各有关学科大力协同攻关。这时，九所核物理和放射化学领域的科技人才以及这些领域的设备也分批转移到 221 基地，随我们一同前去的还有原子能所的吴当时、李嘉樑、周眉清等负责临界试验的同志。此后，他们就一直待在了金银滩上，再也没回到原子能所。

1964年2月，二机部党组决定，九局、九所机构撤销，总院名称定为“二机部第九研究设计院”（以下简称“九院”）。221基地为“221研究设计分院”。

在金银滩上，我们很快就完成了搬到221基地的设备仪器的安装、调试，投入到完成第一颗原子弹试爆前必须解决的任务中去。

可以说，原子能所为我国原子弹研制输送了科技领军人才，提供了设备和科研基础，还为开创若干新的学科领域奠定了良好基础，直接影响到此后几十年核武器研制的进程。

乘专机运送“596”内球

1964年8月，我国第一颗原子弹（代号“596”）完成了临界安全试验和所有的零部件加工任务，并在221基地组装成功后，具备了前往新疆核试验基地进行正式试验的条件。

此时，我被任命为国家首次核试验第九作业队内球组组长。内球组的主要任务有两项：一是保证“596”核心部件——内球运输、组装的临界安全；二是把中子源放到应该放置的部位上。

1964年9月的一天，为了减少内球运输过程中的震动可能带来的损害，我们将内球放在一个充满氩气的鸟笼状金属容器中，该容器又被8根硬弹簧吊在一个木框架子中间。临近运输前，有人提出，高空和地面的温度存在较大的差异，是否影响内球质量，建议将这个木框架子放置在一个装满棉被的大木箱中。最终，建议得到采纳。这样做一是为了在运输过程中减震，二是保证内球的温度不发生大的变化。这样的防护可以说是十分保险了。

1964年10月16日，胡仁宇在核试验现场

不久，在绝对保密的情况下，我和221厂保卫、运输人员一道，登上了221基地去往西宁机场的专列。中途还出现了一个小插曲。在火车到达西宁货运火车站的一个岔道上时，停了下来。在这里，我们一待就是两天。至于为什么停留，没人告

诉我们，而我们出于已深深扎根脑中的“不该问的不问，不该说的不说”的保密意识，也一直没开口问过。停留期间，有人专门给我们送来水和食物，但我们所在的火车厢里，床位数比人数少，我们只能轮流休息。

一天凌晨，我们在睡梦中被叫醒，通知说可以去机场了。走出火车厢，我看到天色已经蒙蒙亮了，火车外五步一岗、十步一哨，站满了警卫哨兵，他们挨得非常近，一伸手就能够手拉着手。在这严密的保卫下，我们护送内球的一行人来到了西宁机场。

在飞往新疆的飞机上，除了飞行员外，就我和二机部保卫局副局长高伦二人。途中，高伦异常担心，时常让我到“内球”那里测量放射性强度。我只好克服晕机的困难，每次都认真检查。到了新疆核试验基地机场，将内球交给九院院长李觉和副院长吴际霖后，一路悬着的心总算是踏实了，暗自高兴终于顺利完成了组织交给我的任务，没有辜负组织的信任。不巧的是，心里一放松，我晕机的难受劲儿彻底地涌了上来，躺了一个小时才缓过来。

国庆后不久，我国第一颗原子弹部件全部转移至试验铁塔附近的安装工号并进行组装。在李觉、吴际霖等的亲自监督下，内球组负责将内球清洁干净后安装到规定的位置上。

当时，内球装好后，李觉院长紧绷的神经松弛下来，还和我开了句玩笑，说：“小胡，你放进去的内球是真的吗?”我严肃地回答：“院长，肯定是真的。”当然，这样一句玩笑话让我再次意识到我们身上担子的分量。

1964年10月16日下午，在离“596”爆心几十公里处的一个小山坡上，指挥部给我们参观核爆的人发了一副墨镜，然后开始宣布纪律，规定在听到爆炸倒计时的广播时，必须背对爆心趴在地上，不许抬头。当听到广播里响起“起爆”的指令后，我们才起身转向爆心方向，看到远处火球翻滚，蘑菇云冉冉升起，我国自行研究、设计、制造的第一颗原子弹爆炸成功了。顿时，参观的人群像沸腾了一样，欢声如雷，有人把帽子抛向了天空，大家尽情地欢呼跳跃，这种欢快激动的场面以前我从未见过，终身难以忘怀。

11. 点火中子源研制及核爆化学测试

王方定 口述　**董建丽** 整理

王方定，放射化学家。1928年12月21日生于辽宁沈阳，籍贯四川自贡。1953年毕业于四川化工学院化学工程系。中国原子能科学研究院研究员。1991年当选为中国科学院学部委员（院士）。早期参加我国铀矿石的分析、处理研究。1958年开始从事核武器研制中的放射化学工作。研制了用于引发原子弹链式核反应的中子源材料，并实用于核武器包括我国第一颗原子弹的点火部件。参与创建了核试验的放射化学诊断方法，并多次用于实践。

半个世纪过去，西北大漠上空的蘑菇云早已消散，但曾经为我国第一颗原子弹的研制殚精竭虑、呕心沥血的人们将被历史铭记。

接受新任务

1958年，30岁的我从莫斯科开会回到北京，发现组里发生了一些变化：办公地点由中关村迁至坨里；组里分出10人组建了第十研究室；工作性质也由核燃料前处理转向后处理。自从1953年四川化工学院毕业分配至中科院近代物理研究所（原子能院前身）以来的5年时间里，我主要从事核燃料铀相关的分析工作。除此之外，所里还安排了大量的学习，学俄语、去北大旁听原子物理学……这一切都为日后的核武器研制埋下了伏笔。

1958年8月中旬的一天，我去20号楼办事，刚走到门口，正好碰见钱三强所长从楼里出来。他叫住我，告诉我所党委研究决定派我参加原子弹研制，并征求我的意见。我当即表示坚决服从组织分配。当时钱先生很满意，高兴地说："我想你也是这样的。"他接着说："现在可以先做铀-235的核裂变产物的分离、分析和产额测定，质量分布外国人做了，我们中国还没有人做，你来做中国的第一条质量-产额分布曲线吧。"几天后，我拿着钱三强所长用毛笔写的私人介绍信，来到二机部大楼五层，在干部处长徐杰那里挂了号，就算是九局的在册人员了。这时我才发现，人们嚷着失踪了的邓稼先在这里，即将从苏联回国的胡仁宇也和他一样属于九局的在册人员。

王方定小组研制第一颗原子弹点火中子源的工棚

此前，我国已于1957年5月15日与苏联签订了“国防新技术协定”，约定苏联将援助中国制造原子弹。在等待苏联援助的日子里，我们小组一边学俄语，一边做钱先生定下的课题——裂变产物分析。核爆之后的很多测量都会用到这些，这充分证明了钱先生的高瞻远瞩和未雨绸缪。

做了一件了不起的事情

1959年6月20日，苏联方面单方撕毁协定，苏联专家撤走。二机部调整部署，开始立足自力更生研制原子弹。这时，我开始正式接手一项艰巨的任务——用于引发原子弹链式核反应的中子源材料研究。用这些中子源材料做成的装置叫点火中子源，是核武器的关键部件之一。当时有三条研制中子源的技术路线，我是其中一条路线的带头人。

研制任务开始后，遇到的第一个问题是原材料的缺乏，一些α放射性物质和元素周期表中的轻核元素都可以用作制备中子源的材料，我们小组一开始就把注意力放在α放射性物质钋-210的提取上。但α源从哪里来？由于当时原子能院并不具备条件，就找到协和医院，协和医院有一套放射性治癌的设备，可以通过提取氡来获得钋-210，可是量很少。这期间，钱三强所长问到我最近有什么困难。我就说："我们提取的方法有了，但缺少原材料。"钱所长说："我有，从法国带回来的。"于是钱三强所长带着我来到他的办公室，打开铁皮柜，拿出了近十个带磨口塞的石英瓶，这些瓶子直径约 3 厘米，高约 6 厘米。钱先生接着说："这是我从法国带回来的镭盐，放了这么多年一直舍不得用，现在用到最需要的地方了。"我从做天然放射性物质的研究以来，从没见过这么大量的钋-210 原料，一下子得到这么多，真是高兴极了。

解决了原材料的问题，接下来的问题是缺少实验场所，怎么办？钱先生建议我们小组建立一座简易工棚做实验室。他说："操作强放射性物质的工作在工棚里做最灵活，可以很快把房屋建起来。内部设施可以做高标准的：油漆天花板墙壁、地面铺橡皮、设置手套箱、安装强通风机等。"他还说："居里夫妇发现镭就是在工棚里完成的，已传为科学界的一段佳话。"

说完，他立即给基建处的同志打电话，要他来办公室来一起商讨建工棚的具体事宜。仅仅一个月之后，一个以沥青油毡做顶、芦苇秆抹灰当墙的五间工棚在原子能所落成了，这里就成了我们研制点火中子源的地方。

1959 年，钱三强在重水反应堆控制室指导工作

工棚条件差，夏天室温高达三十六七度，还要穿上三层防护工作服，戴上两层橡皮手套，挥汗如雨。严冬季节，天寒地冻，自来水管都被冻裂，我们只好晚上把液体样品和试剂搬到有暖气的房间，关好水井阀门，放掉自来水管里的水。第二天上班再复原。其实这都不算啥，因为做实验没有不紧张不辛苦的，什么时候都一样。

经过三年多的紧张实验，随着一个个难关被攻破，我们小组终于发现了问题的关键，掌握了工艺，生产出了比原来设计要求更高的成品。钱三强所长非常高兴，在召开的全所干部大会上说："我们的中子源就是一个乒乓球大小的，可是它的作用……"这时，全所上下才知道中子源为何物，我们小组做了一件多么了不起的事情。

参加了十余次核爆化学测试

1964年，由于研制工作需要，我去了"前方"——青海高原上的"金银滩"，参加并组织了多次核爆炸的化学诊断工作。核武器设计的水平如何，需要通过核爆炸试验来检验。比如核武器的TNT当量、核反应爆炸时产生的中子能谱和通量，这都是核武器研制工作者感兴趣的问题。用放射化学的手段和方法，对核爆产生的爆炸灰进行分析测量，在一定程度上可以回答这些问题。

王方定

在"前方"，我带领一批年轻人从无到有创造条件，满足了各次核试验的要求，相继参加了我国第一颗原子弹、第一颗氢弹、第一颗航载核弹、第一颗导弹运载核弹等十余次核爆的放射化学测量工作。根据情况需要，我们先后建立了多种分析方案，以适应单一原子弹、不同裂变材料原子弹、加强型原子弹、氢弹原理及全当量氢弹的试验要求，这些项目获得了多项国家发明奖。

回想往事，我这一辈子做的工作都是在完成国家交给的任务，能把我个人的事业与国家的需求紧密结合起来，我感到很自豪！

12. 我国两弹研制中核测试的经历

唐孝威 口述　　**杨新英** 整理

唐孝威，实验核物理与高能物理学家。1931 年出生于江苏无锡。1980 年当选中国科学院学部委员。曾先后在中科院近代物理研究所、二机部第九研究院、中科院高能物理研究所和浙江大学工作。

唐孝威在北京花园路九所（1960 年）

20 世纪 50 年代，从事核探测器研制工作，并参加了我国铀矿的野外勘探，参与发现了中国核工业的“开业之石”。

20 世纪 60—70 年代，在青海核武器研制基地参加了中国原子弹和氢弹的研制工程。他在实验上确证了我国原子弹中子点火技术成功，是我国核测试近区物理实验的开创者和奠基人。

我国第一颗原子弹中子点火技术的实验

20 世纪 60 年代初，二机部九院在二二一基地组织研制我国第一颗原子弹的“草原大会战”。

1963 年年初，我们实验组在北京研制了几种测量脉冲中子的探测器，并且掌握了爆轰条件下脉冲中子测量技术。1963 年上半年，我们和九所的科研及行政人员一起，迁往设在青海的二二一厂。实验组到基地后马上开始工作，准备进行大型的爆轰试验。实验组里有徐海珊、杨时礼、陈涵德等。

2004 年，李觉（左）和唐孝威（右）合影
（李觉曾任九院院长）

1963 年 11 月 20 日，基地进行了第一次缩小尺寸的原子弹模型装置的爆轰试验。我们实验组负责测量中子。当时我考虑

到我们对测量中子没有经验，尽量要多记录，所以把各种探测仪器放得靠装置比较近。在这次试验中，我们得到的信号非常多。在一些探测器中，信号把电子学的放大器阻塞了，得到的是饱和信号。大家看到测量得到的照片后，有个别人提出了不同意见，说测到的不是中子信号，可能是假信号。我说，我记录的是真实的中子信号，只是中子信号太多了，所以得到的信号是饱和信号。当时我主要是根据示波器脉冲的波形来判断的。有关爆炸干扰的假信号，我们在北京 17 号工地做过很多次，积累了很多经验，爆炸破坏仪器时候的假信号和爆炸干扰的信号，在产生时间上、脉冲波形上都和中子信号不一样。

当时争论很大。王淦昌、朱光亚和我们一起讨论，决定再做一次重复试验。我们在这次重复试验中，设计使用了更多的探测器。除了和原来放置位置和大小完全一样的探测器以外，还增加了一些距离远一点的探测器，以及一些小型的探测器，将记录信号的灵敏度降低些。接着我们进行了一次重复的爆轰试验。大的探测器的结果和上次一样，信号都饱和了；小型探测器和远一点的探测器记录的中子信号完全正常，没有饱和。各种探测器的结果互相都符合。试验结果证明我的结论是正确的。

1964 年，九所领导决定进行全尺寸的原子弹模型装置的爆轰试验。这次试验非常关键。试验中所用的炸药的构型、雷管的同步和真的原子弹试验完全一样，唯一不同的是裂变材料被代用材料取代。这次冷试验我们要测量能不能出中子。如果这次试验成功，就说明整个结构能够按照原来的设想运行。

在这次关键试验之前，二二一厂各方面都为它开绿灯。试验前，我们全组都搬到试验场区六分厂的平房去住，就在工号旁边。为了保证试验结果可靠，全组同志开动脑筋，找出可能存在的隐患一一排除。在正式试验之前，我们进行了多次操作预演。1964 年 6 月 6 日，正式试验在二二一厂六分厂爆轰场地进行。各级领导都非常关心，李觉在现场坐镇，吴际霖亲自指挥。试验时，王淦昌和朱光亚、邓稼先、陈能宽等科学家一起来到试验现场。陈常宜等几位同志在爆炸装置上插雷管。

唐孝威（左）和王世绩（右）合影

（王世绩院士曾任二二一厂实验部 31 室副主任）

爆轰以后，我们赶快把照相底片从示波器中取出来，送到总厂冲洗。我在总厂暗室里看冲洗出来的底片，看到不同的探测器记录的示波器底片上，都有清晰的中子脉冲信号，非常高兴，急忙拿着这些底片到总厂会议室汇报。我当时高举着冲洗出来的胶卷底片说："测到信号，试验成功！"会议室里顿时响起热烈的掌声，大家一片欢腾，互相庆祝！

这次试验是原子弹研制的一个里程碑，试验成功就是冷试验过关了。李觉迅速把这个好消息报告给了北京。

我国第一颗原子弹爆炸近区的实验测量

1964 年 6 月，我们实验组在二二一厂完成了原子弹中子点火技术的实验测量后，领导通知我们准备到新疆去做第一颗原子弹的核试验测试工作。

我们先在二二一厂制造核探测仪器，然后把这些仪器运到新疆核试验基地。当时九院到核试验场地出差的人员共有 220 多人，组成九院的第九作业队。第九作业队里有几个分队，包括材料、控制、实验测试、总装等。我所在的作业队负责测试，我是副队长，带领徐海珊等做热试验的核物理测试工作。

第九作业队人员在核试验基地的试验铁塔上和铁塔下进行了大量的准备工作。我们实验组除了在铁塔上放置探测仪器外，还在铁塔下放置 γ 射线探测器，在屏蔽得很好的地下工号中安装记录仪器。我们反复检查各种仪器，进行了多次预演。我们测量的是原子弹近区核射线的情况，所以称为核爆近区测量。

1964年10月16日，我国成功地进行了第一颗原子弹的核试验。那时我们第九作业队人员都在安全地带的观察点观察核爆炸的实况。观察点离爆心约60公里，看不见铁塔，大概知道是那个方向。听“倒计时”的广播，从起爆到蘑菇云起来有一段时间。看到蘑菇云起来，还升得很高，就知道原子弹爆炸成功了。我们在观察点看到蘑菇云后，很快在核试验基地防化兵的协助下，回到现场工号，打开密封的工号门，到工号里面把示波器的照相底片取出来，获得了我国第一次核爆近区测量的宝贵资料。

二二一厂大型爆轰场地的一个工号

氢弹原理的核试验现场测试

九院领导很早就安排氢弹原理的预研，进行多路探索。1965年，在于敏带领下，九院理论部提出了中国自己的氢弹设计方案。九院领导决定进行一次氢弹原理试验，检验这个方案。接着，我们研究室（我是室主任，王世绩是副主任）在二二一厂进行氢弹原理试验的各项准备工作。我们研究室对热试验的实验测量进行准备，成立了几个组，分别对许多项目制订实验方案，并且设计和制造多种探测仪器，对核爆炸产生的中子、γ射线等核辐射的各种特性进行测量。1966年装置全尺寸模型的爆轰冷试验得到了圆满的结果。

1966年12月初，我们带着研制好的全部仪器到新疆核试验场地。我们研究室参加人员有华欣生、王乃彦等，还有1963至1965年的大学毕业生60余人。这次热试验采用塔爆。在距离爆心500米、1 000米和1 500米处，建造了三个测试站，每个测试站分别有屏蔽得很好的地下工号。我是九院第九作业队测试队队长，是这三个测试站核测试项目的总负责人。另有两个高速摄影的测试工号，由董大年负责。

聚变高能中子测试是当时测试的一个重要项目。参加这个测试项目的，有我们研究室的华欣生、潘文明、王佩琳等许多科研人员，还有配合参加实验、进行有线和无线传输工作的、九院实验部及设计部的科研人员，共计 28 位同志。

在热试验里，很多测试结果要拿回到二二一厂把照相底片洗出来进行详细分析、测量和处理，才能得到精确的数据。这个聚变高能中子测试，是实时测量的一个速报项目（速报项目就是在试验现场马上就报告试验的数据和结论），是在核爆炸现场马上进行测量，在核爆炸以后立刻报告氢弹原理成功不成功。

二二一厂七分厂旧址（2017 年）

在我们进行各种测试准备工作的同时，九院到新疆核试验场地出差人员组成第九作业队中负责运输、装配、控制、起爆等方面的人员，工作非常紧张。他们把试验装置放在塔顶上安装、插雷管，到 1966 年 12 月 28 日实施氢弹原理热试验。我和课题组的几个成员留在主控站附近、离爆心约20公里的地下工号里。信号从远处测量点传过来，传到这个地下工号里，我们用仪器记录。我就等在这些记录仪器旁边，看核爆炸时聚变高能中子的情况。同时我们测试组还有几位科研人员到另一处山顶测试站（25公里外）实时测量无线遥测的高能中子数据。速报结果由我来综合上报。

这个地下工号是屏蔽得非常好的一个大房间，里面放着记录由远处测量点传送来的探测信号的记录仪器。地下工号外面有大门，通向外面的铁门是关着的，但是底下还有一点小缝。里面很安静，我和几个助手坐着，桌子上放了很多的记录仪器，灯光比较暗。我们一直等在那儿，等待着起爆的“零时”。当我的手表指针到预定的“零时”那一瞬间，我忽然看到地下工号铁门底下的狭窄门缝那里有很亮很亮的一个闪光，这就是核爆炸了。同时，我看到桌子上的计数器开始记录大量的计数，它们随着时间衰减，和在二二一厂加速器实验刻度的情况是一样的。我马上知道：氢弹原理试验成功了！

测量结束后，我们赶快离开地下工号。我拿着试验测量数据，向领导报告了证实氢弹原理试验成功的第一手测试资料。因为这次试验非常重要，所以理论部的彭桓武和于敏等在试验前专程从北京到新疆核试验现场。我马上把这个好消息告诉了王淦昌、彭桓武、于敏等，和他们握手祝贺。

在这次核试验结束后，我们在核试验基地防化兵的协助下，组织测试人员进到5个测试站的地下工号里，回收测试项目的记录数据。这次核爆炸的实际威力超过了预估值。距离爆心500米的测试工号被爆炸冲击波严重破坏，没有取得测试结果。九院其他测试站的测试项目都得到了满意的结果。

我们回到二二一厂后，朱光亚副院长主持了试验的总结工作。接着，我们又投入了全当量的氢弹试验的准备工作。

13. 我国第一颗原子弹的核爆轰试验

李植举 口述　　王烜昌 整理

李植举，福建南安人，1963年北京大学毕业，分配到二机部九院二二一基地，参加我国第一颗原子弹大型爆轰试验研究，1965年起一直担任科研组组长，1978年5月任研究所学术委员会委员。多次作为国家试验工作队爆轰队队长参加国家核试验。1985年任漳州大学副校长。1994年国务院授予政府特殊津贴。

我是1963年北京大学毕业分配到二机部九院的。当时学校公布的分配单位中有“青海第二机械试验场”，我抱着到大西北谱写新时代“青春之歌”的激情，向学校写了申请报告。回到家，父母得知我主动要求到大西北工作的消息好久都没有说话，过了好几分钟，我爸大声地说了句：“你现在就马上和金焕结婚。”按照当时的报到要求，两天后我就得出发，于是紧张地去办了结婚证，金焕也给她妈妈发了一个电报。结婚第二天，9月1日，金焕送我到泉州，在泉州照相馆，我们拍了一张“千里情深”的结婚照。到青海西宁，工作单位办事处的值班人员接待了我们，过了好几天才从办事处那里知道我们的工作单位是叫二二一厂，属于哪个系统、研制或生产什么都没敢多问。工作很长时间后，才知道是二机部九院的下属单位。

之后我们被分配到各个科研室，我在实验部二室四组，分管的室主任是经福谦，组长是叶钧道。他们一丝不苟的工作作风对我影响很大，我做了数百次爆轰实验，插接过数千发高压雷管，没有出现过一次质量问题，没有发生过一次技安事故。

进厂前的“千里情深”

攻坚原子弹

我国第一颗原子弹的代号是“596”。源于1959年6月苏联政府决定暂缓向我国提供原子弹教学模型。制造原子弹有两种方法：一种是枪法，把裂变材料瞬间堆集在一起实现超临界产生核爆炸，这种方法简单、费核材料，不可能小型化；另一种是内爆法，靠内爆过程瞬间把裂变物压紧实现超临界。

我们组在“596”任务中的实验课题是两个系列实验。其中一个是二二一基地首次进行含弱放射性材料的一次大型爆轰实验。针对前几次实验结果不理想的情况，组长叶钧道指定我所在的实验小队实验研究光学测试和电学测试的实施方案。为得到实验条件下提供高速转镜扫描摄像的光源物件的最佳制作方案，张万甲和我为此做了十多次小型实验。得益于新的光、电信号源制作工艺，实验很成功，电学测试结果也很理想。我们在制作工艺的实验研究中，还把实验部马耀贤得出的光学底片黑密度和受载体压力的线性关系进行了扩展。

之后我们组迅速启动了第二个系列的爆轰实验，待测界面压力和质点速度改变，实验装置径向尺寸也大了一倍，经过周密细致的研究，实验取得圆满成功。一系列实验的成功，使原计划的另两轮试验可以跳过，为我国第一颗原子弹试验赢得了宝贵时间。

1964 年 10 月 16 日，中国第一颗原子弹试验成功。大家欢欣鼓舞，奔走相告，不过由于保密，大家只是轻声细语地说："我们成功了！我们成功了！"

首颗原子弹试验成功后，我们组很快就接受了新的任务，叶钧道组长要求我抓紧时间编写相关实验设想方案，以及实验装置所有实验部件的设计任务书。这一任务目标要应用于导弹核试验的核弹头，体积不到之前的二分之一，设计和加工的精度要求必须提高。由于加速飞行，各部件加载过程会发生变形和位移，对弹体的连接和支撑结构都有更高的要求。这些都必须考虑。我不到一个月就把实验方案和全部设计任务书陆续完成。接下去便是和设计部门、加工车间、测试单位协商细节。

1965 年，实验部进行组织机构调整，我还没当过队长就被提任为新二室四组组长。接到的主要任务是聚合爆轰出中子实验等三项，任务是新的，人员也全是新的。同时 21 室经福谦主任还要求我配合他们继续完成相关实验。没多久，我们组又接到了一项为氢弹理论设计提供热核聚变参数的重要试验。担子很重。虽然 21 室就在楼下，但也得经常楼上楼下跑。好在大家配合默契，任务完成得比较顺利。

巧夺氢弹爆轰三重关

在 1963 年 9 月原子弹理论设计方案交出后，九院就将研究原子弹的理论队伍转向研制氢弹。

1965 年年底，分管理论部的理论物理学家彭桓武副院长带领理论部邓稼先主任和周光召等几位副主任及一批理论专家来到二二一基地。周光召、于敏等科学家一个个报告他们理论设计的氢弹模型。期间，二二一厂党委书记、厂长吴际霖主持召开会议，讨论 1966—1967 年氢弹研制生产计划，并选择于敏团队的创新型理论方案作为主攻方向。在没有完全成功把握的情况下，二机部副部长刘西尧提出做两手准备。为最快攻克“创新型”理论方案，他亲自主持会议决定把攻坚任务分为三大项，并落实到三个科研室：检验主构件是否可行的实验任务交给23室，检验能否提供一级点火中子的任务交给2室，21室负责监测初级爆轰冲击过程特殊界面处的流体动力学参数。只有等23室交出“可行”的结果，2室和21室才能有的放矢。

我把23室的实验研究课题称为“A城保卫战”。经过一个多月实验，结果令人失望。但也让我意识到目前的方案缺乏全局战略思想。经过思考，我在会上提出了一个现实可行的巧办法。虽然我是最年青的科技人员，但大家还是很认可我的想法，认为是“一石三鸟”，让我心里很是激动。

经理论部计算，新方案模型很快确定下来。三个方面的实验研究工作同时铺开，很快解开了理论模型的疑团。但如何实现技术应用，难度还很大，为了集中兵力，刘西尧副部长决定从2室、21室和23室选拔技术尖兵，组成新2室。

从周一到周六，爆轰实验场的计划都被新2室排得满满的，星期天还经常加班。经过半年多的苦干巧干，氢弹的奥秘就如浮出海面的冰山，越来越清晰了。

1966年隆冬，我们直奔罗布泊核试验场。我们爆轰作业队的任务有三项：配合实验装置总装配过程的质量控制；实验装置总装后运送至铁塔底下用卷扬机起吊到塔顶的爆室里安放好；接插雷管组合件。接插雷管组合件是一项关系到核试验成败的技术工作。九院该核装置总负责人陈能宽和室主任陈常宜也一起到了塔顶的爆室里。我们周到细致、万无一失地进行一个个雷管组合件的插接，并进行自检和互检，我还一个个进行复检，并在质量报告单上一一签字。之后，陈能宽还是再次察看爆室的上上下下。氢弹原理试验装置稳坐在爆室正中，众多探头簇拥、电线电缆盘绕，顶部的同步起爆系统就像一顶壮观的皇冠。1966 年 12 月 28 日上午，新疆还是早晨，天空又升起一轮美丽的“大太阳”。

这次试验成功后，全当量的氢弹研制任务马上到来。

离开九院调回福建时在一所门口的留影

以大会战的新 2 室四组为基础，从其他组抽出个别人员到四组，又从设计部调来两名结构设计的技术骨干组成了攻克这一任务的新四组，我担任组长。为减少“文化大革命”带来的干扰，在第一次全组会上，我提出三点要求并得到了大家一致同意：试验成功之前，不参加任何群众组织；不参加写大字报和大辩论；不以任何方式表示支持或反对任何一派群众组织。

由于上次的试验结果和理论设计很接近，新项目的理论方案很快就敲定。组里分为产品结构检测、高压延时爆炸开关、高电压低气压的电气性能三个实验队，一心一意专攻新项目。其他兄弟单位的炸药、机械加工也能很及时地提供，实验工作进行得很顺利。经过三个月数十次的爆轰实验和电气性能实验，我们圆满完成了全当量氢弹空爆试验前的全部爆轰冷实验。

全当量氢弹总装在一个车间正中央的半米深的“小方井”里。操作人员严格按照预先制定的程序进行，并随时对照“点线检查”一一记录。陈能宽自始至终守在总装配台旁，发现问题立即组织处理。总装结束，负责管理零部件的同志发现用于固定在弹壳上的一个部件的螺钉少了一个。如果螺钉掉入弹体内部，就可能发生位移或撞击。在陈能宽的直接主持下，我们实施了有效的防患措施。后来又意外地在装配台的支架下端侧面发现了这个螺钉。

1967 年 6 月 17 日上午 7 时，罗布泊上空进行了中国第一颗氢弹空投试验。空军徐克江机组驾驶的 72 号轰炸机，从马兰机场起飞，向着罗布泊腹地上空高速飞去，刹那间，抛出一颗爆炸威力巨大的“人造大太阳”。

氢弹试验成功后，1967 至 1968 年期间，组里没有新的型号任务，我提出并进行了“冲击载荷下多层抛射体的运动规律”的实验研究课题。实验结果澄清和纠正了以前一些实验现象的错误判断，并为以后排除突破其他实验结构设计中遇到的一些错误信息的干扰准备了可靠的实验理论基础，而且填补了冲击波物理的空白。

14. 研制中国第一颗原子弹炸药部件

孙维昌 口述　　杨新英 整理

孙维昌，1948 年参加革命工作，1950 年加入中国共产党。1960 年 3 月，作为从全国抽调的 105 名科技骨干之一，从东北兵工厂调入二机部九局，担任九局二室副主任，主抓炸药成型工艺研究，“土法上马”生产加工出了实验用的炸药部件，于 1960 年 4 月，在长城脚下打响了爆轰试验第一炮。1962 年，他带领人员奔赴青海二二一基地，为原子弹研制会战开展先期的生产准备工作，并担任分厂副厂长、第二生产部副主任。此后，在核武器研究院从事科研生产管理工作和党务工作。1978 年任九院党委常务副书记。1992 年离休。

引爆原子弹的扳机是炸药，而引爆氢弹的扳机则是原子弹。我与火药、火工品、炸药打了几十年的交道，为中国核武器事业做出了自己的贡献，深感荣幸！

调你们来就是干这件大事的

从 1946 年到 1948 年沈阳解放为止，我一直在沈阳国民党联合勤务司令部的第 90 兵工总厂所属的 51 兵工厂及 52 兵工厂火工所当装配工。沈阳解放以后，工厂改称 25724 厂。

当年我在厂火工车间担任负责技术工作的副主任和党支部书记。1960 年 2 月，我忽然接到中央组织部的一张调令：限我 5 日内到北京二机部报到！我迅速交接完工作到了北京。刚到北京不久，二机部干部局局长李绍周就对我说："你干什么工作，九局副局长、九所副所长郭英会同志会向你交代的。记住，要严格保密！"

郭英会找我谈了话，安排我到二机部九所二室（爆轰试验室）任副主任。他说：你的任务就是协助陈能宽主任负责原子弹炸药部件的研制工作。听了这话，我大吃一惊，自己搞炸药引信、炮弹装药还有经验，可整原子弹这样的尖端武器爆炸元件怎么能行呢？再说陈能宽是留洋归来的大博士，自己连国内正经的大学门儿都没进过，怎么配合工作？但又转念一想，既然上级信任我，那我就无条件服从，在工作中学习吧！

起初，所里叫我组织有关技术员先消化苏联专家帮助设计的资料，一边让我们到 17 号工地去做开展炸药工艺研制炸药部件和爆轰试验准备工作。

1960 年 4 月上旬的一个晚上，刚从苏联回京不久的二机部部长宋任穷就来到二机部招待所大食堂同大家会面。他说，看来靠苏联帮助我们是靠不住了。中央已经做出决定：自力更生，造出中国人民的“争气弹”来！中央调你们这批人来就是干这件大事的。宋部长的讲话更坚定了我做好工作的决心和信心。宋部长还非常关心我们的生活，他看到二机部招待所条件较差，马上打电话给中组部部长安子文，让我们这一行人住到中组部招待所，那里条件很好。可以看出中央对于搞原子弹的重视程度。

1957 年 6 月，在沈阳某大型军工企业工作时合影留念
（第一排左四为孙维昌）

1960 年 6 月，上级分配给我们炸药工艺组和理化分析组的任务之一，就是消化吸收苏联专家为二二一厂二厂区设计的工号平面工艺图纸和设备材料清单，了解各子项目所承担的科研任务及相互的协作关系。我仔细审看了图纸资料，发现与我所熟知的国内炮弹装药厂工房设计和工艺流程没什么区别，但对用于核武器爆轰元件的深层次、涉密的都没标注出来，我们有些看不太懂，或者确定不了。所以上级派我带着各子项的技术负责人到二机部五楼专家办公室，向负责二二一厂设计的苏联专家请教我们整不明白的二十几个问题。比如压制工房的2 000吨水压机是压制何种炸药的？注装工房的米哈伊洛夫锅是熔化什么炸药的？……当时中苏两国关系已经恶化，苏联专家一个个都成了“哑巴和尚”，无论你问什么，他们都是“徐庶进曹营，一言不发”。实在问急了，他们就用“你们不用着急，慢慢会弄明白的”等话搪塞我们。

回到所里，我们气愤地向王淦昌副所长和陈能宽主任做了汇报，他们很耐心地开导我们要自力更生做好自己的工作。

打响第一炮

当时选定进行原子弹装药爆轰的试验场（代号 17 号工地）位于河北省的一个试验基地。所里要求必须在“五一”劳动节前打响爆轰试验头一炮。

17 号工地爆轰试验场地

在那个年代，北京九所没几辆汽车，大家到几乎是一穷二白的 17 号工地上去搞试验、搞研究，工作条件非常艰苦，各科研组技术人员无论是寒冬盛夏，早晨背上行李上大卡车，到西直门火车站换乘火车、到河北境内火车站下车后再坐大卡车到工地，有时遇上没汽车接送，大家就徒步 10 多里走到工地，毫无怨言。

“五一”节要打响第一炮怎么办？我们借来一顶帐篷，在帐篷里面熔化炸药。当时我们没有熔化炸药的锅，大家坚持自力更生，没有条件创造条件，搞“土法上马”。宋光洲是九所的车间主任，他们用铜焊接出一个双层的桶，靠它来熔化炸药。那会儿，17 号工地的锅炉房还没有建成，就用开水炉代替锅炉熔化 TNT 炸药。有色金属模具还没到货，熔铸炸药的各型容器只能用日杂商店买回的铝锅、铝勺凑数，头一发弹我们是浇铸在牛皮纸卷成的圆筒里。炸药只有国产的 TNT 和从苏联进口的黑索金。那时，苏联已停止供应，只好使用兵器部支援的。搅拌炸药时，人嘴里是苦的。因为搅拌时气体直接向外挥发，戴着口罩也不太管用。当时到 17 号工地的只是一部分 20 多岁的年轻工人和技术人员，我们不能忘记他们对发展核武器事业做出的贡献。

17 号工地爆轰测试间

冬天的时候在户外搞支架、安装测试、接测试线路工作，冻手冻脚。王老先生（王淦昌）看到这种情景，立刻找所领导申请，给每个人发了一双棉鞋。当时 17 号工地那个地方下雨很少，可偏巧四月份来了场大雨，山洪下来把帐篷都冲跑了。

在炸药工艺研制组和炸药物理化学分析组的配合下，终于在 1960 年 4 月 28 日，爆轰组打响了第一炮。

大力协同解燃急

随着爆轰技术的发展，对炸药部件品种规格性能的要求也越来越多、越来越高，从圆柱形发展到多边多角形，从常规爆速到低爆速、高爆速，从单质炸药到混合炸药。在专家、技术工人的共同努力下，我们采用航弹装药即浇注中加入小球，以提高药液的流动性，达到均匀一致。注装炸药需要铝合金制造的小球模具，技术上要求模具光洁度要达到高精度指标，而当时九所没条件加工高精度的模具，工地更没有光洁度高的小球模具。时间紧迫，拿到外单位去加工，时间已经不能满足急需。在这紧急情况下，我忽然想起了我的“娘家”兵工厂有小球模具可以试用。请示领导后，我立刻回沈阳厂里求援，他们二话没说就无偿地批给了我们两套小球模具，解决了 17 号工地精密注装炸药的燃眉之急。

在 17 号工地两年多的艰辛岁月里，装药部件研制组向爆轰试验组提供了多品种、多成分、高质量的装药部件，通过爆轰试验结果，研制了球面波的引爆元件，完成了飞层增压和材料的状态方程设计，并且解决了爆轰试验的光测、电测技术手段，为在青海二二一厂进行原子弹所需的大型装药部件批量生产提供了宝贵的技术和管理经验。

集体智慧攻难关

为了发展我国核武器事业，中央从全国各地调了科技骨干，比如王淦昌和陈能宽，一个搞核物理，一个搞金属物理。还有郭永怀、程开甲。有一次，我和程开甲坐一辆车去17号工地时，他曾问过我黑索金是做什么用的，因为他没接触过这个东西。一点也不奇怪。要知道，搞原子弹是一项综合性大工程，需要各行各业专业人才，尽管专业不对口，面对许多困难，只要发挥人才集体智慧，什么奇迹都能创造出来。

核武器装药部件是在常规武器装药基础上发展起来的。核武器装药是属于精密注装炸药工艺技术，比常规武器装药工艺要求更高，对混合炸药部件质量在安全性能、炸药部件能量和稳定性、炸药部件的密度成分均匀性、强度环境的适应性都有严格要求，这就给混合炸药部件成型工艺带来极大的难度。

王老从国外文献化学杂志中找到一篇介绍“综合颗粒法”的文章，把化工期刊提出的综合法应用在精密注装在混合炸药工艺上，请陈能宽给大家讲解将固体化工原料采用综合颗粒搭配的方法应用在混合炸药注装成型上。有个“钻空子”的说法，就是大中颗粒之间加入小颗粒化工材料填空子，在我的组织下，经过千百次试验才解决这一关键技术问题。

原子弹理论设计与爆轰试验的关系是比较密切的。我们回来做总结的时候，一室的有关科研人员也都参加，他们有些同志经常去17号工地，因为理论设计离不开爆轰试验，试验离不开理论设计。真正的数据完全通过我们自己打炮，通过试验累积，靠我们自己掌握内爆数据。当时去17号工地，陈能宽比王老去得多些，有时跟刘文瀚他们通宵达旦地计算爆轰参数。

我们在科研实践过程中总结出“科研三部曲”。首先是对炸药部件研制工作和爆轰试验工作提出设计方案，在这个过程要集中集体智慧，在调研的基础上提出设想方案，按照爆轰试验组的技术要求，经过各专业人员在学术方面充分论证，取得一致意见后才能完成设想方案。第二是按照设想方案的要求到试验场进行科研实践和做爆轰试验，并要求做好科研和试验工艺试验数据、检测各种记录，在试验和炸药成型工艺过程中不断修正和完善设想方案。第三即回京做科研实验总结，对各种工艺记录、试验数据进行学术总结、报告，用集体智慧进行分析和论证，找出成功的经验教训，并在此基础上提出改进并研究新的设想方案。

“两弹”精神永放光芒

从 1960 年 4 月到 1963 年 3 月，17 号工地爆轰试验基本结束，在科研试验方面取得丰硕成果。

为了加快青海二二一基地的建设，1961 年年底，九局副局长吴际霖带队前往青海二二一基地考察。回京之后，决定由我带领 7 名技术人员前往青海开展相关炸药元件科研、工业化生产及设计安装工作。1962 年春节前，我率队来到青海湖边的金银滩大草原。我们放下背包就进入夜以继日的基础技术工作，迎接 17 号工地人员的到来。1963 年 3 月，爆轰试验室、装药部件研制技术人员和工人，由钱晋、吴永文副主任带队从 17 号工地迁到青海，开始大尺寸爆炸元件的试制，并进行爆轰、低温、高温及震动、运输、强度等试验。原子弹所需的另一些重要火工品，如高压电雷管、传爆药柱也在兵器部相关厂所的协助下研制成功。

我国第一颗原子弹于 1964 年 10 月 16 日爆炸成功。那天，从来滴酒不沾的我喝醉了，中国人有了原子弹，再也没人敢随便欺负我们了。

几十年的光阴弹指已过，但每当回想起那些往事，还是让我心潮澎湃。

15. 我国第一颗氢弹的轻材料成型与制作

吕志清 口述　　王烜昌 整理

吕志清，1940 年出生，1964 年毕业于哈尔滨工业大学金属材料专业，并于当年 9 月进入二二一厂 102 车间轻材料组，历任技术员、工程师、高级工程师、车间主任。作为核心人员参与了第一颗氢弹的轻材料部件压制机理研究、工艺参数制定、模具设计及工装设计的全过程，相关轻材料批生产压制件的全过程。

我是 1964 年从哈工大毕业的，一毕业就被分配到了二机部，1964 年 9 月 28 日到达西宁，并被分入二二一厂 102 车间轻材料压制成型组（当时叫做老三组）。当时厂里的条件已经有所好转，但是因为去的人特别多，我们就住在 102 车间楼下的一个淋浴池。我当时住在中间，根本见不着阳光，但是现在回想起来，过得还是挺充实的。楼上就是办公室，吃过饭就到办公室看书学习、整理材料。102 车间分为重材料加工、化学、光谱、质谱涂层、力学性能、物理性能、金相、X 射线等专业，是生产特材的重要车间，也是二二一的核心车间之一。而轻材料压制成型组被称为102车间王牌组，对氢弹来讲，这是一个十分关键的组。

二二一厂102车间外景

解决关键成型难题

记得当时组内有33人，大约有22个知识分子、11个工人，武胜是我们的组长，带领我们日夜奋战。当时我们的资料基础非常薄弱，对材料没有认识，只有一本苏联出的小薄书《锂和它的物理化学性质》，大家只知道材料易燃易爆。我们组分为三块，小型组、大型组和铸造组。第一批材料是从国外进口的，玻璃瓶子装着，外面用向日葵杆芯做缓冲。由于对安全性没有太多认识，大家其实还是比较怕的，作为知识分子，我们对它的性质认识相对多一点，所以也更加责无旁贷地冲在一线。

随后102车间临时成立了一个安全组，专门针对这个原材料的安全性做了很多实验，比如材料粉尘中如果有一个闪点，达到一定浓度就有可能造成爆炸，大家就会想很多办法解除隐患；比如用手套箱做一个密闭容器，来试验出它的一些特性，以进一步保证安全。

原材料是粉末状的，做出合格的成品首先要压制成型，主要需要攻克几个方面的问题：压力与密度的关系，烧结强度和密度的关系，还有升降温速度、热压、烧结温度、保温时间等等。这些都需要大量的试验，做试验就需要大量的时间，需要24小时不间断地值班。比如试验中的温度控制，由于当时技术条件的限制，很多台设备同时进行，每15分钟就需要人工记录仪表读数，及时调节设备，需要一个人连轴转。就这样一直坚持了半年，终于研究清楚了材料的脾性，确定了轻材料加工的主要参数，包括最佳烧结时间、压力、温度等等。

之后，我们才进入材料预生产阶段，尝试大零件的制作。这其中，宋家树副主任起到了关键的作用，他总是以身作则，带着大家处理问题，出了很多点子。

轻材料成型制作过程中也出现过很多大的问题，其中一个比较困扰大家的就是“黏膜”，这种材料和很多有机物及金属都会发生反应，当时原材料很贵，一次要用几十公斤，粘坏就报废了。于是大家挖空心思尝试各种各样的办法，涂层、镀金、镀银、镀铬等等方式我们都尝试过。这事当时还惊动了周总理，总理曾经问过：你们那个事情解决得怎么样了？经过很长时间的开发和改进，我们终于用比较经济的方法解决了这个问题，还获得了当年的科学大会奖。

二二一厂 102 车间 107 工号，化学分析都在这栋楼

还有材料裂纹问题，一直到 1979 年才完全解决。也是我带领我们组，集体研究、通过实验解决的，得到了国防科工委

的认可。在这个方面，我对于老（于敏）的印象很深，那个年代，因为对材料的了解不够深入，敢于拍板做决策的人不多，有时材料有轻微裂纹，他就敢拍板照用，这种担当为国家节省了大量的资金和资源。

二二一厂 102 车间主楼

拼死也要完成任务

轻材料加工过程中很少有现成的工具，大部分工具都是大家群策群力，耗费巨大的时间精力自行设计研发的。针对材料的特性，我们自己开发提出了 1.5 米的真空电阻炉的基础参数与设计需求，设计制作了烧结材料使用的专用密封桶以及内部用来测温度的热电偶等等。

1965 年 3 月，轻材料在压制成型、烧结的过程中起火了，但是由于保密性质和材料遇水、遇沙等都会起反应的特性，虽然当时处于对材料性质还不太了解的阶段，大家都很害怕，但是我们还是没有让赶来的消防队员进去，全靠车间里的同志们一起齐心协力，从中午忙到晚上，终于用氩气把火熄灭了。这个材料对黏膜刺激很大，很多人当场咳嗽、呕吐，还有一名叫王景瑞的同志眼睛严重红肿，以致不得不离开了这个岗位。

大家都知道核辐射对人体的危害，其实我们所接触的其他材料的化学毒性也不容小觑。举个例子：轻材料加工需要用到大量的脱模剂，这是一种以甲苯为主要原料的高致癌物质，尽管做了防护，使用过程中仍会被刺激得咳嗽、流泪甚至呕吐，对人体的危害不言而喻，但我们中没有一个人抱怨过懈怠过，对待工作仍是一腔热血。

在做 506 试验时，由于 506 的外径很大，我们的炉子很小，材料加上密封桶，也就刚刚能放进去，所以加工难度非常大。大家都很着急，特别担心不能按期交货。我记得有一个晚上，朱光亚穿了军大衣来到车间，跟大家一起想办法解决困难，凌晨才离开，给了同志们极大的鼓舞。那时候吃住都在现场，困了累了就找个暖和的角落休息一会儿，当时只有一个心愿：拼死拼活也要完成这个任务！

干部与职工打成一片

当时干部、职工都打成一片，技工、知识分子都没有区分，男人女人也没有区分，脏活累活都抢着去干，大家只有一个想法：齐心协力把任务完成。当时从二机部保卫局来了一个姓冯的局长给我留下了很深刻的印象。他在我们组蹲点，来的时候跟大家讲话时说：这方面的专业知识我没有，我只能做好服务。当年他已经50多岁了，体型比较富态，一个正厅级的领导，为了保持厂房清洁，保证安全，每天都跪在地板上擦地，在他的带动下，大家都自觉地参与到这项工作中来。这个传统一直传承保持到20世纪90年代二二一撤厂，4号大厅的地面始终被车间的同志们打扫得干干净净。

其他的领导也是一样，以打扫卫生为例，当时我们没有清洁工，领导和职工每人分工负责一片责任区，没有哪个领导让别人来干过。当时物资特别匮乏，所有东西都是配给制，比如自行车、手表等，会给大家发票，但领导从来都没有领过，都让给了下面的职工。虽然时代在变，条件在变，但是这种精神是值得我们传承的。

1990年二二一撤厂时，需要对场地进行清污处理。当时厂里十分困难，但还是给了我们专项清污资金。为了节约成本，102车间全体职工想了各种各样的办法。比如用人工处理墙皮，清洗设备，自己动手拆房子，手工挖开 2 米多深的排水管道……一点点、一寸寸地处理了将近一年，那段时间，很多同志累得晚上回家床都爬不上去。但是效果也是令人振奋的：102 车间清理工作一次验收合格，全部花费仅仅 30 余万元，我们的付出为国家节约了大量的资金。

16. 二二一厂的核设施退役治理

陈正秋 口述　　**王晨香** 整理

陈正秋，男，1937年8月8日生，浙江省温州市人。1960年毕业于北京大学数学力学系固体力学专业。1960至1983年先后在二机部九局北京研究所六室（设计部前身）、青海二二一厂设计部、四川九院四所工作。1983年至1997年，二机部军工局工作。历任技术员、工程师、高级工程师、研究员级高工；副处长、处长。享受国务院政府特殊津贴。

二二一厂的核设施退役通过国家验收是1993年6月。在国家验收会上，国防科工委怀国模副主任盛赞该工程的胜利竣工："走出了我国第一个核设施退役工程成功的路子，具有历史性意义。说明核工业的队伍不愧是一支有着高度政治觉悟、高度组织纪律、高度科学态度的队伍。"当时国家有关部委的领导对退役工作都持很肯定的态度，给予了高度评价。我们完成了国家交给我们的一个任务，肩上的担子也放下来了。

我是1960年从北京大学毕业分配到二机部九局工作，

1964 年，随着大批科技人员来到草原参加第一颗原子弹“596”大会战，一共在那里生活了 8 年，一直到 1972 年。1990 年，我有机会参加了这个厂的撤厂工作，那时我任中核总军工局生产技术处处长，接手核设施退役工作。

填埋坑验收完成一年后
上面长出草来了

退役是怎么干的

1987 年 5 月份，国务院办公厅、中央军委办公厅联合下发的 [国发办 40 号] 文件，中心内容就是二二一厂已完成它的光荣的历史使命，在新的形势下决定撤销二二一厂，“撤厂后，厂房、生活设施等移交青海省安排利用。”

这给当时的核工业部后来的中核总带来三大硬性任务：核设施退役、人员安置和基地移交。这项工作由军工局负责实施。

当时的核设施退役工作有几个特殊性。

一是很重要。核退役是基地移交的先决条件，又必须与职工的安置基本保持同步。所以核退役必须赶在前面，不能拖后腿。

二是时间很紧。上级要求三大任务在 5 年内完成。

三是很复杂。这是我国第一个大型的核武器研制试验生产基地的全面的退役，世界上还没有类似的退役的先例，没有现成的经验可供借鉴。因此需要国家很多部委包括国家计委、财政部、国家环保局的支持，需要中核总内部很多职能司局、专业技术院所的参与和通力合作。因为要移交地方，青海省很多相关部门也都直接参与。

四是很敏感。退役的成败直接关系到这个 570 平方公里地区的生态环境的好坏，关系到这个地区的社会、经济、文化的可持续发展，关系到民族关系与社会稳定。同时，人们对核又比较敏感，国内国际影响大，这些决定了核退役工程无小事。

国家对核退役工作非常重视。财政部在国家财政不富裕的情况下，拨出巨款 3 000 万元进行退役工程，这个数额已够上当时国家重要项目的门槛。考虑到二二一厂核退役的重要意义和国际影响，国家计委、财政部、国家环保局联合批复并下发《验收管理办法》，规定要有交工验收、国家验收两级组织验收。

中核总由时任副总经理李定凡负责二二一厂的核退役工作。他亲自审定、督促核退役计划的制订和实施，给政策、给措施，强调“特事特办”“急事急办”。

在军工局陈常宜局长及后任尤德良局长的领导下，我们都十分重视二二一厂的核设施退役工作。具体任务落在了我们生产技术处，当时处里只有四五位技术干部，对核辐射防护及安全方面的管理并不擅长，所以是有相当压力的，但我们很快进行了角色转换，适应了新常态的要求。我们处很有“特权”，特事特办有时可以直接找抓退役的各司局领导、各处室汇报沟通工作。李玉成是当时安防局安全处处长，他处里的王纪平，环境处处长李学群都是协助我们工作的得力同仁，给了我们很多的帮助。我处里的吴克福高工始终全力支持，兢兢业业，不计名计利。

对六厂区爆轰试验场所进行退役工程验收

当时还是一个特殊的时期，二二一厂的职工面临安置，情绪波动很大，二二一厂又是退役主要的负责单位。厂长王菁珩强调，“发扬‘两弹’精神，像抓军品生产那样，重视退役工程质量。”在以陈家圣总工程师、任春泽副厂长为厂核退役领导小组的领导下，中辐院、二七九厂、青海省各单位通力合作，发挥各自优势，大力协同做好退役工作。

参加二二一厂核退役工程的部内人员，绝大部分都是核一代的职工，他们从事核创业长达几十年，他们是“两弹精神”的发源，也是“两弹精神”的践行者、体现者。周总理当年“严肃认真，周到细致，稳妥可靠，万无一失”的十六字箴言，早已融入他们的血液里，在整个退役过程中也处处得到体现。

任春泽身体不是很好，可一干起活来，非常认真，非常细致，抓得很紧。他把自己的病痛放在一边，不光参与这个工作，他还参与厂里许多安置的事情。清华大学毕业的黄炎明，是安防处处长，专业知识很强，实践经验也很丰富。他工作很踏实，处事低调。他善于调动处里的大多数人的积极性，同心协力，克服工作中的困难。在我的印象中，他们个个都是精兵强将，能高质量地完成任务。

李德平院士在国家验收会上就讲，“一个单位，在这么困难的情况下，人都要撤离了，还能鼓足最后一把劲，把这个地方清理干净，工作做得很踏实、精细，我觉得是很可敬的，是对国家负责、对子孙后代负责的。”

污染物是怎么处理的

整个核退役工程分为三个阶段：前期准备、工程实施和总结验收。

要做到40号文件精神的要求，相当于要符合国际原子能机构关于核设施退役划分的“三级退役”。三级退役的意思就是，对基地里面所有的被放射性污染的设备、部件及建筑物等进行去污、解体及进一步处理、处置；场所进行去污，退役后可不需要再做任何监测，开放使用。三级退役要求是严格的，是高标准。

在这次退役中，最关键的有一项，就是如何确定土壤中贫化铀残留含量的管理限值标准，我国没有相关的法规和标准。而此限值的大小直接与防护代价（核退费用）挂钩。中辐院的专家进行了大量的文献调研，借鉴国外类似厂退役的经验，并进行计量估算，召开多次技术咨询会，并综合考虑二二一厂地区的政治、经济和社会因素，最后确定了当时国际上最严的标准，比美国采用的还要低近40%。

1988年5月，二二一厂与中辐院签署了技术协作合同。最先做的就是源项调查。二二一厂运行了几十年，哪些地方是有污染的，哪些地方污染严重，都是哪些核素？用了5个月的时间，反复做了两次，凡是涉及核操作的场所或工号都进行摸底，并都做了原始记录。

污染严重的金属器件等，解体后，放到钢筒里面，用水泥固定后拉走进行存放。

轻微的污染物如砂石等要进行填埋。主要是当年运行留下来的含有贫铀轻微污染的砂土。大量的是六厂区爆轰试验时产生的。我们每次做试验前都要在试验场区铺上厚厚的砂土，目的是吸收爆炸完后的贫化铀。我曾参加过一次打炮试验，第一天爆轰，第二天早上，大家都用厚厚的口罩紧捂口鼻，吃力地用铁锨把表面一层砂土装到车上（爆心处要铲得深一些），拉到较远处一个储污库存放。

污染过的工作服、手套、塑料、纸、木材等可燃性污染物，就先进行焚烧，产生的炉灰大部分送填埋坑掩埋，部分装桶水泥固定外运。中辐院有一个技术创新，自己设计了一个焚烧炉，整个过程都是一个负压状态运行，不会造成对环境的影响。

填埋坑是怎么回事

说到填埋，就要说到填埋坑。1993 年 11 月基地整体移交前，我有机会专门到填埋坑去看了一下，还在旁边照了相。填埋坑于 1992 年 11 月除待撒播草籽外，全部完工。约一年后，我们去的时候，填埋坑的上面已长出草来了。

在做可行性研究的时候，有多位专家提出来要找一个地方，做个坑，把轻微的污染物埋起来，得到了国家环保局的认可，这是我们方案的一个重要方面。在国家环保局地质专家局副总孙鸿冰、青海省水文地质工程地质勘察院的专家、北京地质研究院的王志明副主任等业内专家的指导下，先找了 5 个地方，经过比较，对其中条件较优越的 2 个场址进行了地质水文勘察。最后确定了现在这个地址。填埋坑就在 656 工号西边，是一个平缓的山坡，两边都是山。在以上工作的基础上，国家环保局组织召开了有关填埋坑场址环境地质、水文地质评价审评会，认为这个地方地质结构稳定，符合环境保护要求。

陈正秋（右四）陪同领导到填埋坑进行现场检查

填埋坑的设计由核工业第五研究设计院承担，二七九厂承包，二二一厂、中辐院、核工业五院、青海省参加监理。

如果你看这个坑的设计，你会感到很惊讶，它是很科学、严谨的，考虑很周到、很细致的。每一个设计都有亮点，每一个亮点都体现它的功能。

填埋坑是一个六方的斗形结构，下小上大。红黏土是第一道防线，要求在底铺半米厚，侧面 30 厘米。为了找到红黏土花了很大的工夫。年近花甲的副总工程师吴景云，他是留苏归国的，带领大家连续几周，跑了好多地方，到处去找，找来检测，都不理想，后来在离厂 100 公里的名叫“火烧沟”的地方发现了一种“红黏土”。经过检测，符合要求。

填埋的时候，先用翻斗车将砂土等需要填埋的拉到填埋坑，翻斗车都要求有防止漏撒的措施，盖好篷布，免得路上二次污染，专门设有给车去污的站台，用高压水冲干净了，再去运。

填埋坑要垫 25 层，每一层都要用压土机压够 8 次，随时有人监测，并都有记载，这一层是什么材料，以砂土为主还是砖石为主，有什么核素，检测剂量情况。符合要求了，签字通过。

在填埋物顶层埋了 5 个暗碑，花岗岩刻的石碑，上面告诉你坑有多大、都有什么东西、什么核素、总活度，还有警告语，四角各一个、中间一个。

最上面是一个大的顶盖。共有 8 层不同的建筑材料构成，厚达 3.5～6 米，防水渗入、防动植物及人类侵扰、防局部塌陷、防地表剥蚀。从下到上包括红黏土层、三七灰土层、三毡三油层、三七灰土层、卵石层、砾石、红黏土层。顶盖最上面再盖上回填土层，可以种草。坑的外围还有一个用毛石砌成的排水沟。在填埋坑西边，竖立一座竣工纪念碑。

填埋坑共填埋了 6 161 立方米轻微污染物，远低于本次退役规定的允许限值，对环境是安全的。

特别值得一提的是，专门设立了质量监督检查组，它是直接对交工验收委员会负责的独立机构，行使质量监督管理与验收检测职权。在 7 个成员单位中，有 5 个是青海省地方的，我们推举青海省担任该机构的副组长，这也是我们成功之处，做到了公开、透明，让地方放心，为顺利通过交工验收创造了条件。

对历史负责，不是一句空话。退役过程都是全程有记录。退役结束后，我们向总公司档案局移交了 50 个卷宗，有 1 米来厚，包括文件、资料、原始数据等。还有三本相册，一个录像片，84 盘素材带。退役工作自始至终，我们都有一个宗旨，一定要“对国土负责，对人民负责，对子孙后代负责”，核退役工程要经得起历史的考验。

录像片中的最后两段话，也代表了我们的心声：

核退役的成功与当年创业时建立的功勋一起，是党与人民不会忘记的历史贡献。二二一厂所创下的光辉业绩将永载史册。

中国第一个核武器研制基地——二二一厂即将走完自己光辉的历程，二二一人在这里度过他们一生中最宝贵的年华，临行前，他们尽了自己最大的努力，报答草原母亲的哺育，留下一方葱绿的净土，带走往事深情的回忆。

17. 金银滩核武器研制基地的艰难岁月

霍银臣 口述　**杨新英** 整理

霍银臣，1958 年 9 月，从河南项城选进二二一厂。1959 年 3 月，在 104 安装公司材料科工作。1960 年 1 月，调到青海湖打鱼队。1963 年 5 月，调二二一厂商业局西宁采购站工作。1978 年 6 月，调厂组织部工作，任组织部科长直到退休。

1958 年 9 月，金银滩移民刚刚结束，我们一批青年职工就来到了金银滩核基地，参加核基地初期建设施工，成为最早进入核基地的第一批职工。当我们刚刚走进金银滩的时候，看到的是一片无边无际的茫茫草原，没有住房，也没有帐篷。在一无所有、从零开始的情况下，我们只能临时住在羊圈里。

带领我们去住地的海晏县有关领导，跟基地接待我们的张克伯书记说："这里就是金银滩老羊场哈勒景，以后住的地方就是这个破羊圈，条件太差了，我们几个人在这里已经住一个星期了，就是专门迎接你们的。你们要有吃大苦的思想准备。羊圈四周有残缺不齐的土墙围着，比睡在草地上要安全些。"

霍银臣在二二一厂办公楼前

当时，我们住的羊圈是土平房结构，羊圈只有三面墙，没有前墙，圈里面满地是牛羊粪尿，闻着让人感到恶心。看看实在没有办法住，大家就动手从羊圈外弄些土把圈里牛羊粪尿盖了盖，把事先准备好的干草弄到羊圈里，在三面墙的羊圈里用干草铺在地上，这就是当时睡的床铺。

一个人一条被子，两个人打通铺，一个人头朝里睡，一个人头朝外睡。睡觉时把大衣脱了，棉衣不能脱；把大头鞋脱了，棉裤不能脱，戴着皮帽子睡觉。第二天早上起来，被头和皮帽子上全是冰霜，因为羊圈内外温度一个样。

那时的金银滩草原进入 10 月后，每天都要刮 7～8 级大风，甚至 10 级大风。金银滩草原冬季温度下降到零下 40 摄氏度是经常的事。狂风呼啸，飞沙走石，在风吹石头跑的恶劣自然环境中，住在没有前墙的羊圈里，睡在只铺了一层干草的冻地上，凭借这些干草隔寒取暖没有半点作用。这样的日子我们过了长达 4 个月之久。

青海湖里捕救命的湟鱼

1959 年 6 月以后，援建我国核工业的苏联毁约，于 1960 年 7 月开始撤走专家。天灾人祸一齐来，真是雪上加霜。这时基地已有建设大军 10 000 多人，上级部门让基地多精简一些职工，以减轻负担和压力。而李觉局长为不耽误急需配套的工程项目施工，想方设法保留队伍，维持局面，同时继续率领广大职工奋斗在施工现场。当时我国国民经济已经处于困难时期，铺开摊子搞建设的二二一基地，又处在困难中的困难地区，建设物资和正常生活供应的必需品粮食都难以保证。

施工中间休息时，人们饿得饥不择食，就在草地上弄些能嚼烂的野菜和青草下肚，很多人为此中毒。当时，基地职工吃的全是谷面和蚕豆面，因为吃不上蔬菜和油，多数人大便解不下来。一顿饭给 2 个谷面或蚕豆面馍馍（其实是发糕），大家给它起了个名字叫“一捏酥”，每个职工都买一个 22～24 厘米的瓷盆，把两个发糕放到盒里，放些酱油膏，倒上一盆开水搅

二二一厂打鱼队的渔船（李觉将军摄）

一搅喝下去就是一顿饭。

由于基地生活条件苦不堪言，又是在恶劣的气候条件下施工，职工思想波动很大，一部分人利用请假和其他理由，偷着开小差离开了基地。后来开小差的人越来越多了，基地领导就派人堵截，但是很难奏效。鉴于这种情况，李觉向周总理做了汇报。周总理说："坚持就是胜利，你们的困难中央一定想办法解决！"

1961年，青海省政府专门给基地调拨了4万头牛羊，并让青海省渔业公司把在青海湖打的湟鱼的60%～70%给了基地，以帮助我们渡过难关。当时我是基地在青海湖打鱼队的成员之一，1960至1962年，我在青海湖打了3年湟鱼。我永远难忘当年的李觉局长、赵敬璞书记等领导和我们在青海湖里打湟鱼的船上共渡难关的往事。

打鱼队在海晏县甘子河往青海湖流入河水处扎下几顶棉帐

篷。帐篷里没有床，地上铺着干草，我们就睡在干草上。在青海湖除了湖水就是沙滩、草地和湿地，没有吃的，没有喝的。天气冷到零下 30 摄氏度以下，加上狂风呼啸，飞沙走石，连个避风的地方都没有，把人冻得没有地方躲藏。只能靠自己的身体挡风，硬生生地用自己身上这点热气跟青藏高原的严寒搏斗。

当时给我们发的打鱼工具是一根钢钎，两把鱼钩，两个人一班到湖里钓鱼。我们到湖里先把湖面上一米多厚的坚冰砸个洞，用手把洞里的冰块捞上来，然后把两个钩放到湖水里，蹲在那等着鱼吃钩，结果是等了大半天眼都看直了，也不见鱼吃钩。湖面的气温很低，我们的手脚都冻得麻木了，也钓不到鱼。说实话，大家都不会钓鱼。从青海湖钓鱼开始，经过艰难的摸索，才逐步走向正规打鱼。春季，青海湖开湖了，我们开始用小木船和拦网，在湖边水里围一片，而后用绞盘机把网拉上来，一网也能打 200～300 斤湟鱼，这种打鱼的方法只能夜间进行，没有电只能用煤油提灯照明。

那时候青海湖里的湟鱼很多。只是我们的船小，渔网也小，打到的鱼很少，因此，不能从根本上解决全厂职工挨饿问题。在这种情况下，1960 年年底，打鱼队自己建造机帆船。李觉、赵敬璞亲自带队，从厂里把木料、机器设备等造船所需材料运到甘子河河口驻地，又调集了木工、钳工、电工、油漆工等高级技工，在露天工地上，大干苦干 4 个多月的时间，终于造出了两艘 26 米长、11.5 米宽、载重量 4 万～5 万斤的机帆船。

我们自力更生造出的两艘机帆船在船下坞的时候，遇到了难题。坞道上抹好了黄油，锚也下到规定的水里了，但任凭大家怎么推绞盘，怎么拉船体，船在坞上“纹丝不动”。两天时间过去了，船在坞上怎么也不动弹。船下不到水里，可急坏了李觉将军。

1961 年，青海湖打鱼队在湖边钓鱼

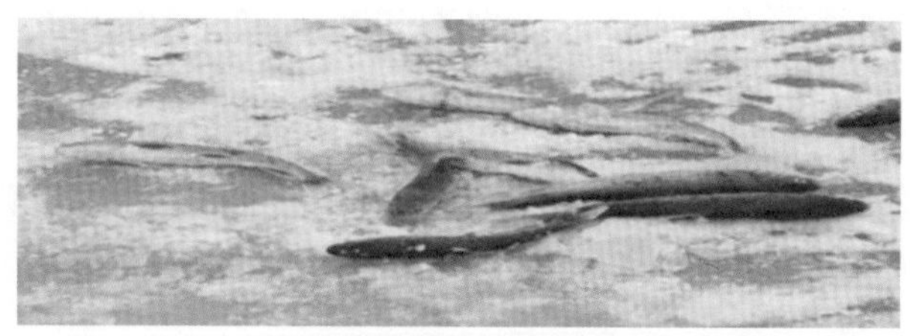

青海湖里的湟鱼

这时，就见他不顾一切地从湖边“扑通”一声跳进冰冷刺骨的湖水里。当时是 5 月份的天气，李觉还穿着棉大衣呢。一看这情况，在场的处长、科长、工人就像下饺子一样都跳进到湖水里，那场面就像打仗一样，下水后大家就用绳子一起往湖里拉。奇迹真的出现了！船被拉动了，缓缓地下到水里。李觉高兴得振臂高呼：“好呀！好呀！我们胜利了……”

机帆船开始打鱼以后，李觉、赵敬璞等领导一个礼拜换一次，都在船上和我们同吃同住。后来，青海省领导还让省渔业公司派了技术好的船长、技师、大副到我们船上传授打鱼技术和经验……从那时起，我们才真正掌握了打鱼技术，每次打鱼的数量成倍增长，全厂职工都能吃上新鲜美味的青海湖湟鱼了，职工吃不饱的问题基本解决。

海北藏族自治州倒淌河码头，现在是151景区地（李觉将军摄）

矿区商业局的后勤保障

1962年8月，组织上让我到西宁财经学校学习。学习回来后，我被调到二二一厂郊区商业局驻西宁采购站工作。当时，很多商品和蔬菜肉类等物资供应十分紧缺，郊区商业局从各个方面都无法满足基地需求。

基地商品供应十分困难，四个工区每个工区只有小卖部，鉴于这种情况，郊区商业局向筹建处领导提出解决商品供应紧缺的办法，由基地领导出面，请青海省政府把基地商业局列为计划供应的单位。以后每年郊区商业局向省商业厅报送进货计划（包括计划外商品），省政府都给予了大力支持。

郊区商业局采购站，在做好商业厅各公司商品采购的同时，又向青海省供销合作社求援，取得了他们的大力支持，他们供应的各种农副产品首先供应我们基地。

为了解决基地广大职工吃菜难的问题，采购站多次和西宁市蔬菜公司联系，我们把所需要的蔬菜进货计划报送蔬菜公司，他们同意我们的计划，并表态说：我们公司所经营各种内地蔬菜和当地种植的各种蔬菜（包括土豆）在内，你们要多少我们供应多少。

吃菜问题解决了，但是基地全体职工吃肉问题一直无法解决。采购站几经周转和西宁肉食品公司取得联系，他们公司在西宁冷库存放的牛羊肉、猪肉同意供应我们，开始从两三千公斤到两三万公斤，甚至达到5万～6万公斤。而后，采购站又和省土产杂品公司、省外贸局、互助酒厂都建立了进货渠道。青海省商品进货渠道全部打通后，基地商品供应基本满足了职工的需求。

1963年年初，参加核试验研制的各路专家和工程技术人员及参加基地建设的各路大军，全部集中到二二一基地参加草原大会战。中央批准青海省成立青海省矿区办事处。

原郊区商业局改为矿区商业局，从上海、天津、西安、太原调来大批商业骨干人员来到基地，做好商品供应和其他服务工作。基本解决了基地广大职工、专家技术人员、驻厂部队等5万多人的后顾之忧。

为了做好各种商品的供应和销售服务工作，矿区商业局成立后，领导班子做了全面调整。原郊区商业局三位局长调出，从青海省商业厅调来的李颖春同志任矿区商业局局长，兼任中共矿区商业局党委书记。从天津市调来的李同跃、纪玉珠任副局长。

为确保二二一基地的各种供应，国家商业部专为基地成立特供局，把当时市面上见不到的紧缺高档商品，及时调拨给矿区商业局，基地广大职工和科研人员凭票都能购买到，有些商品是敞开供应。这是国家对二二一基地广大职工的特殊照顾。

在做好商品供应的同时，1963年年底，商业局所属草原红星饭店开业，还专门从上海调来厨师。红星饭店的鲁菜、晋菜和上海菜都小有名气。

1965年春节，是商业局职工大忙的时候，来自天津、太原、上海的骨干商业人员，通通分到新开张的百货商店、红星饭店、副食商店、蔬菜商店去当售货员。寒冷的冰雪挡不住二二一基地成千上万科研、行政、基建人员的兴奋心情，他们纷纷涌进这些商店购买自己需要的生活用品。从此以后，二二一基地才像是一个充满朝气的社会。

18. 二二一厂的撤销及职工安置

王菁珩 口述　　**申文聪** 整理

王菁珩，1960 年毕业于北京航空学院（现为北京航空航天大学），研究员级高级工程师，中国“两弹一星”历史研究会常务理事。1961 年 1 月，前往我国第一个核武器研究基地（221 基地）工作，先后在 512（精密加工）、102 车间（核材料车间），从事原子弹、氢弹中铀材料的精加工、产品装配工作，曾担任核工业部二二一厂厂长兼青海省人民政府矿区办事处主任。在 221 基地工作了 33 年，1993 年 5 月调回北京。任计划与经营开发局副局长（正局级）兼 261 厂厂长。曾荣获核工业部“有突出贡献中青年专家”称号，享受国务院政府特殊津贴。

20 世纪 80 年代，二二一厂迎来了历史新的选择。中央经过研究分析，认为 15 年内世界大战打不起来，应该充分利用这个机遇，调整发展方针，缩短战线，多研制、少生产。第二个核武器研制基地早已建成，作为在特定历史条件下，由苏联选址、设计的我国第一个核武器研制、试验、生产基地，在完成了第一代核武器研制生产的历史使命后，中央决定将其撤销。

1987年，王菁珩（左）陪同蒋心雄（中）、李定凡（右）到厂里宣读40号文件留影

二二一厂的撤销是中央长期酝酿，做出的正确决策

我在二二一基地工作、生活了33年。1984年，在省、部企业整顿验收大会上，军工局局长刘杲代表部宣布：任命我为核工业部二二一厂厂长，实行厂长负责制。万万没有想到，自己竟然成为了二二一厂的最后一任厂长。

撤销二二一厂是中央长期酝酿形成的。1964年3月，北京九所搬到二二一基地与国营综合机械厂合并，组建了第九研究设计院和二二一厂，建成了院、厂、社会合一的事业单位，是一套组织机构的两块牌子，二二一厂是实体。九院院长、代理第一书记是李觉，而二二一厂的书记是九院党委副书记、第一副院长吴际霖兼任。二二一厂完成了第一颗原子弹、氢弹、两弹结合、地下核试验等国家 16 次核试验，武器化批量生产等任务，为铸就国防基石、挺起民族脊梁做出了重大贡献。

早在 1965 年，在二二一基地就成立了以九院第二书记刁筠寿担任新基地——902 地区的总指挥。1969 年，人员、设备开始大规模从二二一转移。

到 1974 年 1 月，二二一基地院、厂合一研制、试生产单位，正式一分为二，研究院迁往四川，二二一厂留在基地，并改制为企业编制。分离后，二二一厂作为一个特大型企业，面临的“一老一小”问题越来越突出。一是在二二一基地工作的离退休人员回内地的落户、住房等得不到解决。二是技术人员队伍后继无人。三是待业青年的就业问题也无法解决。滞留在厂的待业青年多达 1 000 多人，每年还以 300 多名速度增加。有的年轻人找不到工作，由哥哥带着待业的妹妹，哭跪在我家里不走，让我解决工作。1977 年，青海省、二机部联合向中央上报了《关于二二一厂不适合高寒地区工作的职工安置和队伍更新的报告》，国务院副总理王震和余秋里都做了批示。但因“文革”后百废待举，3 000 职工的调出和在江西农垦场建安置离退休人员住房，在当时形势下相当困难而搁置。

1983 年 1 月，厂党委上报了《关于二二一厂几个问题的请示》提出：“调出多余人员，更新队伍，实行轮换制。更新设备，增加任务。妥善安置离退休职工，建立安置点，厂对分散安置的职工给予资助。解决待业青年就业问题，恢复我厂事业单位性质。”

其后，部对厂党委报告做出答复。下发了核工业部《关于二二一厂几个问题的通知》指出：“遵照张爱萍同志‘二二一厂是发展核武器首先立功的地方，问题要解决好’的指示。”“从现在起，对该厂就应采取逐步收缩的方针。”“该厂地处高寒，职工离退休后，必须异地安置，宜采取分散和集中相结合的办法进行安置。分散安置离退休人员异地安家，凡自建住房的实行自建公助、产权归己的办法。”“集中安置，主要建设杨家庄安置基地。”而恢复二二一厂事业编制，上级没有批示。

1984 年 9 月，新的厂领导班子组成后，多次向部党组、国防科工委、国家计委国防司汇报，希望上级对特殊地理环境、特殊历史条件下形成的特殊企业，给予特殊政策解决。

1985 年，根据部年度工作会议精神，厂上报了《二二一厂保军转民，精干收缩几个问题的报告》，提出：就地转产与东移并举，逐步形成军民结合、内外结合开拓性企业。部的主要领导答复是：“要彻底转民，下决心转民。”

对此，我们感到困惑。二二一厂所在的地区条件艰苦，高原地区没有军品，技术队伍不稳定。另一方面，二二一厂所处的青海省金银滩地处偏远，开发民品两头在外（原材料和市场都在内地），根本没有竞争力。我们曾经利用青海省的盐和廉价的水电资源，在厂建大型纯碱民品项目，请四川化工设计院做了可行性研究报告，项目报上去，由于缺乏竞争力，被淘汰。完全军转民的路子根本行不通。

王菁珩（右）陪同国家环保局领导在二二一厂

在离京返厂前，我们再次向主管部领导请示如何上报方案，主管的部领导对我们说，1985 年 4 月 30 日，国防科工委领导表示，二二一厂一部分转到 903 厂，然后撤点。

回厂后，首先召开党委常委会进行了讨论。常委会经过多次认真研究，最后形成“坚持改革，勇于开拓，确保军品，加速转民，精干收缩，到 1995 年职工压缩到 3 000 人”的第一方案。常委会倾向第一方案。同时用简短的文字，提到撤销的第二方案。10 月，全国人大常委会委员段苏权、吴仲华、胡荣贵来厂视察，厂党委又将请示报告交由他们带给中央。

1985 年 11 月 8 日，中共中央总书记胡耀邦在报告上批示：“我不懂这一行，是否要考虑他们提出的问题，请爱萍同志酌处。”11 月 21 日，时任国务委员、国防部长的张爱萍同志作了长达 927 个字的批示，指出：“二二一厂在我国核武器的研制和生产工作中，在科学家们共同努力下，做出了特大的贡献，在发展我国核武器方面建立了历史功勋。”并对二二一厂为什么撤销说出了原委。批示中有一段话是这么说的：“我个人同意第二个方案所提的原则，这也是 1983 年我们研究新址问题时一并提出的原则。当时的国防科工委、核工业部及九院领导同志都是同意的，并决定请核工业部与该厂和青海省委研究，提出实施方案。”也就是说在建设三线基地时，中央就考虑了在三线基地建成后，二二一基地随之撤销。

1987 年 6 月 24 日，国务院副总理李鹏在国家计委、国防科工委向国务院、中央军委的报告上做出批示，胡耀邦、赵紫阳圈阅同意。国务院办公厅、中央军委办公厅批转了国家计委、国防科工委《关于撤销核工业部青海二二一厂的请示》的国办发（87）40 号文件（简称 40 号文件）。文件提出：“不到离退休年龄还可以继续工作的职工，一部分可利用部分设备、资金到江苏、山东等省的城镇合资联营兴办企业。其余人员核工业部内尽量消化外，比照军队干部转业的办法，按从哪里来、回哪里去的原则，由国家统一分配到原调出单位所在地区安置工作。”

带嫁妆“相对集中，合理分散”安置职工

虽然国家下发了文件，提出了厂撤销人员安置的原则，但人员的安置具体如何实施？当时二二一厂有近万名职工和离退休人员，算上家属有 30 000 多人，还需要我们从厂里的实际出发，提出具体实施办法，报中央批准实行。

就在 40 号文件下达的头一年，1986 年，厂在完成生产任务中推行创优的精细化管理，实现了核产品的优质交付，厂财政实现盈利目标。

1987 年年初，厂与二炮签订了新任务，常规武器战斗部的研发生产有可能成为厂发展的新动力。

正当厂、矿职工满怀信心突破技术的关键时刻，迎来 40 号厂撤销文件。

厂撤销的消息很快传开，金银滩草原炸开了锅，各种传言沸沸扬扬，像急风暴雨般袭来。失望、伤感、惋惜、埋怨的情

绪笼罩着金银滩草原上空。厂情的急剧变化让职工心理一时失去了平衡，跌入失落感的深谷。文件还规定离退休人员交地方管理，割断了职工几十年与核工业的情感，加大了职工思想上的抵触情绪。人们以惶惑的心情，打探着未卜的前程。

在中核总大楼二楼会议室，二二一厂与淄博化纤厂签订职工安置协议

1987年9月，厂再次召开处级以上干部会，我以个人在草原创业的经历，畅谈了学习40号文件的体会，号召要充分认识到厂、矿撤销的艰巨性、复杂性和长期性，做好职工思想的疏导工作，坚持边开发、边生产、边调整，渐进式推进厂撤销中职工安置、核设施退役、基地移交三大任务完成，实现厂

的撤销软着陆。

在厂的撤销工作进行同时，我们承担了国家急、险、特的工程任务。一干又是3年，首批交付只用了10个月，突破了近炸引信的研制和生产。

国家工程任务，实现多批生产交付，对于厂的撤销工作，可以说功不可没，起到了重要的支撑作用。既为国家赢得巨大经济和社会效益，又为厂外调研、协调两个安置方案赢得了宝贵的时间；也为实现有计划、有领导、有秩序地撤厂提供了稳定、安全环境；为职工的福利改善、厂的撤销积累了资金。工程项目还荣获国家科技进步二等奖。

职工安置方案经历了“从哪里来到哪里去的”大分散模式、扛着旗帜下山建点的“大集中、小分散”安置、成建制地整体移交等几种方案，最终形成了“带嫁妆”“相对集中，合理分散”的安置方案。

我们以好的项目、较好安置地点，寻求职工相对集中安置点。当时，国民经济正处于从计划经济向社会主义市场经济转轨的初期，粮、油等食品价格的倒挂，副食品凭票供应，政府实行暗补。职工进入城市，要收取名目繁多的费用，进一步加大了与地方政府谈判的难度。经济发达地区有好项目，职工愿意去，但落户难以解决，最多欢迎去办个研究所。而经济欠发达地区欢迎我们去，又缺乏好项目和对职工的吸引力。我们就在项目、安置地点、职工能否愿意去、落户合理收费几个方面寻找平衡点。先后考察了10个省（区）的20多个城市。最终，确定在河北廊坊市共建仪器仪表厂，山东潍坊、安徽合肥、青海西宁等地经济效益较好的企业，新建、扩建项目，以及政府部门安置职工。在北京、上海、天津等532个县市分散安置职工和离退休人员。

厂里本着高（高寒缺氧）、核（核事业）、特（国家特事特办）的特点起草了“两个安置”办法，测算了分散安置离退休人员自行解决落户和自建住房补助费的标准。

1989年4月，厂、矿职工暨工会会员代表四届三次大会如期召开。会议为厂、矿领导与职工交流、协商提供了平台。有的代表提出：“适当集中，合理分散”不代表职工的利益，只考虑少数领导的利益（意指下山办厂，领导可继续当官），要求尽快分散安置。我三次真心、真诚、平等与职工代表平等对话，并对工作报告、经济责任制、项目承包方案进行了修改和完善。

厂长工作报告和经济责任制项目承包方案以高票获得通过。职代会的成功召开，进一步提高了领导和职工对40号文件的认识，凝聚了共识，振奋了精神。

1990年，下发了国阅（1990）13号和131号会议纪要，肯定了“适当集中，合理分散”安置原则。并指出：在几个点扩建项目安置职工，提供专项贷款，增加拨款。妥善解决好二二一厂职工安置问题，是一项政治任务，各有关单位要顾全大局，尽快认真做好这项工作。值此，厂、矿职工有关安置方案的争论才算统一。

1990 年，在完成 118 项目后续任务后，首先对廊坊厂优先报名，优先选设备、仪器，并实行价格上优惠。其后是淄博、合肥、西宁集中点报名。1991 年年初，部年度工作会议期间，中核总公司领导安排了二二一厂厂长向邹家华副总理汇报，其后，邹副总理批准了 12 个部委和中核总公司的两个安置办法。从此，职工分散安置报名工作全面展开。召开全厂、矿职工广播电视大会。我宣讲了政策和工作安排，并印发到基层。以政策为导向，职工自愿申请报名。本着符合当地落户政策，对方工作需要，厂方推荐，与对方协商原则，确定职工和离退休人员的去向。

1990 年 11 月 17 日，第一批集中安置淄博的人员准备撤离。在离厂之前，厂里给他们上了最后一堂“保密课”。我们再三叮嘱离厂职工，保密工作仍是我们一生中永远要牢记的，不该说的不说。集中安置点的职工离厂前都在俱乐部门前广场举行热烈的欢送会，敲锣打鼓，燃放鞭炮，欢送的人们有的握手告别，有的抱头痛哭，这一别，各自天涯，再见不知何日。几代核工业人在完成他们的历史使命后，奔赴祖国各地，并将“两弹一星”精神散播到全国各地。

1994年6月15日，中国核工业总公司国营二二一厂向青海省海北藏族自治州正式签订了移交协议。

在基地移交、人员基本安置完毕后，国务院副秘书长石秀诗与有关部门协调，确定安置后的离退休人员留在核工业系统内，并成立二二一离退休人员管理局，负责人员的管理、服务职能，按事业单位处理。

与张爱萍将军（右）合影（摄于1991年5月15日晚）

二二一基地的退役，为我国政府实现全面禁止和彻底销毁核武器这一崇高目标，做出了重要的历史贡献，成为世界上第一个化剑为犁的核武器研制基地。

19. 二二一撤厂是系统工程

尤德良 口述　　杨金凤 整理

尤德良，1964 年从中国人民解放军军事工程学院原子工程系毕业，分配到二机部九院理论部工作，参与原子弹武器化和氢弹突破等工作。1974 年 9 月从九院九所调到第二机械工业九局，先后在核工业部军工局，中核总军用局、办公厅工作。1997 年调到中国广东核电集团工作直到退休。曾任二机部九局处长，核工业部军工局副局长，中核总军用局局长、办公厅主任、中国核工业报社社长，核工业部（中核总）221 厂调整办主任，中国广东核电集团党组成员、第一副总经理等职务。在担任核工业部（中核总）221 厂调整办主任期间，在中核总领导下，会同军用局，

1964 年 8 月，哈军工毕业照片

协调有关司局，组织领导完成了二二一厂基地退役、移交、人员安置和筹组二二一管理局等工作。

我在哈军工学的是最绝密的专业

我是哈军工毕业的，当时哈军工叫中国人民解放军军事工程学院。我1959年入学，1964年毕业，学的专业就是原子能系（二系）的核弹头设计专业。

1959年的时候，苏联援助的专家还在，陈赓大将是哈军工的院长，我们这个专业是学院最绝密的专业。入学3个月军训结束后，几千名新学员在大操场集合，宣布分配各系的名单。差不多所有的新学员被各系带走了，只剩我们几十个人没有被叫到名字，孤零零站在操场，不知是咋回事，心里直打鼓。后来我们被一位大校（后来才知道他是五系即导弹工程系主任戴其萼）带到一个办公室，大校非常神秘地对我们说，你们要学的专业是我们军工最绝密的专业。我们被分到二系一科一专业，从哈军工大门到我们系、我们的专业教室，岗哨就有5道。上课所用书籍和笔记作业本等用具，下课后，都要装到保密包送到保密室封存，用时再取。对外通信必须经军邮，地址是邮箱代号不能暴露真实地址，更不准说自己学的专业。我们学员出学院大门办事，要求二人同行，事先请假批准，事后销假汇报。因此，在哈军工念了5年书，真正进城屈指可数。

我们这个专业，原定要学8年，苏联专家撤走以后变成了5年学制。原定由军工教员教我们基础课和专业基础课，专业课请苏联专家来教。苏联专家一撤，我们就只能学到基础课和专业基础课，专业课就没人教了。我们所学的专业是核弹设计，结果毕业了，还不知道原子弹、氢弹是啥模样。

我记忆中的“两弹”专家开会

1964年8月毕业，我脱了军装，复员转业，被分到北京二机部九院理论部搞研究设计。邓稼先是主任，周光召是第一副主任，于敏、黄祖洽、秦元勋、何桂莲等六七个人也是副主任。当时，正值原子弹武器化和氢弹攻关阶段，我一开始在理论部12室搞反应前力学分析，室主任是李德元，后又调到一室107组做二维方法探索。

大约1965年年底，理论部一室主任找我谈话，传达理论部党委要调我到理论部机关工作的指示。我离开一室到理论部机关工作，负责理论部党委书记与主任专家会议的联系工作。当时保密管理严格，一个副主任管一个研究室，不同研究室组的工作人员之间不能私下交流各自的工作内容，只能副主任们开会的时候交流。事后回忆，我当年从研究室出来挺好。别人都是只掌握一个研究方向，我参会可以了解更全面的情况。另外，跟那些大专家一起开会，学到了很多东西。

那时候开会，大家都畅所欲言，讨论的时候无所顾忌，你正发言，另一个就上去说不同观点，又是推公式又是争论；这个刚在黑板上写了公式，另一个就上去说：“你这不对。”就要擦了重写。那个就说：“你别擦，我等会还要用呢。”这个就在黑板边上另辟个地儿推导自己的公式……总之，当时开会的氛围非常活跃民主。

当时是氢弹原理突破阶段，很多问题都需要摸索突破。那时候直到晚上 12 点，整个理论部办公楼一直灯火通明。那个楼从外观看其实很一般，但是那时候除了主管九院工作的二机部副部长刘西尧、部长刘杰及部机关主管局外，其他人都不允许进花园路 6 号院。

二二一厂为什么要撤

1974 年，二机部组建二机部九局，负责组织协调核弹头的研究、试验、生产、定型、交付部队的管理局职能，下属单位是一院两厂（九院、二二一厂、903 厂）。1974 年 9 月，我从九院九所调到九局工作，时任局长赵敬璞、副局长吴际霖。在此之后，经历了国家机关机构改革，二机部变成核工业部、中国核工业总公司，九局也相应地变成军工局、军用局。1987 年 6 月 24 日，国务院、中央军委国办发（1987）40 号文，撤销二二一厂，明确撤厂工作由核工业部全面负责，各有关地方和部门积极配合。我在中核总公司的直接领导下，组织完成了二二一厂的退役工作，这段历史可能是很多二二一人都刻骨铭心的。

为什么二二一厂要撤掉呢？一是十二大以后，我国提出以经济建设为中心，国防科研整条战线都要压缩，所谓“缩短战线，突出重点”，这样才能以经济建设为中心。这是二二一撤厂的前提。二是武器部分三套变一套。二二一基地是 1958 年苏联专家帮着选的，很不具有隐蔽性。在缩短战线的国家要求下，核武器这块也要从 3 套（二二一厂、902、903）变成 1 套，要把二二一厂、902 和 903 合并成一套。

现在回过头来考虑，如果当时二二一厂不退役，而是直接转民，首先就要搬下来，而二二一就地转民的条件不是很好，当时中核总也做了很多探索，如“扛着大旗下山”接手正在筹建的郑州汽车厂、连云港碱厂，到青岛黄岛、河北廊坊征地建厂选项目，将二二一厂连同中核总建工企业一起交给首钢等方式。这些路径都做了探索，但因为种种原因都没有成功。

“40号文”估计不足

1987年6月24日，中央下发了40号文件，决定撤销二二一厂。在这个文件里肯定了二二一厂的历史贡献，另外明确了按照军队“哪儿来回哪儿去”的原则做好二二一厂的人员安置工作；撤厂工作由核工业部全面负责，3年内完成任务，各有关部委和地方要密切配合。

接到40号文，当时核工业部的部长蒋心雄和刘书林、李定凡到二二一去宣讲文件精神，让大家统一思想。为了加强领导，部里由李定凡副部长、刘书林顾问负责，成立一个撤厂的领导小组，我是小组成员。另外成立了一个调整办公室，我任主任，核工业部人事、财务、计划、保卫等几个局参加工作。二二一厂也成立了科研生产和撤厂工作两条线的领导班子和调整工作办公室，下设职工安置、核设施退役处理、基地移交等三个领导小组。另外，核工业部跟青海、安徽、山东、河北等几个集中点的省政府都签署了协议，共同协调办这个事情。

40号文要求干3年，实际这个事情一干干了六七年，为什么？一个是这个事太复杂了，是个系统工程，从某种意义上说比建厂还难。撤厂任务分为人员安置、核设施退役、基地移交和118外贸出口任务。特别是人员安置这块，特别难推进——3万多人口必须安置地方，在职的职工得有工作，还得有房子住，孩子还得有学上；第二个是二二一厂退役光确定人员安置方案就用了3年；第三个是当时国家正在搞改革开放，1987年下40号文的时候，还好一点，后来各地市场经济观念渗透后，各个接收安置人员的地方要价越来越高；第四是原来的资金准备也不足。原定撤厂资金需要5亿元，国家给3亿多元，剩下的变卖厂里设备凑1亿多元，但这些资金远远不够；第五是全厂职工和家属既是安置对象，又是撤厂工作的参与者。关闭撤销核武器研制基地，在世界上没有先例，没有经验可借鉴。其困难和复杂程度可想而知。40号文件下达后，执行落实的困难和问题不少。中核总只能一边执行落实40号文件，一边请示国务院有关部门补充完善撤厂的相关政策。

“适当集中、合理分散”

作为中核总二二一撤厂办公室主任，我去青海二二一厂做撤厂动员。在二二一厂大礼堂，把全体员工包括离退休职工请来，我动员大家“哪儿来回哪儿去”，先自愿报名。

别看二二一厂的生活条件艰苦，但职工们好多都不愿撤，一是他们对那个挥洒青春和热血的地方有感情。二二一最终撤厂的时候，职工们把车间打扫得干干净净，毛巾、手套等劳保用品摆放得整整齐齐。

另一个是因为按照哪儿来回哪儿去的原则，很多人的户籍在经济相对落后的地方，回去以后工作生活都不好安排。在这种情况下，核工业部决定把 40 号文件变通一下，把“从哪儿来回哪儿去”改成“适当集中、合理分散”。

所谓“适当集中”有四个集中点，一个是西宁杨家庄（主要是原来二二一厂家属的居住区）和山东淄博刚建的化纤厂，另外就是安徽合肥（这里安置的在职职工最多，有轮胎厂、钢铁厂、化工厂、研究所等）和河北廊坊（二二一把一些设备拉到廊坊，建了仪器设备修理厂）。后三个地方主要安排在职职工，因为有项目，有工厂。

第二排左起第五为龙念，第六为尤德良

开完动员会以后，二二一厂职工先自愿报名，协调办公室再进行审查，不符合 40 号文件的就放到集中点，分到集中点也存在子女上学、家属安排等问题需要落实。基本落实之后，再到上报国务院，最终形成中央批准、12 个部委和中核总上报的“两个安置办法”。这两个办法明确了“相对集中、合理分散”原则。后面还附了每个省的分配计划。这个分配计划要跟职工报名吻合在一起，这样才能落实。

当时国家规定用 5 亿元资金完成撤厂工作，但实际上，5 亿元根本不够。不管离退休还是在职的，住房需要给钱，子女上学安置需要钱，总之，还需要再有 5 亿元才能解决安置问题。一些被指定要接收二二一职工的地方就提出来，没有钱，给贷款也可以。我就找到中国人民银行的周正庆行长，向他汇报安置二二一职工，还需 5 亿元资金，财政部不再拨款，只有向中国人民银行申请贷款给这些安置省市发放贷款，按农业贷款利率计息，还款期是 15 年。当时是 20 世纪 80 年代末，国家经济还很紧张，周行长说这么低息又这么长时间、这么大数额的贷款，从来没办过。因为是安置二二一厂职工特殊需要可以考虑解决，但必须有国务院领导批示才行。当时，分管银行是国务院副秘书长王书明，两个安置办法下达也是他协调的。我拿着中核总给国务院的请示报告找到王书明。王书明批示后，又请邹家华副总理批示，中国人民银行接到批文后，才向有关省市下达贷款额度指标。

人员安置的方案反反复复做了 3 年，到 1993 年 11 月底，才把人员妥善安置到 4 个集中点和其他各省市，98％都安置完成。安置后的二二一厂人员分布在全国 27 个省市的 532 个县市。

二二一厂人员安置背后的故事

二二一厂撤厂人员安置是一个大工程，是系统工程，背后有一些故事可以讲。

从起草安置办法到安置办法的两个文下发，经历了大约 3 年的时间。起草到修改 3 轮，这中间还要征求各方意见，当时能源部副部长陆佑楣组织会议，又把 12 个部委找来讨论，讨论之后再次向国务院副秘书长汇报。

整个撤厂过程历时近 7 年。这个工作前后经历了两位副总理邹家华、吴邦国，四位国务院副秘书长协调，分别是王书明、张左己、金人庆、石秀诗。而我本人，为了把人员安置的问题解决好，曾经“骚扰”过不少国家领导和地方上的领导干部。

那时候为了解决搬迁资金的问题，我把国务院秘书局所有领导的门儿都摸遍了。国务院副秘书长王书明，那时候我就是好几次大晚上八九点钟跑到他家去敲门。他开门就问我：又遇到什么问题了？

人员安置的问题，就是像这样一点一点解决的。

我在二二一基地搞人员安置工作时，根本睡不成觉，很多人的志愿变来变去，还有的人在历次运动中受到迫害后要求落实政策，还有的以工代干……这些问题都需要解决。我晚上睡不成觉，只好在招待所让人给我准备一辆自行车，等到暂时没人来了，我骑上自行车跑到二二一厂计划处一个房子里，那里有一张简易床，我到那儿能休息一会儿。那会儿，人员安置的问题真的特别难。

历史不能假设，亦不能复制

我认为，对于二二一的撤厂安置工作，当时国家是尽了最大的力量，核工业部（中核总）也把国家的政策用得足够充分了。超出 40 号文件规定的如资金问题，人员相对集中，北京、上海特殊照顾特批，离退休人员管理由民政管理改为中核总组建二二一退休人员管理局负责等也都想办法解决了。

当时从二机部到七机部，这些军工企业，全部都要关停并转，不是只有二二一面临撤厂退役。另外，国务院、中央军委，国家又前后下了好几个文，协调这个事，这也是空前绝后的。

当时的四〇四和八二一核燃料厂按国家要求转民的时候，这些厂的人都羡慕二二一人，觉得起码国家把他们的去向和退休都管起来了。事实证明，四〇四、八二一这些厂子熬过军转民的困难时期，在新时期也迎来了很好的发展机遇。所以历史无法假设，核工业的这些单位，当年是应该军转民还是完全撤销，是多方面原因促成的。

同样，历史也无法复制。后来，新疆核试验基地缩编，人员安置也曾想按照二二一撤厂的这种方案来办，国家没有答应，认为代价太大，已经不可能了。因为当时二二一是历史的特例，有那么多国家领导的关心，其他基地都不可能再复制。

20. “九院”往事

宋学良 口述　　**杨金凤** 整理

宋学良，1944 年 6 月出生于辽宁省复县长兴岛。1961 年 7 月在湖北省武汉市武钢三中被选为飞行学员，入伍在保定空军第二航空预备学校。1964 年 6 月调入二机部九院，被分配在秘书科工作。1975 年春调入二机部九局办公室工作。2001 年被聘为核工业二二一离退休人员管理局副局长。2004 年 7 月退休。2005 年 9 月正式离开工作岗位。

1964 年 6 月，我从保定空军第二航空预备学校转业到二机部九院，被分配到秘书科工作。在秘书科工作期间，我有幸了解了围绕我国核武器研制而成立的机构建制及其发

宋学良（左）与李觉在一起

展演变历程，同时更有幸接触到了当时院级的各位领导，这些领导都是当年响当当的人物。

历史溯源

历史都是分段的。特殊的历史时期，产生了两个九局、两个九所以及两个九院。如果不把各个阶段的九局、九所和九院捋清楚，对于了解我国核武器研制生产这段历史，就会发生混乱。

第一个九局和九所

1955 年 1 月，毛主席主持召开中央书记处扩大会议，决定创建原子能工业。1956 年 11 月，全国人大通过决议，设立三机部，主管核工业建设和发展。1957 年 10 月，中苏签订协定，苏联答应帮助中国设计建设生产、装配原子弹的工厂（342 工程）和研究原子弹结构的设计院（221 工程）。

1958 年 1 月，三机部党组决定设立第九局，主管核武器研制、生产和基本建设，李觉任局长，吴际霖、郭英会任副局长。同年 2 月，三机部改为二机部，九局也改为二机部九局。

九局成立之初的主要任务，就是进行 342 工程和 221 工程的选址，同时寻找一个让专家和技术干部工作以及接收苏联技术资料和模型的场所。1958 年 7 月，221 工程（也称二二一基地）和 342 工程（1961 年初撤销）定点在青海省海晏县的金银滩草原（对外称青海国营综合机械厂）。同年，邓小平批准了二机部提出的这个选址方案。接收资料和样品的场所定在北京北郊的花园路。

鉴于二二一基地建设工程浩大，短期建成投产不太现实，1958 年 7 月，二机部批准九局先在北京海淀区花园路开工建设一个过渡性机构（也就是北京第九研究所），待二二一基地建成后，再由北京搬迁到青海。

此时的九局和九所，实际上就是一套人马两个牌子，李觉既是九局的局长，也是九所的所长。1958 年 10 月，北京第九研究所公章正式启用，标志着中国核武器研制机构在首都的正式诞生。朱光亚、程开甲、彭桓武、王淦昌、郭永怀、邓稼先、周光召等科学家和一大批优秀科技人才陆续调入九所从事核武器研制工作。

北京的九所，原本只是一个暂设机构，主要任务是调集培训专业技术人员，准备接收苏联提供的原子弹教学模型和相关图纸资料。但 1959 年 6 月苏联突然撕毁协定，不再援助中国，党中央决定“自己动手、从头摸起、准备用八年时间搞出原子弹”之后，二机部积极执行党中央的部署，上上下下憋着一股劲，一定要早日造出“争气弹”。在加速二二一基地建设的同时，把开展科研工作的重点放在九所进行。

1959 年到 1962 年，九所充实了必要的工作条件，建立了爆轰试验场（17 号工地），科研实验取得重大进展，同时也调整和改进了科研机构的组织形式。

第一个九院和第二个九所

1963 年，二二一基地具备了科研、生产、生活的基本条件之后，九局决定九所的研究工作和人员有计划、分阶段地向二二一基地转移。

1964 年 2 月，九局机构全面调整，撤销二机部九局、北京九所和青海二二一基地建制，同时成立二机部第九研究设计院，院机关、理论部和对外协作部门仍设在原北京九所旧址，二二一基地称第九研究设计院 221 分院，三线新建的基地称为九院 312 分院。

之前的九局和九所，由此完成了它的历史使命，九院成立，我国的核武器研制和生产进入了新的阶段。

1964 年我到九院工作的时候，院里一共有三个公章。一个是二机部第九研究设计院的章，是一个黄铜底座加红色木柄的公章，是最常用到的；另有个国防科委九所的黄铜章，还有一个类似于橡胶质的北京第九研究所的章，后面这两个用得比较少。

1968年，九院划归国防科委，改称中国人民解放军第九研究院。这期间，九院理论部改称九院九所（第二个九所）。

1969年，在国家的部署下，九院机关部分在京人员、九所（理论部）的工作人员及他们的家属等一起乘专列搬到四川基地。1970年前后，二二一基地的大批科研人员、工人及家属也逐步向四川基地转移。

由于四川基地不具备科研条件，九所的工作人员不得不从1970年1月开始，陆续返回北京花园路工作，从此开始了长达近20年的出差生涯。直到1988年3月，明确九所是九院设在北京的一个研究所，九所人员才结束了出差生涯。

第二个九局和第二个九院

1973年，国务院决定中国人民解放军第九研究院重回二机部建制。九院带着“文革”时期遭受的满身创伤又回到了二机部，并实行院厂分家，四川基地部分称为二机部第九研究院，青海的二二一基地和九〇三基地分别叫国营二二一厂和国营九〇三厂。

1973年12月，二机部决定成立九局，归口管理第九研究院、二二一厂和九〇三厂。

1982年，二机部改为核工业部，二机部九局亦改为核工业部军工局，二机部九院改为核工业部九院，二二一厂、九〇三厂名称未变，归属核工业部军工局管理。

1987 年 6 月，国务院办公厅、中央军委办公厅批准撤销核工业部二二一厂的请示报告，二二一厂进入撤厂时间，具体工作由核工业部负责。

1988 年 3 月，核工业部改名中国核工业总公司，核工业部军工局亦改为中国核工业总公司军用局。这时二二一厂已撤销，九〇三厂已并入九院，唯一剩下的九院亦改名为中国核工业总公司第九研究院。

1990 年，九院脱离中国核工业总公司，成立中国工程物理研究院。

1996 年，经中央编制委员会办公室批复，在中国核工业总公司军用局的基础上，成立核工业二二一离退休人员管理局。

厘清两个九局、九院与九所

两个九局，全称都叫二机部九局，名字一样。但前九局成立于 1958 年，后九局成立于 1974 年；前九局局长李觉，后九局局长赵敬璞；前九局办公地点在花园路，后九局办公地点在三里河二机部大楼；前九局是管理局，北京和青海两个核武器科研生产基地的人财物什么都管；后九局是职能局或称业务局，没有人财物权，只主管九院、二二一厂、九〇三厂的科研试验生产工作。

两个九院，前九院是 1964 年成立的，叫二机部第九研究设计院，后九院是指院厂分家以后在四川基地的部分，全称是二机部第九研究院，简称都叫九院。前九院包含了北京、青海、四川三部分；后九院是前九院的一部分，包含四川基地，北京的九所，并入的九〇三厂等部分，不包含青海二二一基地(国营二二一厂)。

两个九所，1958 年的九局也叫九所。1974 年院、厂分家后，在四川基地的九院分设了 11 个所，根据科研方向来区分，理论部搬四川以后，在九院的内部排序叫九所。1988 年迁回北京后，也叫过北京第九研究所。但后九所跟 1958 年的九所又不是一个概念，后九所就是当年的理论部，前九所跟九局平行，它就是九局，九局就是九所。

九院领导二三事

1964 年，我进入二机部九院工作，有幸接触到了当时九院的院级领导。我和他们之间的故事微不足道，但却可以反映他们各自的个性和伟岸人格。

1. 李觉院长 1964 年 10 月 16 日第一颗原子弹爆炸成功

后不久，李觉即被国务院任命为二机部副部长，当时是九院一把手，他能团结班子里的行政干部和技术干部一道工作，很了不起。他对人亲切和蔼，关心他属下的每一个人。1964 年秋，北京和青海基地的电话专线开通，我被秘书科调整到保密电话室。那时北京和青海基地的通话非常频繁，有时白天没安排完，晚饭后继续通话。李觉院长有时走得晚，来保密电话室看看，有时也坐下和我聊聊天，问我一些问题。我那时刚从部队下来，首长问话，马上站起来了。李院长说："你别紧张，坐下来，坐下来。"

宋学良（右）与李觉院长（左）

1974 年新的二机部九局成立，办公地点在西城区三里河。我于 1975 年春到九局上班后，在机关大楼内能经常见到李觉老院长。他早已离开九院，在二机部任副部长。我们有时去他家里看望他，每次去了，他必给我们每人倒一杯酒。

1994 年，在花园路 3 号（现 6 号）院召开军工史核武器卷编委会会议，有一天午餐后，李部长要到塔院去看望九院的一些老同志。他看望了龙文光、徐步宽、陈忠贤。从徐步宽家出来，徐步宽在门口送李院长，李觉部长一边下楼一边回头跟徐说话，一脚踩空差点摔倒，我赶忙扶住他。他还看望了袁冠卿的遗孀柳钧玲、李信的遗孀吕萍，还看望了吴际霖、彭非、邓稼先、徐杰、徐庆宝等人的遗属。楼上楼下整整跑了一下午，当年 50 岁的我累得腰酸腿疼。李部长比我大 30 岁，他的疲劳程度可想而知。

2009 年 2 月 4 日，李觉 95 岁生日，我去看望他。说了一会儿话，我说我要回去了，当我走到门口回头准备跟他说再见时，我看到他脸上的那种表情。那种眼神，我不知该怎样形容。2010 年 2 月，李觉逝世。也许他已经料到 95 岁生日是我们最后一次见面。

2. 吴际霖副院长 吴际霖副院长在九院主管科研的组织和管理工作，对核武器事业的发展是有贡献的。他是四川人，保留了一口浓重的四川话，走路说话急急火火，他在青海基地工作时间居多。北京的家里就留下他夫人一个人料理。他夫人也是四川人，走路说话像吴副院长一样急急火火。她不仅要照顾两个女儿，还要照顾年迈的婆婆。

有一次，吴际霖从北京要回青海，我到他家帮他把东西拎到楼下正准备上车，吴际霖一回头，发现他的老母亲挪着年迈的步子也下楼来了，吴际霖赶紧搀着老人家把她送回二楼家中。

3. 郭英会副院长　郭英会副院长性格开朗，为人直爽，每天跟我们一样挤公交车从塔院到三里河去上班。有一次，在平安里换13路公交车时，他人没挤上去，拿的包被车门夹住跑了好几米，车停下来，车门打开他才把包拿下来。

4. 彭非副院长　彭非副院长以前得过肺病，所以他走路一边的肩膀总是斜的。“文革”中他被关起来。有一次在花园路3号院内，彭非被带到院子里放风。我看到他后停下脚步，他看到我后也站在那里，他看着我，我看着他，就这样我们谁也没说一句话。不久后，彭非就去世了，他去世时只有50多岁。

5. 王淦昌副院长　王淦昌副院长为人随和。“文革”开始后，原来为在理论部大楼二层办公的四位技术副院长（王淦昌、彭桓武、郭永怀、朱光亚）打扫卫生的工勤人员都“造反”了，我就每天去帮忙打开水、打扫卫生。王淦昌每次碰到我打扫他的办公室，总是连声说谢谢。1969年我结婚后，他见了我说："你结婚了也不说一声，我也没送点礼。"我给他拿了一支烟，他说我不吸烟。

6. 郭永怀副院长 郭永怀副院长高高瘦瘦的，戴一副金丝边眼镜，很有学者风范。有一次司机邵春贵拉着郭永怀去西单，邵下车办点事，回来后发现车不见了。原来是郭永怀发现停车的位置不好，就把车开到了合适的停车位置。邵春贵开玩笑地说你开吧，郭永怀说还是你开。

1968年12月，郭永怀从青海返回北京，乘夜航班机在首都机场降落时发生了起火爆炸，郭永怀和警卫员都牺牲了。当时他唯一的女儿在内蒙古建设兵团插队。紧急把她召回北京时，小姑娘本来还挺高兴，有说有笑的，当听到她的爸爸去世的消息时，当场哇哇大哭起来。

7. 朱光亚副院长 朱光亚副院长在我的记忆里，好像从来没有看见他笑过，他看起来好像每天都是心事重重的。他每天骑自行车从塔院到花园路上班。"文革"期间，有一段时间我负责给几位副院长打扫卫生。有一天我正在他的办公室里拖地，忽然听到一声叹气声，我回过头一看，朱光亚不知什么时候进来了，站在办公桌前，刚才是他深深地叹了一口气。

"文革"中，朱光亚只要有时间，总会参加我们秘书科组织的学习。在他出席"九大"会议回来后又一次到秘书科参加学习，我们的学习组长刘月娥说："朱院长，你给我们说说

‘九大’的情况呗。”他一脸严肃地说：“那怎么行呢！”刘月娥生气了，说咱们学习吧。学习结束后，刘月娥对朱光亚说：“朱院长啊朱院长，你就说毛主席红光满面非常健康，林副主席也非常健康，随便说几句不就行了？”但对于朱光亚来说，这些逢场作戏的玩意儿他可能真的不会。

8. 马祥副院长　马祥副院长在九院主管器材工作，那时九院需用的器材种类比较多，马祥经常亲自出去跑。有一次马祥急着出去联系一项业务，正巧司机班的小车都出去了，马祥急了，说给我派辆卡车也可以啊。我记得后来是把一辆捷克产的大轿车开出去了。

后来我参加九院在花园路召开的一个座谈会，见到马祥也来了。我们一起去九所科研楼参观一个展览时，经过邓稼先院长的塑像，马祥说，咱们给邓院长鞠个躬吧。我们就向邓院长的塑像鞠了三个躬。

21. 我国第一座潜艇核动力装置第一批操纵员的成长

高星斗 口述　　**核动力院宣传部** 整理

高星斗，核反应堆运行专家，我国第一座核潜艇陆上模式堆操纵员，担任过中国核动力研究设计院一所 196 室主任，后来成为专业带头人。

做一名合格的反应堆操纵员

1968 年 4 月，我经历两年毕业分配的等待后被分配到了核动力院。经过两年的基层锻炼，1970 年 4 月，由于我是学核反应堆工程专业的，被分配到第一座压水型反应堆运行研究室，参加了反应堆的调试、运行、试验、检修和退役。

要想成为一名合格的反应堆操纵员，没有不怕苦、不怕累、刻苦钻研的精神，是无法考取运行操纵员执照的。1970 年，全国解放军掀起了“技术大比武”，我们积极响应号召，如饥似渴地学习，技术大练兵、比学赶超的氛围十分浓厚。对于我们而言，不论是年长的还是年轻的，所有的知识、技术都是全新的，富有挑战性。在两个多月的时间里，我们一边调试一边学习，查阅了大量核动力装置设计图纸、设计说明书、调试规程和运行规程等资料。学习主要靠自学。那时老情报楼（现已拆除）是机关办公楼，附近坡上修建了两栋三层单身楼，一个宿舍住 8 个人，上下铁架子床，在冷幽幽的日光灯下，屋中央两张书桌上摆着各种学习资料。背靠大山的 2 号楼住的全是运行和检修人员，1 号楼主要住女同志和机关后勤的同志。那时没有电视，唯一的娱乐活动就是一周或两周一次的电影，大部分时间主要用来看书，遇到不明白的，宿舍的同志就展开热烈的讨论。我们经常学习到深夜 12 点。有时为了不影响他人休息，就到宿舍走廊看书，或到“大坑里”（196 办公室）去看书。反应堆系统复杂，一回路系统有 300 多个阀门，十多台大型设备，需要对每一个阀门、设备的编号、分布了如指掌。为此，我们经常穿着工作服，深入现场，爬管道摸设备熟悉系统。功夫不负有心人，两个多月的学习结束后，开始操纵员考试，由于平时刻苦钻研，大部分人都一次性过关。

操纵员的现场考核十分严格。被考核人员在现场用黑布蒙上眼睛进行考核。值班长在主控室下命令操作哪个阀门，我们必须在十几秒内到达所在地，手动阀门，按照值班长的命令进行操作。如果是电动阀门，要用听棒监听电机的运转情况，旁边有考核人员进行监督，对被考核人员行动的准确性进行打分，85 分以上为合格。堆舱空间狭小，环境恶劣。300 多个阀门和上千米管道在直径仅 8 米的堆舱内分三层在设备间交错布置。要在蒙上眼睛的情况下准确找到值班长命令的设备或管道，不是那么容易的。那个场景和那时的心情，我终生难忘。

经过艰苦努力，我取得了反应堆操纵员运行执照，开始了反应堆运行倒班生涯。我们是四班三倒，连续运行两个早班、两个中班、两个晚班，休息两天。刚开始倒班还挺兴奋的，以后就是工作的常态了。在倒班休息的那两天，值班长还会组织分队人员进行集中学习研讨，交流运行过程中发生的问题和处理问题的办法，并为运行提出合理化建议。通过学习、研讨、交流、反馈运行经验，达到互相学习、互相启发、互相促进、提升运行水平的目的。

1970 年夏，某试验前学习

操纵员责任重于泰山

当时的第一座压水型反应堆运行研究室，分为运行队和检修队。检修队有六七十人，负责核动力装置的检修。运行队分4个分队，每个分队有30余人，共120多人。每一个分队由以下三部分人员组成：主控室的运行人员包括值班长、反应堆及一回路操纵员（一操）、二回路操纵员（二操）、电器操纵员（电操）；主、辅机舱里运行人员有发电机、给水泵、主机上、主机中、主机下操纵员；舱外操纵员有测功器、造水、风、水、冷等操纵员。反应堆每次运行，运行分队的所有人员必须全部到位，才能确保核动力装置的安全、正常运行。除此之外，化学分析、剂量监测人员也要参加倒班，跟班进行水质分析和辐射监测。其他反应堆控制、热工仪表、电气检修以及机械检修人员白天上正常班，夜班也要派人值班。当时的运行队伍平均年龄不到30岁，还有十多名女同志。最早一批值班长有吴英华、褚可章、张凤瑞、范永富、耿其瑞、陈仰志。后来吴英华、耿其瑞任一所所长，范永富、陈仰志任196室主任。我后来也成为值班长，担任196室主任。

反应堆运行，一天三班倒，工作八天休息两天。在一般人看来这个工作就是看看仪表盘抄抄数据，简单嘛。其实不然。没有责任重于泰山的压力、没有过硬的技术、没有沉着应变处理能力，是不可能胜任这个岗位赋予的职责的。

最令人难以忘怀的是 1974 年 4 月的一个晚上，值班长吴英华、褚可章和我值夜班。我们像往常一样，目不转睛地看着主控室的每一个仪表盘，每个小时都会到堆舱去查看，一小时做一次记录，设备的轰鸣声越发衬出夜的宁静。按计划，操纵员从凌晨 3 点到 8 点进行反应堆功率提升。值班长吴英华下命令“功率提升到前进五”，使反应堆达到 90% 的功率。此时，在主控室的我们，发现稳压器反应压力和水位的仪表盘指针快速下降，我们判断是一回路系统管道破裂。值班长吴英华立即下令“反应堆停堆，主机速关，发电机与外电并列，关闭反应堆四个进出口主阀”，在 30 秒内使反应堆与一回路隔离。但是由于主阀关闭不严，压力继续下降。

紧急关头，为了反应堆的安全，电气操作员陆跃昌从三楼主控室一口气跑到主阀控制屏，强制关闭了主阀，整个过程不到一分钟。然后监督一回路系统，直至压力降至安全限值内，就不失时机地启动了安全注射泵，向反应堆注水，使反应堆压力维持在稳定状态，保证了反应堆的安全。随后，我和吴英华冒着大剂量进入现场检查事故情况，发现现场都被水漫过。相关人员进行了全面检查，发现直径 25 毫米的补水管道断裂，经过分析，确认是由于补水管道疲劳造成断裂。从这一事件中，我们总结和吸取了教训，在后续的反应堆设计建造过程中，增加了补水管道支撑点，再也没有发生补水管道断裂的事故。这一事件将运行人员的高度责任心和熟悉的操作技能表现得淋漓尽致。

196反应堆安全运行9年，没有出现过一次人为误操作停堆事故，充分检验了运行队伍，证明了我们运行人员高超的技术水平，确保了反应堆的安全。

核工业“老战士”的期待

培养队伍是老一辈核工业人的殷切期盼。当年我就曾多次到“海工”给海军学员讲课。“海工”是海军工程学院（现在叫海军工程大学）在一号点的驻地代称。那时，每年有七八十名海军学员来实习。他们吃住在海工，集中上课学习相关知识后，就跟着运行人员倒班。我在“海工”的教学楼向海军学员讲过反应堆运行、检修、开盖卸料等知识，也曾在运行值班现场讲解过。后来，开展核动力装置的检修，我讲课的次数就更多了。我不仅给一所的检修人员讲课，也给所内其他科室讲过课。在核动力装置检修现场，我给核动力院的检修人员讲课，也给装备部核修大队的人员讲解反应堆结构、检修程序、检修方法、检修要求等。讲课是重要的一方面，解决实际问题是更重要的一方面。在检修现场，只要遇到问题他们就喜欢找我，因为找到我就能解决问题。当时大家都称我是“技术顾问”。

院里任何人向我请教关于核动力装置方面的知识，我都会耐心地讲解，毫不保留地传授。我教过一批又一批反应堆检修骨干，部分人员后来还走上了领导岗位。

我特别关心年轻人的成长，主动给每年来196室工作的大学毕业生上课，讲解核动力装置的辉煌历史，让他们了解196这个团队曾经开展的工作、取得的业绩和团队沉淀的宝贵精神。有时不知不觉一谈就是两三个小时，后来有人称我为“反应堆的活地图”。

2012年，核动力院一所成立了核动力装置维修保障专业技术团队，10人全是年轻人，而且“80后”居多，只有一位年长的，就是我这个72岁的学术带头人。为了让年轻人尽快成长起来，我给年轻人压担子，让他们编制文件，让他们了解我国现有核动力装置维修保障的基础设施及其保障能力，熟练掌握核动力装置的结构，并能熟悉掌握现有维修工具及新专用工具的研发能力，掌握维修的技术要求、检验标准及检验手段等。我希望他们在传承历史的基础上，不断开拓创新，提高技术，尽快成长，成为反应堆检修专家。这是核工业战线一名老“战士”最真、最纯的愿望和期待。

22. 我国第一座潜艇核动力装置技术方案的诞生

刘聚奎 口述　　**核动力院宣传部** 整理

刘聚奎，1962年8月毕业于哈尔滨军事工程学院，被分配到北京第715所，从事潜艇反应堆结构设计研究工作。1963年3月派到401所47—1室反应堆结构研究室从事“196”反应堆结构方案的设计与论证工作。在彭士禄领导下参与了我国第一座潜艇核动力装置总体方案论证工作，从此终生致力于我国潜艇核动力技术研发。

1963年3月至1969年8月14日，是我国第一座核潜艇陆上模式堆（即“196”反应堆）总体结构方案论证、辩论和确定技术方案的时间，距今已经过去50来年了。回顾当初参加我国“196”反应堆研发的一些往事，依旧历历在目。

1962年8月，我从哈尔滨军事工程学院毕业后被分配到北京第715所。经过考核，我和同班同学杨栋、沈抗、柯小宁被分配从事潜艇反应堆结构设计研究工作。1963年3月，组织派我到401所47—1室反应堆结构研究室从事“196”反应堆结构方案的设计与论证工作。“196”总体方案论证工作在彭士禄领导下统一进行，潘系人具体安排布置，包括反应堆一回路和二回路系统。

我和柯小宁为一个小组，杨栋、沈抗为另一个小组，张汉周为第三个组。三个反应堆总体结构论证小组虽然各有不同的技术方案，但总体技术要求是一致的。“196”反应堆总体技术要求是经当时的有关领导和技术人员对国内生产能力和工业水平调查研究后确定的，包括艇推进功率反应堆热功率、反应堆冷却剂流量、反应堆冷却剂工作压力、主蒸汽压力和温度、压力容器内径、材质和壁厚、核燃料及浓度、堆芯铀-235装载量、堆芯工作寿期、堆化冷却剂流程、艇壳直径、燃料元件几何尺寸与包壳材料等。

遵照统一技术要求，提出了以下三种堆结构总体方案：我和柯小宁提出束棒控制燃料组件堆芯下底板锁紧方案，称做组合控制棒议案；杨栋、沈抗提出“片系”堆芯控制方案；张汉周完成方形燃料组件，十字形控制方案。经民主讨论，当时的“片系”控制堆结构难以实现；十字形控制棒需要增加跟随体，使堆高过大，艇体容纳不下；组合控制棒堆芯不均匀系数小，满足总体要求，最后确定组合控制棒为“196”堆结构主攻主案。

“196”反应堆结构方案论证工作的胜利完成，为关键设备研制和“196”工程上马创造了必要条件。适应当时国内经济与生产条件，“196”堆满足了装料少、燃料浓度低等条件，使工程得以很快上马。

早期实验室

在“196”反应堆结构方案论证期间，国内核技术水平较低，核电尚属空白，参考资料主要有美国希平港核电站、美国“萨瓦娜”核商船、教科书格拉斯登“核工程原理”以及苏联“列宁号”破冰船的一些零星信息，以及几篇国外公开发表的资料。虽然重视国外资料的消化、吸收及其转用，但“196”反应堆问题是复杂的，因此，在如何满足总体要求的思想指导下，必须敢想敢干，敢于创新。在1963—1964年期间，我们独立提出的一台控制棒驱动机构拖动多根细棒控制棒，比美国“杨基诺”核电站束棒控制公开发表早两三年，而束棒控制使压水堆功率输出增加20％～30％，是压水堆发展史中的一个里程碑。这充分体现了当时青年工作者们的勇气和创新精神，也体现出技术指挥者的英明与果断。

“196”反应堆方案论证历时不到两年，其后的技术方案进展顺利，无根本颠覆性问题，归其原因主要有四点：一是调查研究深入充分，根据国情确定了总体技术要求，在技术上有困难，但可以克服，技术指标基本现实可行；二是充分发扬技术民主，谁提出的技术先进合理，就采用谁提出的方案，而且采取大辩论大民主的方式确定议案；三是组织指挥集中统一，管理层次简单有效，核动力一、二回路重大技术问题由彭士禄总师拍板定案，大大减少了文山会海造成的人力、财力和时间的浪费；四是继承了自1958年以来的研究工作，压力容器铜材与核燃料等的研制都是提前安排在国内有关科研院所经刻苦攻关完成的。

“196”反应堆结构方案论证期间，在彭士禄、潘系人直接领导下，我和同事们共同提出了总体技术方案，得到大家赞同和组织领导的采纳，同时领导指派我负责绘制出第一张反应堆结构总图，供大家对方案讨论和改进。1965—1970 年期间，我在燃料元件组（即 202 组）从事“196”燃料组件结构总体论证与初步设计工作，此间完成的主要工作是编制燃料组件总体结构论证书并绘制出首张燃料组件总图，在试验研究基础上与沈阳弹性元件厂合作，研制出满足要求的特种形状弹性燃料元件定位格架。20 多年的经验表明，我们的独创元件定位结构性能可靠，与国外的改进结构是基本一致的。

“196”反应堆结构方案的论证与确定，已经过去 50 年了，是值得回忆和纪念的往事。在当时国外资料很少、国内技术水平较低、又无经验的情况下，我们用不到两年时间，成功地论证并确定了“196”反应堆结构方案，这是一件了不起的大事，为“196”工程快速上马，以及为工程进一步开展技术设计、重大设备研制、关键技术突破和实验验证、“909”基地建设等，确立了基本依据和必要条件，是我国核动力历史发展中值得总结、继承和纪念的一个历史丰碑。

23. 潜艇核动力的诞生

黄士鉴 口述　**核动力院宣传部** 整理

黄士鉴，1939 年出生，核动力专家。1963 年毕业于上海交通大学，先后在总字九〇六部队六部（七一五研究所前身）、核工业部一院（中国核动力研究设计院前身）工作，先后任中国核动力研究设计院副总工程师、总工程师。他多年从事潜艇核动力的研制，见证了我国第一代潜艇核动力设计、制造、安装、调试、运行、事故处理核开盖检修等。曾获国家科技进步奖特等奖一项、一等奖一项、三等奖一项，省部级奖七项。

老鼠大得吓坏猫

现在的人们很难想象，从事着中国最尖端研究工作的科学家们，在整个国民经济困难时期，在西南偏僻的山沟里搞建设、搞科研，要遭遇怎样的困难和艰苦。1965 年冬天，我们背负着祖国的殷切希望，从北京西直门出发，前往“三线”。

一切从零开始。没有住房，自己建“干打垒”，喝的是稻田里打上来的水，屋里有蜈蚣，屋外时有毒蛇出没。老鼠更不用说，又多又大，连从城市带来的猫初次见到它们，都被吓得边叫边往后跑。物资极度匮乏，定量低，常常吃不饱，很多东西如白糖、肥皂、奶粉等生活奢侈品都要从外面带回来。于是，大家每次出差带东西竟成了重要任务之一。

当时的科研设备非常简陋，计算机是手摇的，很多实验设备都需要自己动手去做。前往工地最好的交通工具是敞篷解放车，几十里山路走下来，晴天一身土，雨天一身泥。尽管如此，大家工作热情十分高，不讲条件，不计报酬，全身心扑在工程建设上。

实验室里吃冰块

在“文革”的政治高压下，一切工作都会被无端地上升到政治高度，稍有不慎，就会被扣上“反革命分子”的帽子。很多技术骨干都是顶着“臭老九”的帽子，白天挨批斗，晚上自觉自愿地工作，在生活、工作、政治环境都相当艰难的情况下，他们硬是用了不到三年的时间，把陆上模式堆建成了。

1970 年那个难忘的夏天，工程进入最后阶段，为了实现工程预期目标，需要对计算方法和计算结果再进行认真细致的推敲，并通过实验反复对计算结果进行验证。

为了确保工程进度质量，我和同事们夜以继日，加班加点，饿了就在实验室里扒两口饭或啃个干馒头，有时忙得连饭也顾不上吃。时值酷暑，实验室地处山坳，乱草丛生，空间狭小，加之四川天气潮湿，闷热难耐，汗水像糨糊一样将衣服紧紧黏在身上，还要时时遭受蚊虫叮咬，降温解暑成为亟待解决的问题。当时没有空调电扇、没有冰镇饮料，唯一的办法就是用实验室的工程制冰机制出冰块，吃冰块，喝冰水。但几天下来，很多同志吃坏了肚子，我也开始拉肚子，一天数次。身体顶不住了，体力下降了，但是工作不能停，吃冰块也不能停。医生要给我输液，大家都在拼命干活，我在病床上哪能躺得住？硬是打着点滴在现场一天天坚持下来了，直到把潜艇核动力陆上模式堆建成。

就像我国核潜艇首位总师彭士禄说的：“‘臭老九’多可爱，挺听党的话，为了国家，一定要把核潜艇搞出来!”

“位卑未敢忘忧国”是那个动荡年代所有科技工作者发自肺腑的心声。

几十年呐，值了

陆上模式堆能否达到满功率运行将是核潜艇能否按时下水

的关键所在。1969 年 10 月，陆上模式堆装置大厅进入安装阶段，近万台件的设备、管道、电缆仅用半年时间全部安装到位。经过一年时间的抢建，热工水力、腐蚀材料、自动控制、仪表等十几个实验室建成，并投入试验运行，核潜艇陆上模式堆终于从艰难中走完了最后的准备阶段，迎来启堆试验。

1970 年 8 月 30 日上午，我像平时一样来到主控室，却发现里面的气氛和平常不太一样，充满了紧张的气氛，30 平方米左右的屋里，挤着十多位军管会、上级主管部门的领导。原来，核反应堆满功率运行的试验正在进行，功率在一步步提升，13 点 30 分，主机的满功率达到 99.5%，为了最后 0.5% 的冲刺，主控室里的空气几乎凝固了。16 点 30 分左右，我对温度、流量等多方面的参数进行计算后发现功率已经超过 100%了。面对这样的惊喜结果，我却没敢吭声，万一算错了，不是让大家白高兴一场？我又算了第二遍，结果还是功率已经超过 100%了。我更激动了，但是仍不敢说。正当我还想进行第三遍计算，核实计算结果的时候，站在我后面的两位同事沉不住气了，悄悄地说："到了，到了！"但我还是坚持让助手报了第三遍参数，计算出功率为 101%后，才向身边的彭士禄报告："满功率到了，还超出一点！"彭士禄听了，二话不说，起身就走。二十分钟后，我才知道，我刚刚算出的这个数据已经直接上报到周恩来总理办公室。

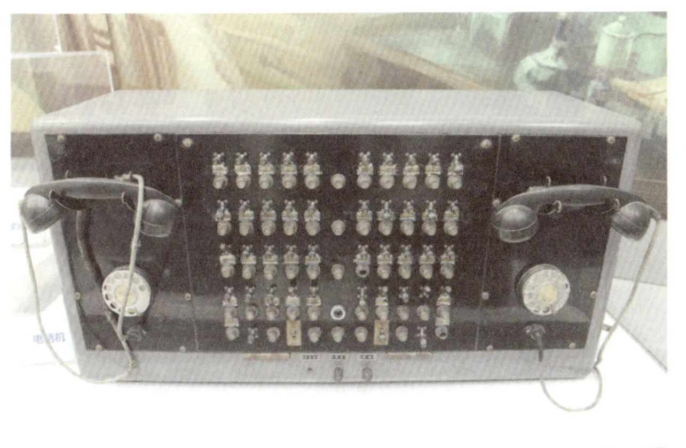

基地指挥所里直通中南海的老式电话机

1970 年 7 月 17 日，周总理通宵达旦不断地询问核潜艇陆上模式堆测试情况（模拟情景油画，现存中国核动力院科技馆）

1970 年 8 月 30 日 16 点 30 分，陆上模式堆达到满功率运行。这里没有鲜花、没有掌声，但是对于这些核潜艇陆上模式堆的建造者们来说，没有什么事能比这更开心了。30 多年过去后，我向时任国家主席江泽民汇报当年陆上模式堆的建设情况，江主席听到动情处，亲切地拉住我的手说："我代表中央谢谢你，谢谢你们!"

有这句话，我再也不需要什么了，几十年啊，值了。

错了，您处分我

1974 年 8 月 1 日，我国第一座核动力装置正式交付使用，现场沉浸在一片欢腾之中，然而，当时的院总工程师赵仁恺却十分冷静。他知道核动力装置在运行中，哪怕出现一丝再小的纰漏，都有可能造成巨大的损失。他问海军运行人员："有无异常现象?"有人回答："听见里面有金属撞击的叮当声响，右边出口的水温偏低。"这个问题引起赵总极大的关注，立即回院里，组织力量进行分析，并到现场进行实验，寻找发生这种异常现象的原因。排除了仪表问题、功率分布不对称问题，剩下的就是热工水力方面的问题了。当时，我是热工水力方面的负责人，就立即组织人员进行分析。我们认为，极有可能是一部分冷却水流进反应堆后未经过堆芯就从右边排出，致使右出口水温偏低。经过现场巧妙的实验验证，证明了我们的分析是正确的。

此事惊动了国防科工委和使用单位，最后决定将反应堆开盖检修。

半夜，当时的副院长杨履新睡不着，披衣起床，心里暗暗思量着明天开盖检查，万一问题不是出在我分析的地方，怎么办？院里的声誉和形象将受到很大影响。他把我喊去，焦急地询问：“你不会判断错吧？”我胸有成竹，干脆利落地回答：“不会错。错了，您处分我！”第二天，反应堆盖打开了，经检查测量，结果与我的判断完全一致，问题很快得到了解决。

还记得那次，我与潜艇官兵们一起登上中国的第一艘核潜艇，站在舰桥上，眺望海上红日。大海多美啊，核潜艇在水面徐徐向前，两边泛起的海浪像绸带一样飘向远方……

24. 我国第一代核潜艇陆上模式堆堆芯的安装

强全生 口述　　**核动力院宣传部** 整理

强全生，我国第一代核潜艇陆上模式堆堆芯安装组组长，当年的工人代表。新中国成立前就在上海参加工作，先后辗转上海、沈阳、北京，到了北京原子能院从事反应堆工作。1969年，35岁的他作为技术骨干，和其余31名技术工人一起，从北京原子能研究所调到基地参加核潜艇陆上模式堆工程建设。

核动力装置中最重要的部分，由堆芯燃料元件组件、堆内部件、压力容器顶盖、驱动机构以及堆顶构件等组成，而堆芯安装则是核潜艇陆上模式堆建设的重中之重。根据计划安排，核潜艇陆上模式堆工程务必要在1970年6月底前完成全部安装任务并达到物理临界。

在工程进入最后紧张的安装阶段后，工程指挥部组织了“五大战役”，开展立体交叉式作业，八千军民昼夜奋战在施工现场。工地上到处彩旗招展、机器轰鸣，运输车辆来来往往，标语口号振奋人心，那场面至今回想起来都让人热血沸腾。

我参与安装的是整个核潜艇陆上模式堆工程的核心——反应堆堆芯这个最关键和最困难的部分。其安装技术比其他动力装置部分难度更大、更复杂。像各部件的配合精度、吊装精度、清洁度等都有不同的特殊要求，而燃料元件表面还有一定的放射性剂量。

从思想、技术和物质上做好充分的装堆准备

为了完成反应堆堆芯安装和冷热试车任务，七一五所领导研究成立了由工人、技术人员和领导干部组成的约 30 人的装堆小组，我担任组长，受指挥部直接领导。

装堆组的成员中，有宋明华、沈大龙、李树山、范金荣、张如琴等经验丰富的老工人师傅，他们大部分都是和我一样从北京原子能研究所调来的，曾在 101 重水堆工作多年，有安装、检修实验堆的实践经验，工作作风踏实，技术水平过硬。此外还有陈维本、沈抗、柯小宁、于洪滨、周益年、邵军等工程技术人员，他们是反应堆各部件、零件和装卸反应堆专用工具的研究设计者，曾带着图纸资料驻场参加研究、进行质量监督和出厂试验等工作，对各部件、设备的使用情况了然于心，是一批相当有经验的工程技术人员。另外还有一些未参加装堆组的工程技术人员，根据工作需要随叫随到，为装堆工作制定主要技术文件，密切配合和参加复杂的测试等，他们的工作也对装堆顺利完成起到了保障作用。

为吊装安全在吊篮下面又架了一条保护索

装堆组成立后，我首先对组员们进行了思想动员，大家统一认识、明确任务、制订计划，并着重进行了技术准备和培训。尽管老师傅们具备丰富的装配知识和手艺，但毕竟对压水堆的性能和结构还不是很熟悉，加之堆结构复杂、技术要求更高，特别是某些特殊要求，如对于带有放射性、密封性能要求极高的部件以及起重吊装工具、量具等如何正确操作，对装堆组来说还存在一定的难度，因此仍需要进行特殊训练和有关知识的培训。在装堆组的老师傅们和工程技术人员的共同努力下，这些问题全部得到妥善、快速的解决。

全组经过 3 个月的不懈努力，熟悉了反应堆图纸资料、装堆基本技术要求、装堆程序和安装现场条件等，并建立了严格的技术责任制度、交接班制度、填写安装日记制度、清洁间安全保卫和清洁卫生制度。在此期间，大家还参加清点了装堆的零部件，对个别部件进行检验与试验；对整体吊装时所需工具、设备进行详细检查、负载试验，对操作流程进行反复训练，直到达到操作熟练和可靠好用为止；对清洁间所需的清洗液、润滑剂等必要物品也做好了准备。前期准备工作尽管细致繁琐却极其重要，正是有了这些思想、技术和物质上的充分准备，装堆任务才能顺利按时完成。

压力容器正在就位

装堆的 3 个月里拼着命在做

从 1970 年 3 月 29 日装堆正式开始，到 6 月 22 日全部安装任务完成，只用了不到 3 个月时间。过程虽短，但其中却是困难重重、艰辛无数，遇到的技术难关和安装问题都是前所未料的。当年时间非常紧迫，在如此高难度和高强度的劳动状态下，许多工作都是拼着命在做，给我留下深刻印象的有这样几件事。

在堆外预装阶段，要解决燃料元件组件头尾部与吊篮上下栅板的配合和锁紧，以保证堆芯相关尺寸的要求。然而经过实际测量，吊篮上下栅板与燃料元件组件头部相配合的孔洞中，竟有 265 个孔径尺寸超差，不符合技术要求。由于吊篮是几十吨重的大部件，根本无法返厂检修，只能就地解决。经过两天多的研究，小组一致同意采用铸铁研磨棒加研磨粉，进行手工研磨的土法解决。此后的七天七夜里，全体组员和工程技术人员不分昼夜轮班奋战在现场，直到一个个双手都磨出了血泡，硬是将 265 个孔径全部研磨到符合装配尺寸要求。大家实在困得不行就在一旁打个盹，人人熬得双眼通红、嗓子嘶哑，有的甚至发着高烧仍然斗志昂扬不下火线，没有人发过一声牢骚，说过一

在模拟体上用长杆工具吊出控制棒组件

句怨言。

同样是在堆外预装阶段，小组在检查19组控制棒导向活塞和导向筒时，发现导向筒严重变形，无法使导向活塞在导向筒内上下自由运动，可能造成卡棒事故。面对这样的难题，全组同志和有关技术人员多次研究分析，决定采用单配和现场修磨方法解决。大家将19组导向活塞和导向筒排列成几百种组合，进行了数千次反复的配试和大面积的修磨，经过34个昼夜的奋战终于取得令人满意的结果。

最危险的一次操作是在中子源组装阶段。当安装两对中子源时，我们发现中子源套管直径超差，无法插入堆芯，若返回原厂修复，时间上已不允许。全组同志经过研究，决定就地解决。但中子源套管不同于普通材料原件，它能产生穿透力很强的中子射线和γ射线，在没有任何防护措施的情况下直接操作，会对人的身体造成极大的伤害。但装堆小组的成员发挥“一不怕死，二不怕苦”的革命大无畏精神，轮流值班，每人限15分钟，手持中子源管在砂轮机上打磨，终于将尺寸打磨到符合装配的标准。这真是一次拿生命做代价的任务！

在反应堆调试运行阶段，还发生过一次惊心动魄的抢修事件。1970年7月18日，反应堆已进入热态正常功率运行，下午突然发现堆压力下降而被迫停堆。我带领几名小组成员在堆内几十度的高温下，汗流浃背地进行检查，终于发现事故原因是中子通量测量管与顶盖钎焊接缝处出现了漏水。经全组和工人师傅的共同研究，决定采取加套管焊顶盖的办法解决。150工厂的梅树才、邹心银、朱大全等几个工艺精湛的焊工师傅，冒着温度高、水汽大的恶劣条件，克服了焊接操作上的种种高难度障碍，经过两天一夜的紧急抢修终于解决了焊接问题。此后 9 年的反应堆运行实践，证明了这种抢修方案的焊接质量是没有问题的。

1970 年 6 月 28 日，反应堆首次达到冷态临界，标志着我国自行设计研制的第一座压水型反应堆建成，两天后又达到热态临界，8 月 30 日达到满功率运行。祖国没有忘记我们这些功臣们，1970 年基地表彰在核潜艇陆上模式堆工程建设中的突出贡献者，我作为装堆组组长荣获了二等功的嘉奖。虽然没有奖金和其他物质奖励，仅有的只是一张奖状，但这代表的却是整个装堆组的荣誉，是党和国家对这样一群勤恳踏实的建设者所做出贡献的肯定和最高的评价。

25. 我国第一代核动力装置热工水力的研究

叶树荣 口述　　核动力院宣传部 整理

叶树荣，1958 年大学毕业，1959 年 3 月分配到 401 所从事反应堆热工水力实验研究工作，1965 年年底报名参加“三线”建设，亲历了我国第一代核动力研发基地从无到有、从小到大的全过程。

自告奋勇到三线

我是自告奋勇要求参加陆上模式堆建设的。1958 年，我大学毕业，1959 年 3 月到 401 所工作，从事反应堆热工水力研究。开始三线建设时，我正在主持开展一项科研，这里有现成的实验装置，有技术储备，有科研队伍，还有大城市相对优越、稳定的生活。

我想，干就要干直接对工程有用的东西，搞科研光发表点文章没意思。在“三线”的四川山区，将建设大型的、为工程反应堆热工设计和模式堆运行提供可靠试验数据的实验装置并完成科研攻关，这正是我的心愿。报效国家，到祖国建设最需要的地方去，是我们那一代青年知识分子发自肺腑的热切期盼。

1966 年 2 月，还是春寒料峭的时候，我作为“工艺队”成员，来到四川核动力工程实验研究建设基地，那时不叫这个名称，出于保密，称做“西南水电研究所”，住在白马庙党校一个四合院内。房子是用泥土抹在竹篱笆上做的墙，不像北方房子的墙厚，很冷，很不习惯。几个月后迁到二号点桥头用土砂块建的房子里办公，吃饭在用稻草竹子盖的“延安食堂”。但无论环境条件怎样，丝毫也不影响工作的满腔热情。

“四大作风”筑基地建设奇迹

1966 年年初在北京刚组建基地热工组时，我们有 8 个人，分别来自北京 194 所、715 所和哈尔滨 703 所。我们兵分两路，一路到基地配合实验室土建设计，一路到全国各地厂家配合生产科研设备。二机部 27 公司 7 处负责承建。“工艺队”的任务是负责实验室的工艺设计及土建设计，其中，我负责的是热工实验室。当时，实验室建设所在地丘陵起伏，丘陵之间就是山沟，农田散落其间，由山间小道连接，有的地方连小道也没有。我国第一代核动力研发基地的建设，就这样从一无所有开始了。

那是一个全国范围大协作、大会战的场景，加上大团结、大家干，我们称为“四大作风”。

经过考察，涉及水力、热工、零功率、驱动机构、稳压器回路的几个主要实验室，分散布置在一片丘陵的各个山沟，被称为“五个独生子”，意思是“国内独有的工程实验室”。之后，就是勘测，勘测完了就进行“三通一平”（通电、通水、通路、平地基）。在山沟农田建房很困难。沟里满是淤泥、稻田，先要挖下很深的一层，打进混凝土桩，架设混凝土梁，再在梁上建房。“三通一平”也很困难，机械作业少，很多是靠人工。我参加了从二号点变电所拉电缆、埋电缆到工地的劳动。

我们一边设计，一边施工，效率很高。基地建设从 1966 年 2 月开始，4 月我回北京继续参与未完的实验，等 11 月回来已经建了一半了，主体建筑全部完工。第二年 3 月就开始安装调试，1968 年 11 月大回路一次热试车成功，投入生产。

从 1966 年年初到 1968 年的不到 3 年时间里，多数实验室陆续建成，科研设备开始安装，相继投入实验。我国第一个专业齐全、设计与实验研究相结合、综合性的核动力实验研究基地就这样建起来了，共有 15 个工号。这真是一个奇迹。

“科研战士”很荣耀

我们是以临战的姿态投入科研生产的，因而被称为“科研战士”，编号为“中国人民解放军成字 137 部队”。为此，我感到非常光荣。

我们怀揣党和国家的重托，革命加拼命，白天搞研究，吃住在工地，晚上政治学习后接着干，经常加班到深夜。先生产，再生活，除了工资，没有其他报酬、奖金或加班费。深夜加班，一碗热气腾腾的面条就是最好的安慰。最长的连续工作 30 个小时。整个工地白天晚上一个样，假日平时一个样，群众干部一个样，到处是紧张忙碌的景象。科研攻关中，设备坏了，就自己拆开动手修；线路仪表有问题，就重新设计，亲手去接。我们不但要负责实验方案、设计实验本体，还要自己加工、动手安装、参与运行，亲自动手做实验，看自己制定的实验方案是否合理，设计的试验本体是否好用，从实验中发现原来预想不到的问题，对实验中的异常及时解决，仔细观察实验中的现象和问题，并加以分析解决。一个实验下来，除了本专业，机械、电气、测量、控制、仪表都得到了全面锻炼，说不上精通，但都略懂一些，我们甚至研究总结了一套主泵故障及其维修的经验。

经过近一年的奋战，我们先后攻克四大技术难关，提前完成研究任务，提供了可靠的实验数据和经验公式，保证了模式堆一次成功、安全可靠地达到满功率运行。

1970 年 7 月 18 日，在“718 广场”庆功会上，我所在的热工组荣立集体三等功。掌声响起、大红花挂上身的时候，我觉得自己是一名合格的战士——科研战士。

早期实验室

老战士的话

2011 年 11 月，中国核动力院反应堆工程研究所庆祝成立 40 周年。75 岁的我应邀出席新老同志座谈会，提交了一份书面发言稿。在这份发言稿中，我没有提及几十年风雨艰辛科研攻关路，更没有提及曾经取得的成绩与做出的贡献。

我想讲一讲多年从事热工水力实验研究的经验和体会，对进一步搞好实验研究、对初次搞实验研究的同志或许会有些帮助。

我从实验与试验的区别、如何做好误差分析、怎样做好实验后的研究、如何充分利用好实验台架、怎样选取实验模型模拟比例、实验结果与程序计算的关系、要亲自动手做实验、搞实验一定要掌握程序计算、要发扬团队精神等 9 个方面，提出了自己的经验，获得了新一代科研人员的广泛称赞。

26. 我国第一座压水型反应堆工程的建设

吴继胜 口述　　**核动力院宣传部** 整理

吴继胜，1965 年 8 月从核工业部组织部调到十五所，任政治处组织科科长；1966 年，在工程现场担任 196 设计队支部书记；1968 年 11 月，在 196 运行室担任党支部书记，见证了陆上模式堆建设时期轰轰烈烈的大会战。

1965 年 8 月，我从核工业部组织部来到北京十五所任政治处组织科科长。开始在北太平庄铁道学院内办公，1965 年 10 月份迁往二院办公。合并到二院后，十五所另给一个名称叫二院二部。

二院在北京马神庙，办公大楼是一栋漂亮的八层楼建筑，非常壮观，当时在北京是一流建筑。院内有十多栋宿舍楼，曾住过苏联派来的专家。院内还有幼稚园和职工食堂，食堂的伙食花样也很多。当时十五所共有 700 多人，基本都是科技人员，科技队伍很年轻，都是些 20 多岁的年轻人，他们是从各名牌大学中选拔来的，还有些是留苏回来的研究生。

当时我国第一座压水型反应堆初步设计工作已接近完成，一些科技人员经常要到设备制造厂驻厂，配合设备制造工作。十五所的工作状态和作风非常好。白天紧张有序地工作，晚上办公室都是灯火通明一片，有的在工作，有的在学习，很少有人回宿舍。领导层也经常开会。我当时还兼任所党委会的秘书，每天下午下班后回城内家中，用完餐后骑自行车返回单位在办公室工作或学习，所党委开会时我去做记录工作，通常晚上 11 点左右才能回家。

在小学破旧礼堂办公，夜晚有老鼠跑来跑去

我在十五所机关工作一年后，国家决定在四川建设核动力装置试验基地。1966 年 11 月，二院成立了 196 设计队，选定赵仁恺为队长、我为党支部书记，各设计室派出人员到设计队担任工艺代表。设计队于当月 8 日从北京乘火车到四川，每个人都带了很多行李和衣物，因为将要在现场驻扎好长一段时间。

经过 4 天的旅程，我们到达了基地二号点。当时二号点已建成相当规模的工作用房、职工宿舍和许多实验室。196 厂房在一号点，刚开始进行土建施工，没有任何工作和生活设施。去一号点的道路也还没有修通，我们先乘汽车走一段路，再在半路下车背着行李步行到一号点的镇上住宿和办公。

一号点的镇上本来有一所小学。由于我们在那附近建196厂房，小学已被迁走，我们就住在已迁走的小学校园内，街上的居民还没有迁走。小学的教室做办公用房，设计队人员就在一个破旧的大礼堂内。这个礼堂四处漏风，夜间还有老鼠跑来跑去，没有电灯，点的是油灯，没有自来水，食堂用的水是从房子后面的山上用竹筒接来的山溪水。

早期建设场景

早晨起床后，每个人带着洗漱用具到离驻地一百米远的河边洗脸刷牙。我们到的那天晚上，一位年轻女同志就哭了，因为在城里都是用电灯，没有使用过油灯，住的也不习惯。通过做工作和其他同志做表率，第二天她的情绪就好起来了。那时驻地没有洗澡的地方，于是我就利用星期天带队员步行十多里路到县城去洗澡。

那时一周工作六天。有时同土建施工方交流情况，根据施工方的意见进行设计图纸的修改，还经常同二院派来的土建人员开会，确定一些建筑方案。每周还安排半天政治学习，此外还安排到附近农民家中走访，加强与当地人的友谊。在元旦的晚上还和他们开联欢晚会。1967 年 1 月完成现场设计工作，大多数人员返回北京，留下少数人继续配合反应堆厂房的施工。

技术干部、技术工人、海军战士等汇聚成 196 运行室

回到北京后，我继续在 196 设计队工作。为了了解核反应堆的知识，我和设计队从事厂房工艺的人员一起去清华大学“200 号”反应堆参观学习。

1968 年 11 月，我又到新组建的 196 运行室担任党支部书记，室主任是从 401 所调来的曹关平。该室主要由三部分人员组成：一部分是从北京原子能研究所调来的 30 多名技术干部和技术工人。技术干部是从事反应堆运行的 5 个值班长和操纵员，技术工人都是在反应堆检修方面有丰富经验的老工人。他们是运行室的骨干力量。一部分是从中国人民解放军海军青岛舰艇支队调来的海军战士。他们于 1969 年 3 月由海军派出干部带队送交我所。一部分是从上海发电厂和成都军工厂调来的技术工人，都是从事电厂运行或机器检修的有经验的老工人。

此外，还有从北京和天津调进的一些高中毕业的学生，有十多名，是给老工人当学徒的。

控制棒全卸车

运行室在北京组建完成后，于 1969 年 4 月开赴基地。当时一号点正在进行厂区建设，办公室和生活区还没有建。从北京迁来的运行人员带着家属到达基地后，就临时租借地方小学和教学场所使用，一楼教室用来居住，二楼教室用来办公，单身人员住附近老乡家。我和北京迁来的人员与已在一号点从全国调进的运行人员会合到了一起，运行室组建完成，成为一个整体的研究室，人员达到 200 多人。运行室领导小组正式成立，由我、曹关平、王春露（原上海电厂工人）、尤兴柱（解放军海军战士）共 5 人组成。运行室筹建完成，到达基地一号点的主要工作就是组织运行大纲的编写和开展技术培训，培训主要是到有关各大设备制造厂了解设备情况及熟悉设备性能和原理、参加设备验收等。

1970年5月，反应堆厂房建成，办公楼和两栋单身宿舍也交付使用。

运输汽车来来往往，轮换安装调试人员一拨又一拨

1970年6月，反应堆开始全面设备安装，边安装边调试，工程大会战轰轰烈烈地展开了。

大会战开始后，运行室全体人员进入现场参加“战斗”。为了方便工作，运行室的办公室从办公楼移到了厂区。我和室主任曹关平一起也在大厅六楼一个房间内办公和住宿。这样方便出现问题能够很快解决，也有利于我俩可随时深入到工作现场了解和检查工作。

整个现场大会战盛况空前，非常壮观。当时在现场号称有八千军民，包括27公司的土建队伍，23公司的安装队伍，十五所一号点运行、检修队伍和二号点各设计室的设计和实验人员。工作24小时不间断，日夜干、连轴转，不分白天和黑夜。现场到处都是人，运输设备材料的汽车来来往往，轮换安装调试的设计和实验人员一拨又一拨。晚上，会战现场灯火通明，热闹非凡。到了晚上12点，食堂炊事车送来夜餐。夜餐很简单，就是馒头和咸菜，大家排队领取。用完餐短暂休息后，有些人回居住区，有些人又回到工作岗位继续工作。

彭士禄在试验基地与大家欢度中秋节（1985 年）

在工程大会战时，涌现了许多感人的事例。比如丁家祥夫妇。丁师傅是钳工，他的爱人张玉琴是吊车工，两个人工作都非常出色。工程结束后，其爱人因工做出色还当选为院党委委员。他们从上海调来时间不长就投入了会战。夫妇俩每天都要上夜班，两个很小的孩子无人看管，就把他们留在家中自己睡。在设备安装最紧张的阶段，丁师傅曾连续三天三夜没回家，最后累得几乎昏倒了。他的爱人也是白天晚上不停地吊运。

在安装发电机汽轮机时遇到了难题，在场的人都解决不了。

冉师傅是有经验的汽轮机检修老工人，当时正患病在家休息。听到情况后，他不顾自己正在发烧，立即乘车赶到现场，当时正是夜间，他到达后很快解决了问题，保证了安装的进度。

老工人张耀良也发挥了重要作用。张师傅是车、洗、磨、刨样样精通，设备安装急需的非标零部件都由他加工制作。他日夜在现场，不怕苦不怕累，认真负责，精益求精，部件加工得非常精细，使用者都非常满意。

经过紧张的安装调试，1970 年 5 月，工程现场安装、设备调试、元件装堆和冷热试车全部工作都完成了。6 月 30 日反应堆达到热态临界，8 月 30 日达到了满功率。当时现场欢声雷动，鞭炮齐鸣，大家充满了胜利的喜悦。这是我院建院史上第一个里程碑。

基地部分工程建设者合影

我在该工程的工作时间虽然不长，现在也已经过去 40 多年了，但对于这段经历记忆犹新，难以忘怀。那时，老一辈核工业人不考虑收入多少、生活环境的优劣、对身体的损伤程度，就是一心一意地工作，一切都是为了富国强军与为院争光而艰苦奋斗、顽强拼搏、团结协作。这些好思想、好作风应该发扬光大。

第二篇章　科研与苦战攻关

本篇章分为科研和苦战攻关两部分。核武器的研制工作，是一项综合性很强的宏大科学研究工程。科研部分通过寻访参与研制工作的老同志，讲述了新中国核科学事业沧桑巨变、核科学精英科技报国的故事。苦战攻关部分，通过当年参加第一批厂矿建设亲历者的讲述，以承担『两弹一艇』研制生产的骨干单位——七一一矿、七一二矿、七一三矿、化冶院、二七二厂、二〇二厂、五〇四厂、四〇四厂为线索，把那段波澜壮阔的科研历史全景式地展现出来，让人们更多地了解当年承担核武器研制的第一批厂矿的艰辛创业历程，呈现了许多尘封已久、鲜为人知的历史史料。

27. 参与核爆试验

王乃彦 口述　**董建丽** 整理

王乃彦，核物理学家。1935 年 11 月 21 日生于福建福州。1956 年毕业于北京大学技术物理系，1993 年当选为中国科学院院士。参加研制并建立了我国第一台在原子反应堆上的中子飞行时间谱仪，测得第一批中子核数据。对 Yb 和 Tb 同位素的中子共振结构的研究做出了贡献。参加和领导了核武器试验中近区物理测试的许多课题，提供了重要的实验数据。2003 年荣获何梁何利基金科学与技术进步奖。

1964 年 10 月 16 日，我国第一颗原子弹爆炸的时候，我正在苏联杜布纳研究所工作，从使馆拿到核爆的纪录片，回去之后请我们实验室的主任、副主任和组长等外国朋友一起观看。当时我

们实验室主任是诺贝尔奖的获得者，副主任也是苏联有名的核物理学家，他们看了之后，都非常激动，想不到中国会这么快就研制出原子弹。我那会儿知道和我一起在杜布纳工作过的一些同志已经参加了原子弹的研制工作，比如王淦昌、周光召、唐孝威、吕敏等。我内心非常激动，希望回国后也能够参与其中。

1989 年，在中国原子能科学研究院氟化氪激光装置前
（左起：王乃彦、洪润生、王淦昌、单玉生）

1965 年，我结束了在苏联长达 6 年的学习回到国内。当时国内正热火朝天地进行社会主义教育运动，我也希望加紧补补落下的功课。回到原子能所，得知自己要去驻马店劳动，当时可高兴了，还买了旧军大衣、棉衣棉裤等。到了编队的时候，才发现没

有我的名字，我着急地去找当时的人事处长问怎么把我给漏了。处长说，没有漏，王乃彦同志，你马上要到九院去报到。

就这样，1965 年夏，我来到了位于青海海晏县金银滩、代号“青海西宁曙光机械厂”的地方，开始参与我国第三次核武器试验。去了之后，我马上就参加了第三次核武器试验的准备工作，这次是要走加强型原子弹的路线，我负责测量中子。那时年轻，干劲十足，天天都睡在办公室，通常晚上干到 11 点多，把铺盖往办公桌上铺好就睡，早上再收拾起来，办公室与宿舍合二为一。那次试验，至今我印象最深的是搬铅砖，因为测量中子要用铅砖做屏蔽体。几大卡车的铅砖运过来，一块铅砖重四五公斤。这次试验取得了很好的结果，但也证明了发展余地有限，所以当时就做出了要突破氢弹的决定。从那时起，我自始至终参与了氢弹的原理试验工作，主要负责核武器实验中近区物理测量。

1966 年：首次氢弹原理实验

1966 年 12 月，开始突破氢弹的任务。当时九院共分为四个部：理论部、设计部、实验部和生产部。理论部是龙头，负责原理设计。我当时在实验部，该部最大的任务是检验理论是否可行，因此要做大量的冷实验。我参与了一部分冷实验，但大部分精力是做热实验。热实验非常关键，剂量也很大。当时院里的总负责人是邓稼先，我负责近区物理测量。邓稼先明确告诉我说：“老王，如果能成功，你要说出来为什么成功。如果失败，那是更艰巨的任务，你要说明失败的原因可能是什么。”

这次氢弹试验采取地面实验，因为所有的测量设备都在地面，聚焦对准爆心，有利于安排更多的物理诊断测试项目，然后才能分析成功或失败的原因，这是一次非常关键的实验。我们有 500 米、1 000 米、1 500 米的地下工号，工号顶上都是探头，探头都对准爆心，有六个确保项目一定要保证测量到。当时任务很艰巨，大家都全力以赴，也准备得非常充分。当时有一个项目，就是要用光学的方法看到氢弹的动作。200 米高的铁塔要通过光学的方法看进去本来就有困难，再加上那时已是 12 月份，天寒地冻，玻璃上会结霜。那时我是室主任，组织上就把解决玻璃结霜的任务交给了我。等插雷管的同志把雷管全部插好，我把窗玻璃擦干净，薄薄地抹上一种透明的油，以防止结霜。完成之后，大家一起下了铁塔，回到指挥部，一切准备就绪后就可以引爆了。

12 月 28 日，氢弹引爆试验非常成功，而且发现威力比理论设计的更大。大部队撤退之后，现场只留下了 7 个人，我是队长。我们 7 个人要负责去地下工号取测试的结果。众多的探测器通过电缆把测到的信号传到地下工号，记录到示波器里，这样才能知道中子、伽马、X 射线等的波形以及时间宽度等一整套的数据。

试验过后，从直升机上往下看，200 米的铁塔已化为乌有，工号破坏得很厉害，工号顶也受到损伤。这样会造成放射性物质往下漏，会导致记录着很多数据曲线的底片发黑。再看看工号的铁门，都已严重变形。就是在这样的情况下，我们要进到工号里面取出记录着宝贵数据的底片。

穿上防护服，戴上防毒面具和安全帽，第一梯队是防化兵部队，边开进边监测剂量进行汇报。第二梯队是工程兵，他们的任务是打开铁门。当时的场面很震撼，尘土飞扬。我们是第三梯队。我们分乘两辆吉普车，路面被毁坏得很厉害，坑坑洼洼，吉普车司机用最快的速度往里冲。汽车很颠簸，一次次把我们颠得脑袋顶到顶棚，撞得头都麻木了。到达工号后，我们迅速从吉普车上跳下来，以最快的速度提着铅罐往里冲，然后用最快的速度把底片放进铅罐。这些操作全是在没有灯的地下工号完成的，事先已经演练过无数遍，早已烂熟于心。

胶卷冲洗出来之后，我们不仅用数据说明了成功的原因，而且还说明了威力比理论设计要大的原因，王淦昌、朱光亚、邓稼先等都高兴得不得了。当时于敏跟我说："老王，原来做这个实验心里还有点拿不准，敢做不敢做都是个问题，下了决心去做，现在拿到你们这个数据，更有信心了。"

从 1964 年 10 月 16 日第一颗原子弹爆炸成功到 1966 年 12

月 28 日第一次氢弹原理性试验，我国仅用了两年零两个月的时间。这也为 1967 年 6 月 17 日我国第一颗氢弹的空投试验奠定了坚实的基础。

中国成功爆炸原子弹和氢弹之后，国际上的敌对势力不断以反对核污染作为借口，拉拢世界上的许多国家向中国施加压力，要求中国停止核试验。他们还断言中国再过 20 年也掌握不了地下核试验技术。

20 世纪 60 年代中期，中国启动地下核试验筹备工作，地点是在新疆罗布泊附近的马兰基地。1969 年 9 月，国家综合战略考虑，以及为了向国庆 20 周年献礼，决定进行中国第一次平洞地下核试验，我作为科研人员也参与了这次试验。

1969 年：首次地下核试验

1969 年，王淦昌领导和组织了第一次地下核试验。这时正逢“文化大革命”时期，造反派开始夺权，科研生产受到严重破坏，科生处变成了科生组，没有几个人了，很不正常。王淦昌就到处去做思想工作，动员大家。同志们也很有觉悟，虽然混乱，但大家还是积极准备着。

1969 年 9 月 23 日 0 点 15 分，试验区突然像地火奔腾一样爆发出一阵巨响，地爆释放出巨大的能量，将试验区的山体都震得猛烈摇晃起来，堪比强烈的地震。第一次地下核试验总体来看是成功的，但单从近区物理测量来看是不成功的，因为对于地下核试验里的抗电磁干扰认识不足，导致很多示波器都被干扰了，扫描线没有测出来。当时王淦昌、彭桓武两个人在场，他们俩都不高兴，因为到了洞里发现有放射性氡气，计量器一直在叫。当时王老就说一定要采取措施，不能让同志们受辐射，不允许在里面喝水吃东西，把在里面工作的时间减少到最短。因为这些，王老当时还挨了批判，说他是“活命哲学”，贪生怕死。就是在这样的情况下，王淦昌和彭桓武一直坚持和大家一起在洞里工作，那种精神非常感人。之后，由于“文革”的干扰，地下核试验就此停止，这也是导致第二次地下核试验和第一次核试验间隔长达 6 年之久的原因。

1975 年：第二次地下核试验

1975 年，第二次地下核试验开始，张爱萍是现场总指挥。这一次主要吸取了第一次地下核试验中出现电磁干扰问题的经验，把洞里的示波器、计数器等设备都放在洞外。我因为在这次试验的准备工作中，受到了很严重的意外照射，被送到医院检查治疗。治疗还没结束，一个通知下来，我就马上赶往试验现场了。

本来每一次进去回收都是我带队，因为我是室主任，又是党员，带头义不容辞。但这一次，领导不同意让我进去，就换了其他人，我只能到达警戒线。我当时就站在警戒线旁，后面

第一次惯性约束聚变研讨会

一公里多是指挥部，指挥部的人员都拿着望远镜观看。张爱萍、张震寰、朱光亚、王淦昌等都在指挥台上站着。爆炸之后，回收的队伍就进去了。最先进去的是防化兵车队，后面隔开一段距离是负责回收的小组。距离目的地还有 200 多米的时候，防化兵掉头回来了，告诉回收队赶快后撤，剂量太大了。负责回收带队的同志从吉普车上下来说："就剩 200 多米了！怎么不能进啊，东西都在里面呢！"防化兵打开吉普车门，把带队的同志塞进吉普车，把门"咣"地关上了，边关门边说："服从命令听指挥，赶快回去！"就这样，回收队就撤回来了，他们告诉我说："王主任，赶紧向指挥部报告，队伍被防化兵挡住了，请指挥部批准他们冲入洞口把测试车开回来。"

我马上乘车去一公里以外的指挥部报告。到指挥部之后，正好碰见当时的科工委副主任张震寰将军走过来，他看见我就问："王乃彦，干啥？"我说："向指挥部报告回收队的一个要求。""什么要求？""请指挥部给命令让我们继续进去，那个底片太重要了，如果再不回收，时间长了底片就会发黑失效了。"说完之后，张震寰说："王乃彦，你学物理的，应该懂得，那里面那么强的放射性，防化兵都不让你们进去，你的底片都黑了，都完了，不用进去了。"他还安慰我说，"这个事情你没有责任，你们同志都没有责任，但是不能乱来，乱来出了事故要找你算账。"听了他的意见，我想是对的，就回去把指挥部的意见告诉了同志们。

虽然指挥部给出了明确的意见，但实际上大家不是这么考虑的。之后同志们回去洗澡吃饭，正准备休息时，有人来报告说第九作业队的同志已经把测试车全部从洞口开回来了。我马上问照片洗了没有，得知洗出来的照片都有扫描线，还有好多没有冲洗完。于是，我赶紧去找当时第九作业队的政委赵敬璞。他听了之后说："你们这样是违反纪律的，非得挨批评不行，我马上向张爱萍同志报告。"后来，听赵敬朴说，听了汇报，张爱萍态度很严肃，没说什么。但赵敬璞还是让我们做好挨批的准备。我回去跟同志们说了之后，大家都有高度的思想觉悟，说挨批就挨批吧，反正把底片拿到了。我当时也跟他们说，没关系，要挨批我和你们一起挨批，因为我是头。

院士等合影（王乃彦、刘盛纲、陈能宽、朱光亚、于敏、张存浩、陈佳洱、陶祖聪与21基地总工程师、少将康力新）

随着一张张照片冲洗出来，我们取得了非常理想的数据，大家非常激动，觉得就算挨批也是值得的。后来开总结会，本来我们是硬着头皮上去等着张爱萍将军批评，结果张爱萍在会上特别高兴，还吟诵诗句："十年重返阳关道……"讲到第九作业队时，张爱萍说："你们做了这么大的贡献，证明了你们的队伍是能打硬仗的队伍，就是毛主席所说的一不怕苦二不怕死的队伍。”这是张爱萍将军给予第九作业队的高度评价。

1976年，进行了第三次地下核试验。当时正好“四人帮”垮台，再加上第二次攻坚战奠定了非常好的基础，第三次试验全面取得了几十套数据。成功之后在宝鸡召开总结会，宣布中国第三次地下核试验取得圆满成功，就此结束了地下平洞核试验，开始转入竖井试验。

28. 以“一堆一器”为基础为氢弹研制作贡献

杨　桢 口述　虞莉婷 整理

杨桢，1951 年于清华大学毕业后，被分配到中科院近代物理研究所（中国原子能科学研究院前身），在钱三强直接领导下从事核物理研究。在加速器上建成了我国第一台共振中子多道飞行时间谱仪，为我国中子物理研究基础的奠定贡献了力量。1966 年起，担任原子能院中子物理研究室主任，同时负责并参与精确测定锂-6 在中子能量 8.8 至 500 千电子伏区间生氚反应的截面的工作，35＃-2 任务准时高质量完成，为我国氢弹设计提供了可靠的基本数据。这项工作获得 1978 年科学大会奖。

雄心壮志，用原子能迎接共产主义

1951 年，我即将从清华大学物理系毕业，在毕业表格里我填上了“完全、无条件服从组织分配”。在个人志愿栏里，第一项我写的是参军，第二项是“用原子能迎接共产主义”。令我没有想到的是，钱三强先生到清华大学物理系挑选学生的时候，竟然翻看了我们的毕业表格。当他看到我写的“用原子能迎接共产主义”时，钱先生笑着说：“这小子还有点雄心壮志！”

20 世纪 50 年代，杨桢（左）和黄胜年（右）在苏联

我就这么被选去了中国科学院近代物理研究所（原子能院前身）工作。同时被选中的另外几位年轻人，也都是强烈想从事核科学事业的应届毕业生。这是钱三强先生的择人标准，因为，从事科研工作需要具有牺牲和奉献精神。

很快，我便接到了首批派赴苏联留学的通知，要求我接到通知后立即向科学院报到。得知这一消息，我十分激动，然而冷静下来一想，觉得自己还不能去。这个机会当然非常好，但当时我连俄文字母都认不全，我担心自己到了苏联，会把时间和精力都花在学习语言上，反倒耽误了对先进技术的学习。于是，我坦率、毫无保留地向组织汇报了自己的思想和认识，表示希望先留下来，在国内接受更多锻炼之后再说。院里同意了我的请求。

第二年，我又被选拔为留苏预备生。这一回，国家建立了专门的留苏俄语学习班。在这个“预备班”里，大家抓紧时间学习俄语，有些同学紧张得连夜里做梦都在背俄文。这期间，我深深感受到了国家对留苏学习先进技术的重视。由于在苏联的学习会非常艰苦，为保证学员的身体健康，当时俄语学习班的所有学员一律“小灶待遇”。学员们每天有鱼有肉、牛奶鸡蛋吃着，可从校长到教员却只有豆腐青菜。当时我就想：国家和党给我们这样好的待遇，我们怎能不拼命学？

经过一年的准备，1953 年，我开始了赴苏留学生涯。我深知国家培养一个留苏生十分不易，下定决心一定要认认真真刻苦学习，绝不能辜负祖国的期望。出国前夕，我接到了改变专业的通知，让我学习无线电微波，行政关系转到电子研究所。对此，我没有任何意见，接受组织的安排。

在列宁格勒大学物理系读了两年，1955 年秋，一个紧急通知从国内传来，要求我立即办理离校手续，到莫斯科报到。事情来得如此突然，不少人为我感到惋惜，觉得我本已唾手可得的大学副博士学位都将变成过去。但我义无反顾。作为一个志愿献身科学的青年，我更看重的是祖国和人民的信任，以及我从少年时代就梦寐以求的原子能事业。

当时，我已知道苏联同意向中国提供有关原子能技术，我被国内指定为首批接受原子能技术培训的科技人员，但具体情况仍不清楚。到了莫斯科，我见到了以前在近代物理研究所的老师们——钱三强、何泽慧、彭桓武等，才知道这个“实习组”的部分情况。

实习组成员部分来自国内，部分调自留苏生。不仅我，包括当时近代物理研究所的一些资深专家如何泽慧、彭桓武、黄祖洽等，也都是实习组成员。大家被分成几个不同的专业组，分别在苏方指定的几个单位参加学习。一拨人学习反应堆物理及运行维修，一拨人学习建造、运行、维修回旋加速器，还有一拨人学习在堆和器上开展核物理研究。我被分配到回旋加速器上接受培训。这些设施秘密建在莫斯科郊区的一个旧贵族庄园里，为了保密，那里被称为“热工实验室”。

这个机会千载难逢，舍命也得干。当时我就是抱着这样的大无畏心态参加这项工作的。

加速器开动时具有强放射性，虽然用 2.5 米厚的重混凝土加铁块建了一个“碉堡”，操纵人员都在外面，可必要时还是得进到“碉堡”里头去，而且必须是在加速器开足马力的时候进去。由于回旋加速器是苏联才开发不久的新设备，部分处在半经验阶段。最危险的是在离子束轨道最后磁调整的阶段，出现了束流偏离，打上了D形盒的时候。这种情况下往往没有别的办法，只能由人直接下到开动着的加速器真空盒窗口旁，用眼睛查看被离子束打红了的D形盒部位，才能进行适当的调节。

在进行这种观察时，高能的离子束伴随着强烈的辐射，像密集的子弹一样横扫在我的双眼上。苏联人叮嘱我一定要小心，因为之前有好几个前辈眼睛都瞎了。我心想：“为了这个我就害怕了吗？那我们中国的回旋加速器怎么办？我是个战士，需要我干我就干！让我冲锋我就冲锋！”我不止一次地担任了这个角色。

当时和我一起分配到加速器上实习的还有何泽慧先生。何先生希望我兼顾在回旋加速器上开展物理研究。于是我就开始注意回旋加速器上的苏联专家们都在做什么，并开始涉足回旋加速器旁最大的物理研究设备——多道飞行时间慢中子谱仪。

在苏联专家的指导下，我开始点点滴滴地学习。苏联人很友好，很热情地介绍他们开展的工作。但也不可能全指望苏方，很多时候还是得靠自己去琢磨、探索。部分线路、资料欠缺，我就抽空到设备下去查、去描。

最困难的是线路元件的数值，苏联元件不像美国用色圈标示，而是印在元件上，常常因为字朝下而看不到。我想了个办法，从医疗器材商店买了一支牙科医生用的带长柄的小镜子，趁星期日休息，设备停机、不带电的时候，把它插进密如蛛网的线路中，利用镜中反射读出元件的数值，边照边抄。

我不仅要学，还要做。我先向苏方提出想试制部分线路，试好后又提出想试装整套线路。得到了允许后，我跑器材处、仓库、供应站，有时还自己掏钱在市场上买，一步步地把整套分析器装了起来。

苏联专家暑期休息的时候，是我大干特干的最好时光。因为那时工厂加工任务少，时间空出来了，正好为我所用。为了能在回国之前利用苏方的物资条件搞出个眉目来，我拼命地干，曾经一天光焊接线路就用掉了两公斤焊锡。工作进展出奇地快，在苏方的积极支持和他们的器材、供应和工厂加工的高效率环境下，不到半年时间，两排长达 7 米的全套飞行时间线路硬是装起来了。

实习任务先后顺利完成，钱三强、何泽慧等相继回国，开始筹备一个以苏联援建的原子核反应堆和回旋加速器为主要设备的、新的原子能研究基地（即“一堆一器”）。我则留下来继续完成建成谱仪的工作。

离开苏联之前，我通过器材部把庄园里的一些枯树锯下来，按设备部件大小设计成各种箱子，逐件装箱、钉盖，然后用中、俄两国文字写上“运往中国！怕潮湿！小心轻放!”等字样，堆放到实验厅的一角。1956 年秋，我回到了阔别三年的祖国。

为氢弹技术途径选择提供了有价值的基础数据

与此同时，新的研究基地——今天的中国原子能科学研究院在北京西南郊的荒滩上破土动工了。这里原是农民都不开垦的荒凉之地，有蛇、刺猬、野兔子，但就是没什么人烟。

工人们住在工棚里，如果要上厕所，只能去野地里，条件十分艰苦。何泽慧先生对我说：“苏联的货还没有运来，时间就是生命，你再做一套吧。”虽然国内的电子管和器材质量不如苏联，但我还是想办法抓紧时间在国内赶制谱仪。为能够在加速器建成后马上启用谱仪，在回旋加速器主体还在建造的过程中，我就把全组人员移入 201 工号的一间地下室，在供电还很不稳定的情况下就开始了紧张的谱仪调试工作。

1958 年 9 月 27 日，“一堆一器”建成移交仪式在原子能院隆重举行。我清晰地记得，那天下了雨，原来准备在反应堆大楼前空地上召开的大会，临时改到了大食堂。陈毅、聂荣臻等中央首长都出席了仪式，现场人山人海，大家的心情都很激动。

这是一个值得被铭记的日子，中国从此跨入原子能时代。曾经，中国在原子能方面是外行，没有反应堆，没有加速器，即使想做什么，也没有条件去做。然而，有了“一堆一器”，就意味着有了“本钱”和能力去开展研究，满足国家需要。自此，我开始在“一堆一器”上做了大量工作。其中，我在回旋加速器上开展的研究为氢弹的研制提供了关键数据。

1964 年 10 月 16 日，我国首次成功试爆原子弹。“氢弹要快”，自然也提上了日程。氢弹的研制与原子弹大不相同，更为复杂。其中一个关键的技术项目，就是要测量“反应截面”的大小，这是一整套要靠实验测定的数据。但它们又是理论计算的起点，若没有，弹体的设计方案无从谈起。可是，国际数据保密，公开的数据分歧很大，只有自己做出来的，才是最可靠的。

幸运的是，钱三强先生对这一问题早有预见和战略安排。早在 20 世纪 60 年代初探索原子弹时期，他就在原子能所作了布置。理论方面，成立了以黄祖洽为组长的“轻核理论组”，后来于敏也在内；实验上，在老二室建立了以轻核反应为中心的 29 组，并通过何泽慧先生一再提醒我所在的 23 组：“中能中子非常重要!”

1965 年 2 月 13 日，分管九局的二机部副部长刘西尧向原子能所下达紧急任务，并以急切的心情引用了毛主席“一万年太久，只争朝夕”的词句，要求限期完成。此任务及后续项目，原子能所统称为35号任务，细分为35号—1，35号—2等。其中，35号—1任务要求在5个月内完成，而且在第二季度就要提供第一批数据；35号—2任务紧接35号—1任务，要求在1966年1月前完成。而这些，若是按常规科研进行，3至5年都完成不了。

由于时间紧迫，任务难度大，原子能所采取了“集中优势兵力打歼灭战”的办法。对35号—1以二室为主，抽调业务骨干30余人（后来扩大到50余人）组成突击队，将全所4台加速器和3台多道分析器集中管理，由副所长何泽慧任总指挥，日夜倒班奋战。

这时钱三强先生的战略安排优势显出来了。虽然时间紧、任务重，但经过这么多年的“战备”，大家不可能啃不下这块硬骨头，这项平常要用几年工夫才能完成的工作，竟在不到五个月的时间里提前完成了。

35号—1的提前完成鼓舞了大家的斗志，接着35号—2任务就来了。作为23组组长兼二室主任，我被指定为业务总指挥。所领导同样集中了全部加速器等大型设备，再将二室相关的人力组织起来投入这一任务。将对此项工作原来已有些准备的原29组的刘家瑞、郑宗爽等人编为一个组，将在中能中子方面做过预研的巩玲华、蒋崧生和我等人编为第二组，又把在锂半导体探测器和核乳胶方面有过研究的胡选文、王氘等人加进去，共约40人投入这一“战斗”。

与35号－1任务相比，35号－2任务对测量结果的精度要求更高，为了保证结果绝对准确可靠，大家经过商量，制定了一个非常严格的方案。这个方案使得每一个数据都有两种以上完全不同的方法来测量，它们必须完全一致，这样才能确保最后结果的完全准确可靠。这一方案自然带来不少技术难题，但经过大家的艰苦奋斗、攻坚克难，加上外单位的积极配合，很好地完成了任务。

杨桢（左一）与钱三强、宋任穷、何泽慧等在苏联

整个任务按期完成，负责氢弹研制的彭桓武和于敏对测量结果都非常满意，确认这项工作“为氢弹技术途径选择提供了

有价值的基础数据”。这项工作受到部、所表扬，并被列入1978 年全国科学大会奖。

1967 年 6 月，我国自己设计、制造的第一颗氢弹爆炸成功，距第一颗原子弹爆炸只过了两年零八个月。应该说，这颗氢弹集中了从钱三强、何泽慧、彭桓武起几代中国核科学家和全国各方面的努力，而让我们高兴的是，这里面也饱含了自己流下的汗水。

在我看来，“一堆一器”是火车头，围绕堆器建设的各类谱仪等设备是车厢，在堆器上开展的大量研究则是货物。是火车头带动了车厢，拉来了货物。

“一堆一器”是种子，尽管它们是苏联援建的，但能干的中国人很善于学习，从一开始照着摸索，到后来慢慢尝试，最后往往就能自己一点点地做出新的来。

“一堆一器”是老母鸡。从堆器上培养出一大批核科技人才，堆工、加速器、核物理专家都从这里诞生。正是他们在堆器上掌握的技术、积累的经验、开展的研究，为“两弹一艇”的研制做出了贡献，为反应堆和加速器后来的不断发展打下了基础。

29. 简法生产核纯二氧化铀和四氟化铀

聂国麟 口述　　**张　静** 整理

聂国麟，出生于1932年7月，1955年6月入党，1956年毕业于四川大学。毕业后，分配到二机部。之后，经过一年多的学习，分配到冶金部有色金属研究院“专家工作组”，开始从事铀化合物特别是我国第一块金属铀锭的研制工作。1983年任北京第五研究所（现在的核工业北京化工冶金研究院）党委副书记，1984年任北京第五研究所所长，1992年退休。

回顾我平凡的一生，最难忘和最值得骄傲的是，作为核工业建设队伍中的一员，我有幸参加了我国第一块天然金属铀锭的研制；见证了北京第五研究所从初建二、四号厂到建成投产的全过程。二、四号厂简法生产出数以吨计的核纯二氧化铀和四氟化铀为铀浓

缩厂提供了所需的原料，满足了试制我国第一颗原子弹所需的装料，加速了我国第一颗原子弹爆炸的进程。

不顾刺鼻气味，一心一意做实验

1956 年，我毕业于四川大学化工系无机物专业，毕业后分配到二机部。那时候，根据党和国家要加速发展核工业的精神，二机部已从各大专院校招收了一大批毕业生。由于当时大家对原子能专业和核燃料还不了解，为了对这些毕业生进行培养，就在中关村科学院物理研究所举办了技术干部培训班，我有幸参加了培训。培训班请专家为我们授课，讲授原子能工业概论，包括核物理、放射化学、堆工、堆材料、放射性测量、安全防护等内容，此外，还学习了俄语。虽然原子能工业跟我所学的专业有很大的区别，学习、听课有难度，但在我的心里有一个信念，作为一名党员要服从组织的安排，服从国家的需要，我暗暗下决心要克服困难，发愤图强，努力学习、掌握专家所讲授的知识。

培训班历时一年多，初步组成一批从事原子能工业、核燃料等技术的基本队伍，参加培训的人员陆续分配到了部属各科研、生产单位，形成了核工业的技术骨干队伍。当时我被分配到附设在冶金部有色金属研究总院的“专家工作组”工作。

1957～1958 年，在部里的组织安排下，借用冶金部有色金属研究总院的试验室和场地，专家工作组开展试验研究工作。当时，全组约有五六十人，其中，一部分是从技术干部训练班分配而来的年轻大学毕业生和留苏的技术骨干，另一部分是从各地调来的科技人员和专家，此外还有好几位技术工人。专家工作组共分为选矿、分析、工艺和冶金四个小组，分别进行了有关的试验研究工作。我被分到冶金组。一开始，我们开展了一些铀化合物的研制。我跟张林生一起做干法氟化的试验研究，简单来说就是利用氟化氢气体通过反应器跟二氧化铀接触发生反应，生成四氟化铀。当时的试验条件很差，试验是在通风不足的通风柜里进行。氟化氢气体刺激性很强，我们只戴着棉质口罩进行试验，刺鼻的气味让人感到极其难受。但这些都不能阻挡我们完成科研任务的决心。接着，由于试验需要，我又同周纯先去防化研究所进行了制备六氟化铀的试验研究，就是用氟气跟四氟化铀接触反应生成六氟化铀。氟气刺激性更强，实验室通风不好，我们两人从不顾忌，一心一意地做实验。当时我们一门心思就是要把所学的知识，运用到实际中去，为我国的原子能工业做出应有的贡献。

一步步精心操作，研制出第一块公斤级天然金属铀锭

为了响应党中央一定要把原子能工业搞上去的号召，部里要求，专家工作组负责研制第一块金属铀。冶金组在分析、选

矿和工艺组的支持下，展开了研制工作。参加研制金属铀锭的科技人员有郑群英（组长）、夏德长、陈豫德、张林生、秦绍禹，年轻工人曹存才，还有我等等。

冶金小组的成员，有些是不同专业的年轻大学毕业生，还不具备铀矿加工和制备金属产品的技术知识和实践经验，大家一起克服困难，不懂就学，刻苦钻研。针对当时部里从南方某矿调来一批含铀富矿的特点，先后讨论并逐步确定了加工处理提铀的基本工艺流程，一步一步精心操作、实践。首先从破矿、磨矿开始，用酸浸出，氨水沉淀，制成重铀酸铵，也就是黄饼，再经过硝酸溶解，进行 TBP 萃取和碳酸铵反萃取，制成三碳酸铀酰铵；下一步在还原炉里进行煅烧，还原制成二氧化铀，再进行氢氟化，制成四氟化铀，最后在冶炼炉进行冶炼。通过一步一步的试验，终于研制出我国第一块公斤级的天然金属铀锭。尽管现在看来，当时所采取的工艺流程比较原始和初级，但在当时，可是从无到有，经过不断摸索、反复试验，而取得成功的。

在试制第一块金属铀锭的过程中，所处理的矿石是含铀富矿，辐射强度较高，破矿过程还产生大量粉尘，可是当时劳动保护条件相当简陋，大家仅仅穿着白大褂、戴着棉口罩。我和一位年轻工人不顾个人安危，一直坚持完成破矿任务。

我记得第一块金属铀锭是一个高约 6 厘米、直径为 8 厘米左右的圆柱体，因为怕氧化而将其浸泡在煤油里，实际上由于放了一段时间，表面已经有点氧化发黑。当我把浸在煤油里的铀锭从容器里拿出来时，因为要保持良好的状态，我还用砂纸适当地擦拭了一下，使其明亮了一些，然后由专家工作组的领导罗述德同志送到中南海，请中央领导检视。

专家工作组的冶金组不负党和人民的重托，在研制我国第一块天然金属铀锭的过程中做出了贡献，荣获“全国群英会先进集体”称号。

中国第一块铀锭研制部分人员出席全国群英会合影
（中排右二是聂国麟，后排右一是照片提供人夏德长）

这块金属铀锭研制成功，鼓舞了专家工作组的士气，为后来的核燃料科研工作打下了一定的基础，增加了大家为第一颗原子弹试爆提供批量原料——二氧化铀和四氟化铀简法生产的信心。

提前超额完成生产任务，加速了试验第一颗原子弹工作进程

专家工作组是我们开展铀矿选冶试验研究起步和创业的开始。1958年9月，专家工作组从有色金属研究总院搬迁到通县原冶金部地质干校（现在的核工业北京化工冶金研究院）。为了加快发展原子能事业，根据中央的指示，全国为核事业开绿灯，又从各地调来一批科技人员、技术工人和职工，组成了北京第五研究所（外界叫五工地）。当时，五所的试验研究条件和生活设施相当简陋。工作区只有一栋三层楼房，是地质干校的教学楼，不具备做试验研究的条件，生活区只有两三栋楼房和几十间平房，没有食堂，只能在工棚临时食堂吃饭。由于地处远郊区，周围全是农田，附近没有商店，日常生活方面比较艰难，购买生活用品例如买煤、买米，要推车到县城去拉回来。为了供暖气，要利用业余时间挖暖气管道沟，还要帮着搬砖递瓦修建食堂。

五所初建，百业待兴。为了尽快创造开展试验的条件，全体总动员，包括科研人员，机修厂、二车间的工人以及基建、后勤部门一起动手，大家边试验、边设计、边施工、边加工设备，逐步建成了比较正规的试验楼和可以进行扩大试验和半工业试验的一号厂。

虽然条件艰苦，但大家既不怕苦，也不怕累，都毫无怨言，始终在各自的工作岗位上努力地做试验和工作。当年，陆续建起的简易试验厂房和生活设施，有一部分还保留着，成为了核化冶院建院的历史见证。

二号厂和四号厂简法生产是在当时的历史条件下进行的。1960 年年初，苏联单方撕毁合同，撤走全部苏联专家，在没有外援的情况下，为了打破美国的核垄断，党中央提出“独立自主、自力更生”的方针，要求一定要加快核工业建设，加速研制和试爆我国第一颗原子弹。

为了解决铀浓缩厂所需的原料，并满足后续试制我国第一颗原子弹所需的装料，在二七二厂还在建设、尚未投产的情况下，部里决定由五所负责二氧化铀和四氟化铀的简法生产，401 负责六氟化铀的生产。我所年青科技人员在“自力更生，过技术关，质量第一，安全第一”的方针鼓舞下，怀着对核事业的责任感，勇敢地担起了党和人民赋予的重任。

但是在当时的情况下，要五所生产二氧化铀和四氟化铀谈何容易。那时五所刚建不久，一穷二白，既没有现成的厂房，也没有相关的大型设备。于是，所领导决定从各有关研究室、科室、机修厂专门抽调出一批科技人员、技术工人和干部专门进行二氧化铀和四氟化铀简法生产。没有厂房就从后勤基建部门抽调基建工人，抓紧进行厂房设计、施工、建造，先后建起了简易二号厂和四号厂。厂房建成后需要设备，由于当时的大型设备都是非标准的，没有现成的，科研人员就根据生产需要，自己设计画图，由当时的机修厂师傅们来加工制造，并帮助安装。我记得当时有的设备要求很特殊，比如，需要一种扬程高、泵直径适当、流量小的不锈钢泵，就是机修厂的师傅花了很大工夫，最终制造出来的。机修厂等部门同样为二氧化铀和四氟化铀简法生产做出了重大贡献；生产所需的原料是部里组织从南方铀矿点收集来的上百吨的黄饼（重铀酸铵），这些黄饼都是土法粗制生产的，品质复杂，一般黄饼是黄色的，这些黄饼却有不同的颜色，甚至有的发黑，要从这些质量差、批量大的黄饼中制成品质好的高纯产品，确实很有难度。当时，科研人员经过反复研究和试验，最终确定了基本的工艺流程，为简法生产打下良好的基础。在大家的共同努力和各方面的筹备之下，二、四号厂先后于 1960 年 8 月和 11 月建成投产。

科技人员和技术工人开始连续倒班生产，那时防护条件差，在简陋的厂房里，有细微粉尘、刺激性酸雾、放射性等，但参加生产的人员完全没有考虑个人安危，经过日日夜夜、加班加点的奋战，最终生产出数吨核纯二氧化铀和四氟化铀，满足了后续研究、生产单位所需要的原料，特别是为研制和试爆原子弹的装料提供了条件，加快了我国第一颗原子弹的试爆进程。

1963 年 1 月，二机部党组发来贺信：“五所于 1962 年已提前超额完成二氧化铀和四氟化铀的生产任务，这不仅为提前取得六氟化铀产品创造了条件，而且也为二氧化铀、四氟化铀的工业生产积累了丰富的经验……”

刘杰部长曾表扬说：“二氧化铀和四氟化铀产品的提供，加速了试验第一颗原子弹的工作进程，使二机部的整个事业的速度提前了一年。”

1964 年 10 月 16 日，新疆罗布泊上空，我国第一次将原子核裂变的巨大火球和蘑菇云升上了戈壁荒漠，中国自行研制的第一颗原子弹试爆成功。全国人民为之欢呼雀跃、欢欣鼓舞，我们五所全体职工感到无比的欣慰，这是我们值得怀念和值得写上的一笔。

30. 研制中国第一批镭及天然同位素

陈新民 口述　　王　亮 整理

陈新民，1941 年 11 月出生，1965 年 7 月毕业于中国科学技术大学放射化学系，随后分配到第二机械工业部北京第五研究所（核工业北京化工冶金研究院前身）。在科研岗位上，完善了提镭工艺、镭厂的安全监测技术、安全管理及计量防护工作，解决了二级废水处理工艺。1969 年 12 月 23 日，七五〇厂生产了中国第一批镭溶液。1970 年 9 月 30 日，参与研制出国内第一支医用镭源，再次填补了国家核科技的一项空白。1983 年承担了无载体固体氯化镭的研究，并担任七五〇厂的副厂长。1985 年研制了“低中子本底异形镭 γ 源”，获得核工业部科技进步奖二等奖。1990 年 7 月担任七五〇厂厂长。2001 年 11 月退休。

1898 年居里夫人发现镭，证明放射性元素镭的存在，大量镭制品广泛用于医学和发光粉，镭的价值大增，强国纷纷开始镭学的研究。1964 年 5 月，国家科委和二机部根据“国家科学技术十年发展规划”要求，下达给北京第五研究所（以下简称五所）三项任务：镭基准与镭标准的建立、标准放射性同位素制样及制备方法的研究、标准放射性同位素的制备和供应。与此同时，为填补空白、赶超世界先进，形成了当时极富号召力的目标，即有无条件都必须解决中国镭的有无问题，并开展选矿、水冶、纯化、制源、分析测试、安全防护等科研任务，为我国放射性基准的建立，同时为我国天然放射性同位素的应用做出积极贡献。

兴建七五〇厂，只为拿出中国镭

1966 年 2 月，时任第二机械工业部五所副所长杨承宗组建了课题组，代号 303 工程。直接参与课题组的科技人员有 50 多人，大多都来自清华、北大、科大、复旦等高等学府，涉及化工、分析、辐射安全防护、放射化学、化工机械、核物理、机械加工等多个学科。

我于 1965 年 7 月毕业于中国科学技术大学放射化学系，分配到五所，1966 年 9 月正式加入 303 工程，主要研究铀精矿发烟硝酸浸出产的氮氧化物与氡气处理、活性炭吸附氡、氡的长期封存设备、镭厂的安全防护措施与监测方法。

七五〇厂厂区俯瞰图

为了实现上世纪 60 年代末拿出中国镭的雄心壮志，在“先生产，后生活”的大庆精神指导下，按照当时“分散、靠山、隐蔽”的建厂方针，小试的基础上直接进入设计、基建，于 1968 年 10 月 25 日在辽宁省兴城夹山动土兴建中国的镭厂——七五〇厂，我于次年 6 月离开首都北京，举家来到渤海之滨的县城，直到退休也未曾离开过为之奋斗一生的战场，老话说“献了青春献终生，献了终生献子孙”，历史的沉淀让我体会到其中的酸甜苦辣。

昼夜苦干提取出第一批镭溶液

1969 年，二机部副部长刘伟指出，要集中兵力打歼灭战，保证重点，先解决镭的有无问题。同年8月，国防工办强调力争60年代解决镭的有无问题，余下的时间只有4个月。就这样，一群年轻的知识分子与全国各地借调来的技术骨干，同心协力，不畏严寒，不怕艰苦，边科研、边设计、边施工建设，开启提镭大运动。

当时，有利条件是有部、局、所各级领导的关怀、协调，兄弟单位、当地政府、部队的支援。不利因素是11月中旬时，提镭工艺厂房内墙和地面施工只完成三分之二、水电风暖尚未完工、18台主要非标设备尚未制造、现场没有生活区等等。摆在面前最大的问题就是时间，我们当即成立了突击队解决水电风暖，成立增援队完成非标设备加工制造。大家发扬“一不怕苦、二不怕死”的艰苦创业精神，以现场当生活区，吃住在工地，20天内完成了70台设备、250个阀门、2 000米管线等的安装和调试。

经过全流程试车作业，准备开始第一批镭溶液的正式生产。1969年12月19日，提铀工艺正式投料，所有仪表刚刚显示完就出现异常，临时代用泵排料到过滤器时出现料浆堵塞，当班的李定於、张世明、吴庆玉抢着用塑料布接溶液，并立刻查找原因。原来由于泵的进出口接管过大引起的，换管后，料液即刻过滤恢复正常，从第一槽到第十八槽，浸出分离工序运转正常。12月23日，中国第一批镭溶液出来了，纯度为

96.77%，自此，中国进入了镭的时代。

攻坚克难建立镭基准

首战告捷，成绩是喜人的，拿到了镭溶液，但暴露出两个突出问题：一是镭的回收率低，仅为20%左右；二是国家计量院需要镭基准的镭盐杂质含量不大于0.1%，现有工艺提镭杂质含量比设计需要的高了几十倍，而且镭基准源需要以无水氯化镭形式装料。

此外，试生产初期原工艺设备，采用一次小量投料浸出，圆盘过滤、固液分离。来自广东的铀精矿本身是粉末状，但运到现场却结成硬块，投料前需再次粉碎，原工艺设备几乎不能正常运行。必须对生产线进行重新改造，选用新的设备流程。当时又正是“文革”时期，工作很难开展。此情况汇报到上级后，1973年8月13日—8月23日，由二机部派专家陈国珍和杨承宗，带领国家计量院等有关单位到七五〇厂召开了“8.13”会议，中心议题是如何提高镭的回收率，确保在1976年年底完成镭基准源的研制任务。

实验组不知查阅了多少文献资料，不知进行了多少次彻夜不眠的讨论，不知经过了多少次试剂参数优化，最终确定了提取镭的工艺流程，使镭的回收率提高到80%左右。

由于液体镭溶液存放在聚四氟乙烯瓶中，存在容器老化、气体累积、内压增大等安全隐患，需要对硝酸镭溶液进行浓缩纯化，制成无载体镭盐。为了研制无载体镭基准源、镭标准源及其他镭制品，从而实现镭制品的全部国产化，完善中国镭工艺势在必行。

有关人员前期做了大量探索工作，樊子仪、金涛等采用蒸发法，褚桂明、王华富等采用重结晶法，但都无法得到纯的无载体镭盐固体。

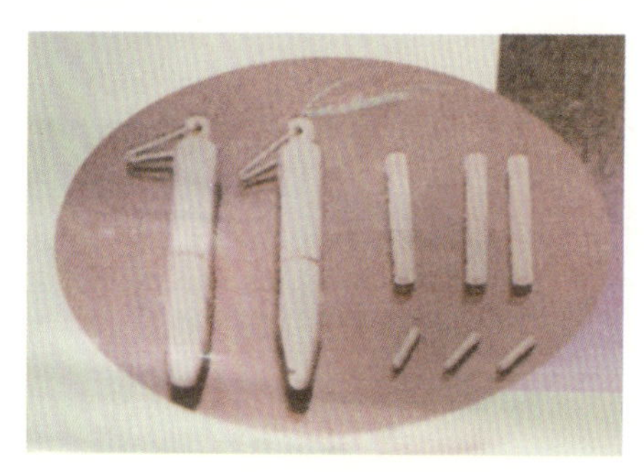

标准镭源

1983 年，我采用沉淀法，用硫酸加入硝酸淋洗的镭溶液中，经过一系列工序，得到了无载体氯化镭固体。试验一次成功，从此最终完善了提镭工艺，用国产的镭原料，生产出了真正意义上的国产镭工作源。

七五〇厂自 1968 年 10 月 25 日建厂共运行 19 年，获取铀-238、镭-226、钍-230、镤-231、铅-210 等多种放射性核素；利用国产镭原料制备各种型号的密封镭标准源 1 267 支，利用进口镭原料制备镭标准源 180 支。

精益求精研制出国内首支医用镭源

当时中国使用的医用放射源都是进口的，有些国家在出售镭制品时，竟然超越国际贸易常规，提出让中国填写申请书等带有侮辱性的条件。经过充分讨论和集思广益后，七五〇厂确定了用溴化镭制作医用源。

但称量工序遇到困难，分装天平安装在防护箱中，气体流动造成观察模糊和出现不稳定状况，工人师傅忻稼芳和陈齐量连续工作 50 多个小时终于解决上述难题。称量需要一台精度在万分之一的专用天平，工人和技术员通过修复报废的小刀架、制作光度板，用了 4 个月的时间完成了天平的制作。焊封工序用的氩弧焊机，没有定制产品，一无图纸、二无资料，技术员陆世法多方请教、反复试制，制成一台小型自动程序控制氩弧焊机。无数技术难题一项项被攻破，终于在 1970 年 9 月 30 日，研制出国内第一支医用镭源，再次填补了国家核科技的一项空白。之后，研制了镭医用源 22 套、180 支，满足了国内需求。

镭源分装操作

1985 年，按 221 厂要求与北综厂等合作，我作为第一负责人，用 $RaBr_2$ 研制出了“低中子本底异形镭 γ 源（YML－50 型）”，开拓了镭的新用途。此项研制成果获得了 1986 年核工业部科学进步二等奖。

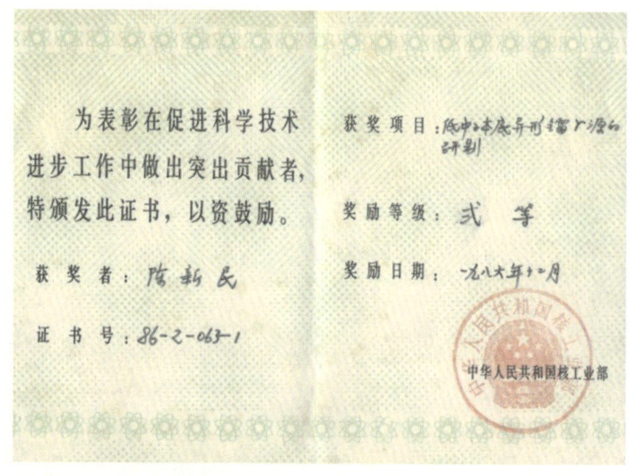

为表彰在促进科学技术进步工作中做出突出贡献者，特颁发此证书，以资鼓励。

获 奖 者：陈新民

证 书 号：86-2-063-1

获奖项目：低中子本底异形镭γ源的研制

奖励等级：弍 等

奖励日期：一九八六年十二月

中华人民共和国核工业部

低中子本底异形镭 γ 源获奖证书（陈新民提供）

一批批镭源相继被研制出来，包括教学镭源、系列微型源以及液体镭标准等四种类型的镭制品。其中，铅－210 用于重力仪准确测定了喜马拉雅山峰的高度。

中国的镭事业伴随我度过一生，青年时代有过火一般的热情，壮年时代经历了艰苦的磨炼，直到老年引发了深深的思考。“四个一切”的核工业精神鼓舞着核工业人在科研道路上不断前行，它已经成为核工业人最为宝贵的精神财富，成为核工业人创新发展、继续前进的强大动力。

31. 制备中国首批吨量级高纯致密金属钍

夏德长 口述　　**马　嘉** 整理

夏德长，1931年2月出生，1956年9月毕业于中南矿冶学院冶金系。1956年至1958年在北京大学物理研究室、北京有色院专家工作组工作。1958年任二机部北京第六研究所第四研究室技术员。1970年2月至1971年6月担任吨量级高纯致密金属钍生产任务的专题负责人。1973年任北京第五研究所（核工业北京化工冶金研究院前身）四室副主任。1983年任北京第五研究所三研究室主任。1987年10月被评为核工业北京化工冶金研究院冶金选矿研究室研究员级高级工程师。1985年10月9日被评为核工业部部级劳动模范（享受政府特殊津贴），1991年4月退休。

1970年，根据有关文件和计划，五所三连（军管连队编制，即原第四研究室和部分第三研究室）承担钍（Th）的研究工作，并于1970年年底生产致密金属钍1 000千克，供827工程零功率实验制备金属钍元件用。任务时间为1970年2月到1971年6月，总共一年半时间。

综合考量，方案确定

那时正值“文革”高潮，核五所大部分技术干部被下放到湖北干校劳动锻炼，考虑到当时我还有项目没做完，因此第一批第二批名单都没有我。这期间，军管会的同志感到所里技术力量明显不足并出面进行了协调，技术人员下放的速度就减慢了。后来，把研制吨量级金属钍的任务分配给了我。

1959年，苏联专家扎林堡与中国工作人员合影

（左一为照片提供人夏德长）

接下这个任务后，面临的困难很多。首先就是人才不足，只能根据现有人员来凑班子。其次是设备问题，虽然所里曾在1960年生产过二氧化铀，但在生产完成后，那些设备都拆走了。因此，从厂房到设备，一切都要从头准备。

通过调研了解到，当时国际上批量生产钍的方法有两条路线，一条叫合金路线，生产钍锌合金的道路；另一条是生产钍粉的路线，粉末冶金的道路。整体上看，两条道路的工序基本差不多，主要工序都是8～10个。具体到各个工序，就需要分析比对了。

关于钍，虽然过去只做过一些小实验，但所里还是有技术的。我们生产了中国第一块公斤级金属铀锭，还生产了核纯的二氧化铀、四氟化铀，这其中的一些操作工序比如萃取、脱水熔炼等等，在铀方面都接触过，应当说我们都还有一点知识、生产经验。可钍跟铀又不一样，首先，铀的熔点比钍低，用一般的金属热还原，钍只能做到钍粉，而铀却可以做到致密铀；其次，当从矿石中提取出钍并把它分离掉以后，其中还有半衰期短的^{228}Th，很快又生成一系列子体，所以它的放射性要高一些，要求防护比铀要高。总之，钍有它自己的生产工艺条件，铀的知识和经验可以借鉴，但不能完全依靠和套用。任务的时间只有一年多，工艺流程的制定必须可靠。根据工作经验，我对工艺流程、工艺参数进行了筛选。

在对中国已有矿石和钍产品情况进行调研后，在主要原料上，我考虑选择上海跃龙化工厂的硝酸钍，这家化工厂从独居石中提取稀土元素后，制备了几百吨的硝酸钍并封存起来。另外还有二〇二厂生产的高纯二次蒸馏金属钙。设备方面，结合所里当时的实际情况，由于有做铀的经验，一些设备和材料基本可以用。这样一来，主要的原材料和化学试剂国内能提供，主要的设备能够通过改造所里原有制作铀化合物的设备获得。

经过两个月的调研之后，我们定期开会进行探讨。如果走粉末技术路线，难度较大。在我的力荐下，方案定为走合金的路线。

生产准备，热火朝天

1970年2—5月，完成技术路线选择这段时间，项目组只有十几个人。接下来要准备厂房和设备了，却组织不出一套设计班组。我们就根据每天生产36千克金属钍来反推萃取设备、反应炉等设备尺寸和设计规模。正常情况下是先提出工艺条件和工艺参数，再去做设计，而那时候是工艺带设计全做了。非标的设备能找的就找，确实需要做的就提出来由机修厂加工。粗略统计，当时的设备是200多台件，非标的设备占55%。这个数字算不错的，所里还有点老底，能够修旧利废的占75%，还有25%就需要去加工。而标准设备就需要去买，有的因为没有订货，一下子买不来，就去借，电弧炉就是在得知北京冶金试验厂有暂时不用的旧真空电弧炉后借来的。

我们设计加工的非标设备中，印象比较深刻的是坩埚炉，它外面是桶状钢壳，内部铺设耐火材料。这些耐火材料需要嵌入钢壳内，表面具有弧度，同时还要预留出放电热丝的沟。这种设计属于异形，没有地方买，于是我和钟友堂两个人用砂轮将耐火砖切割成异形，我再在中间切个沟，放电热丝。我们俩一块一块地切割，然后弄成一个圆弧，一共制作了将近一千块异形材料。电阻丝的设计是机修厂的朱宝康。这个炉子搞了将近一个月。

考虑到在生产过程中放射性水平会比较高，我们采取了排风措施，一种是局部排风，在感觉放射性比较高的地方，比如萃取、还原这些步骤，加了局部排风；还有一种是总体排风，采用了相关换气标准，每小时换气 12 次。现在看来还不够，投入生产时，在车间内部空气放射性水平比允许的还超出 2～3 倍。

前前后后经过半年左右时间的准备、加工、安装，真正第一次投产是 1970 年 10 月 26 日。这个时候干校的人就调回来了，生产的人员都配齐了。据我统计生产操作人员有 65 个，加上其他配置，比如机修厂、供应和食堂等，共有 100 来人。

面对困难，越挫越勇

在生产过程中也出现了一系列大大小小的问题。面对这些问题和困难，大家都积极思考对策，毫不气馁退缩。

第一个问题是从湿法得到的含水四氟化钍，在干燥后容易结块，并且块结得还比较硬。对此，我们在流程中专门设计了一段手工研滚压碎工序，每班安排了 2 个人，三个班次轮流处理。

第二个是由于铀比钍熔点低，铀可以直接用金属镁带点火熔炼，而钍锌合金的熔点是 1 200 摄氏度，镁带温度不够，必须对物料进行预热。通过预热，能确保原料四氟化铀和氯化锌含水量达到最佳值，并减少生产过程当中的喷溅现象。

夏德长与苏联铀水冶专家合影

（左二为夏德长）

第三个是电弧炉熔炼，前 13 炉都没有形成金属锭，或带孔或是豆腐渣。我们汇报了遇到的这一难题，希望上面派人来指导。核燃料局当时专管冶金的总工来看后，鼓励我们说：“没关系，就按你们的方案做，多摸索几次就出来了！”我们希望他来指导我们做些事，他说不用，你们就能做。到第 14 炉才出了正规的锭，直径 100 毫米。因为锭表面不太漂亮，稍微刮了一刀，真正交给 827 工程的钍锭直径是 98 毫米。从第 14 炉开始，再也没有出现过不合格的钍锭，经过 8 个月的生产，一共制成了 875 千克锭，约 60 炉。

钍锭的纯度可以说达到了核纯，在 99.99%以上。从数据来看，从硝酸钍到氟化钍，和铀的核纯比，所有的元素都达到了同样的水平。1972 年，即钍锭研制任务完成一年后，我参与制定了钍锭标准，那时考虑到钍的研究刚刚开始，过去没有基础，分析水平也低一点，所以制定的标准比铀低一些。

从技术到设备，不断创新

虽然缺少研究基础，但在进行了大量调研和思考实践后，我们在技术上不断尝试着改进和创新。

第一，是由氢氟酸直接反萃取，这方面比美国人先进一步。他们是做成草酸钍干法生产四氟化钍。对于我们来说，走干法道路的实验条件差一点，便选了四氟化钍走湿法的道路。而在焊接过程当中，为避免火花的产生，我们采取了惰性气体——氩气法焊接。为了减少废水，我们在流程上也做了一个小改进。

第二，在执行任务当中，我们不仅清洗改造利用了很多旧设备，还设计、加工制造了很多非标设备。比如在钙热还原阶段，我们在美国人的基础上设计了反应弹内衬预制件。这个设计起到了保温、保护的作用，使得钍锌合金成型率高，无内衬塌边现象，易与保温材料分离，提高了成品率，同时制作简易，卸合金锭便捷。最后，我们向国家建材部材料研究院提供了设计思路，由他们来协助解决了材质的选择和成型，制成了钍锭项目最重要设备之一——配有预制件内衬的反应弹。

甘于奉献的核工业人

成果的取得是大协作的成果，大家齐心协力才圆满完成了任务。那时候，所里动员了多个部门，技术上要人，人事部门就从干校调回来了200多人，其中接近一半投入到了钍锭研制的任务中；供应科在四面八方跑采购；机修厂全力投入清洗改造旧设备、制造非标设备等等。从所里到科技处都投入了大量的人力物力。我统计了一下，有名单可查的一共是70多个，其中从干校回来的占了70%，夫妻二人都参加的有9对，工人有8名。他们工作积极，技术上兢兢业业、精益求精，埋头苦干，坚守岗位，即便剂量高，也不提离开。

特别是电弧炉，它是借来的，又很久没用了，锈迹斑斑。我现在还能想起来，当时做这个工作的人有庄海兴、周小龙、于逵、田绍山、陈燕平。他们在准备的时候，用砂纸擦炉子，一出来都是满脸红灰，令我印象特别深刻。在生产过程中，这里是产生气溶胶的地方，剂量比较高。电弧炉在熔炼过程中有 1 700 摄氏度左右，产生弧光就有粉尘，通氩气蒸气后，它慢慢细分了，都沉在炉内了。需要清洗设备内部的时候，他们都是钻进去坐在设备里面清洗的，尤其是周小龙。她父亲是四〇四厂的厂长，后来是二机部的副部长，她做这些工作，也从没有怨言。

32. 简法生产吨量级二氧化铀、四氟化铀

何　力 口述　　邢会敏 整理

何力，1932 年 11 月出生，1956 年 6 月入党，1956 年 9 月毕业于兰州大学。毕业后参加技术干部培训，之后进入专家工作组。1958 年 10 月成立五所时，作为五所技术人员，参加为我国第一颗原子弹研制提供原料的相关工作。1964 年以后在五所任技术人员，在国家“七五”攻关中，对盐湖提锂技术进行研究。1990 年后被聘为研究员级高工，作为项目技术负责人，为秦山核电站提供核纯级氢氧化锂。1992 年 12 月，从核工业北京化工冶金研究院退休。

我国第一颗原子弹于 1964 年 10 月 16 日在新疆罗布泊试爆成功。为了这颗原子弹成功爆炸，成千上万名拳拳赤子满怀

报效国家的豪情，用自己的智慧和汗水点燃了我国第一颗原子弹，在罗布泊升腾起壮丽的蘑菇云。在这背后，核工业北京化工冶金研究院的科技工作者，用简法生产提供了吨量级二氧化铀和四氟化铀，满足了后续单位研制六氟化铀的需要，为我国第一颗原子弹成功爆炸贡献了自己的力量。

只用两个多月完成五所基础建设

我是怀着无比感恩的心，进入核工业的。1952 年，我离开了家乡四川达县，到兰州大学化学系学习了四年。当时，我家里兄弟姐妹 7 个，大学期间，家里无法为我提供任何条件，是新中国培养了我，给了我学习的机会，我是新中国的孩子。没有新中国，我不会有上大学的机会。大学毕业后，我被安排到技术干部培训班学习，住在科学院 24 号楼。之后被分配到设在有色金属研究总院的“专家工作组”（核工业北京化工冶金研究院前身），就这样我怀着感恩之心，走进了核工业。

专家工作组下设四个专题小组（选矿、分析、水冶和氟化冶金组）。我在分析组，学习锆的分析。专家组的成员要做好保密工作，就连家里的父母都不知道我在从事什么工作。专家工作组在分析、选矿等小组的协助下，制成了我国第一块公斤级的圆柱形金属铀锭。

1958 年 9 月，专家工作组搬迁到北京通县原冶金地质干校旧址，这里集结了50余名科技干部和一批技术工人以及党政职工，成立了五所（对外叫五工地）。当时五工地连基本的上下水管道都没有，我们基本上是从头建起。挖沟子，安装水管，我们这些人干起活儿来一点儿不逊色。当时大家心里只有一个念头，把这里建设好，为国家的核工业建设添砖加瓦。在机修厂工人的配合下，我们只用了两个多月的时间就完成了五所的基础建设。

苏联专家曾居住旧址

1959年年初，我跟随苏联专家学习从独居石中提取钍；1960年年初，跟随苏联专家学习铀纯化的相关知识，主要内容是制备二氧化铀的实验室工艺。但在1960年8月，苏联专家突然终止合作，带着资料回国了。紧要关头，中共中央决定自己动手，从头摸起，准备用8年时间，把原子弹研制出来。

成功简法生产二氧化铀和氟化铀完成任务

研制原子弹需要核燃料，铀矿冶是核燃料循环的前端，是核工业的基础之一。研制六氟化铀迫切需要原料，虽然湖南衡阳铀水冶厂的进度一赶再赶，但是仍影响后续原料的供应。1960年，国家把研制吨量级二氧化铀和四氟化铀的任务交给了五所，时间为3年。此时，五所的所有人都热血沸腾，因为有了为核工业做贡献、报效国家的机会。

苏联专家撤走时，带走了大部分资料，留下来的也不全，这使得我们的研究工作举步维艰，却并没有吓倒五所的工作者们。大家心里只有一个念头：时间紧，任务重，要保质保量地完成任务。设备设计、施工、制造和安装，全是五所人自己干。大家心里都憋着一股儿劲，要为祖国争口气。除不锈钢为进口外，包括陶瓷缸、陶瓷泵、陶瓷搅拌槽、动力装置在内的材料设备全部采用国产，同时因陋就简利用闲置设备，把能用上的修修补补、改造后继续用。没有厂房，我们就在平地上盖简陋厂房；缺少设备，机修厂的师傅自己加工制造；不懂技术，我们就在实践中摸索。我国当时是全民办铀矿，铀矿规模小，品位低，土法制得的黄饼杂质含量高。面对这样的条件，五所的科研人员根据苏联工艺，针对其中的优缺点进行研究和试验，得出了具有我国特色的铀纯化流程。就这样白手起家，我们于 1960 年 8 月底建成了二氧化铀的简法生产厂（二号厂），9 月中旬投料。黄饼溶解、TBP 萃取、沉淀、结晶、煅烧，各工艺生产环环相扣，二号厂热火朝天，晚上也灯火通明。我们终于在简陋的厂房里，生产出二氧化铀产品。

简陋的原 2、4 号厂为我国制造第一颗原子弹提供了原料

当时正值国家困难时期，工作强度大，营养又跟不上，五所好多人出现了浮肿，我也是其中之一。国家很重视五所工作人员的生活困难和身体状况，给大家供应了鸡蛋和牛奶，这在当时是无比珍贵的。大家感受到国家和组织对我们的关怀，更加充满热情和干劲。每个夜晚，五所的实验室和简易厂房都是

灯光通明。为了加快进度，时任五所所长陈汉民安排我每周一早上组织各个分厂和部门开调度会，工艺科、二号厂、机修厂、后勤等都要有代表参加。内容是总结上周完成的任务和出现的问题，对问题查找原因；同时安排下周的工作任务。大家就只有一个目标，早日完成国家交给的任务。

我在对第一批二氧化铀进行含量分析时，发现质量不合格。经分析，问题出在煅烧炉的材质上，可是单靠五所的力量无法解决。于是，五所将情况向上级汇报，向冶金部求援。很快，北京矿冶研究院协助五所解决了煅烧炉的材质问题；西北矿冶研究院组织人员，经过材料比对、试验，为五所二号厂提供了锰乃尔合金制成的煅烧炉。用锰乃尔合金煅烧炉后，制得的二氧化铀经分析含量、组分均达到了国家的标准要求。

在制备二氧化铀的过程中，有次发生了冒槽事件。溶解的黄饼从槽罐中冒出，槽体、地面到处都是。二号厂的技术人员和工人奋不顾身，想着快点控制住冒槽，清理现场，查找原因，尽快恢复生产。他们全身沾满了黄色的浆液，头上、脸上、手上、鞋子上，甚至嘴里都是。尽管这样做存在一定的危害，但大家顾不上个人的安危。这个场面在今天想来，简直让人不敢相信，可以从中看出五所人身上的大无畏精神。

四氟化铀生产主要有氢氟化、洗涤、过滤、干燥、煅烧和化学处理六道工序。二氧化铀氟化生成四氟化铀，工艺生产中存在放射性、毒性、腐蚀性等职业危害。为了保证安全生产，车间加强了通风。在简陋的仓库里，科研人员自己设计、安装、施工，尽管生产环境落后，大家还是忘我地工作着。由于生产工艺中的物料有极强的腐蚀性，氟化槽腐蚀严重，影响产品质量；设备连接处也出现泄漏；在干燥工序用到的煅烧炉材料也存在不耐腐蚀的问题。当时国内氟化槽及连接件都是不锈钢材质，无法满足工艺生产耐腐蚀的要求，需要将不锈钢槽衬上塑料，设备连接处也改为塑料接头。当时，国内还没有相关设备及焊接技术，五所机修厂的工人师傅便日夜试验，根据科技人员设计的图纸尺寸、材质，刻苦钻研，氟化槽腐蚀问题得到了解决。煅烧炉后来选用了二氧化铀煅烧炉用的锰乃尔合金材料，解决了防腐问题。1960 年 11 月，四号厂建成投产，生产出符合要求的四氟化铀。

1961 年第三季度，二号厂和四号厂生产出数吨二氧化铀和四氟化铀，满足了后续单位试验研究的需要，仅用一年多的时间就保质保量地完成了任务。当年二机部部长刘杰评价说“二氧化铀和四氟化铀产品的提供，加速了试验第一颗原子弹的工作进程，使二机部的整个事业的进度提前了一年”。简法生产二氧化铀和氟化铀的成功，让五所的这些科技工作者无比振奋和自豪。

技术攻关金属铀中氟的测定

在完成二氧化铀和四氟化铀任务以后，有关方面组织了专业技术队伍对金属铀中各种杂质元素的测定进行“技术攻关”。当时参加的单位有中国科学院长春应用化学研究所、原子能科学研究所和五所。每个测定项目都有指标和要求，要求 1962 年年底完成任务写出报告，1963 年开会验收。

苏联专家撤走时，留下的图纸中氟的指标明显改动过，原来是 10^{-8} 克，改为了 10^{-6} 克，这引起了我国老专家的重视。经过老专家研究决定，第一步先做 10^{-7} 克，第二步再做 10^{-8} 克。五所由留学捷克的殷晋尧负责，包括我共有三名技术人员，我们在 1962 年年初对测定和分离氟的方法进行了调研。当时查文献时，有一篇文章内容是测定微量氟的方法，很有用，我们分析组决定采用此方法。其中要用到一种新的有机试剂，国内没有，室主任董灵英知道后，请有机室协助。有机室主任刘有锡安排葛道才负责合成此有机试剂，葛道才经过刻苦钻研，多次试验，以超常的速度合成了试剂，保证了氟测试研究工作的进行。

测定氟需要高级分光光度计，正巧杨承宗先生从法国购回了一台，刚在分析室氟组安装好。我们用此仪器测定得到的结果与文献基本相符。

要将 0.1×10^{-6}氟从金属铀中分离出来难度很大。所查文献中未见有报道这样低含量氟的测定，最低的是水蒸气蒸馏分离 0.1 毫克氟，高温水解只做到毫克级。最后决定两条腿走路，殷晋尧做水蒸气蒸馏法，我和余仲明做高温水解法。所用的蒸馏器、石英管和石英舟，能买到的就买，买不到的就自己设计，请所里的高级玻璃工加工。当时用于高温水解的石英管就是我们画的草图，请所里一名高级玻璃工张师傅加工的。

从 1962 年下半年至 1963 年年初，经过不分日夜反复地摸索和试验，我和余仲明、张浩做的高温水解分离氟，先加入不同量的氟做试验，结果不错。又在金属铀中做加入回收试验，结果也很好，就这样完成了第一阶段的任务。最后氟分析小组采用了高温水解法分离氟。

在 1963 年 3—4 月召开的验收会上，氟的测定工作只有五所完成得好，并用于生产实际中，得到老专家们的高度评价。1963 年项目验收后，为了进一步做好 10^{-8}克氟的测定工作，又加强了氟检测组的力量，将北京大学毕业的叶开明和上海复旦大学毕业的徐莱丽调到氟组，五所的科技力量不断壮大。

33. 功勋铀矿七一一

梁启昌 口述　　李　珍 整理

梁启昌，生于1938年2月，辽宁省兴城县人。1958年9月从冶金工业部长春地质学校毕业后分配到湖南二矿（后改为七一一矿）工作，先后担任过地质技术员、生产调度员、生产副区长、计划科科长等职务。1985年5月任七一一矿副矿长。1991年3月任七五四矿党委书记兼七五三工程筹建处党委书记。1997年12月退休。

七一一矿是我国最早发现和勘探的铀矿山，是党中央、国务院规划决定由苏联帮助设计和援建的铀矿冶四个项目之一，是核工业第一批“五厂三矿”之一。矿山于1958年开始筹建，1962年试生产，1963年正式投产，1994年井下终止生产，2003年由于资源枯竭政策性关闭破产。至此，具有46年光辉历史的七一一矿画下了句号。矿山从建成投产到1994年终止井下开采，共完成掘进总进尺数十万米，生产铀矿石数百万吨。建矿以来，开拓了三个井田、六个竖井和一个斜井。

建矿40多年里，七一一矿走过了一条自力更生、艰苦奋斗的道路，经历了艰难曲折的发展过程，为我国核工业的创建与发展，为我国的“两弹一艇”和国防事业做出了重要贡献，被原二机部部长刘杰赞誉为“中国核工业第一功勋铀矿”。

我作为建矿初期进矿的建设者，见证了七一一矿创业、发展的历程。

山高沟深，条件艰苦

七一一矿位于现在的湖南省郴州市（那时候叫郴县）许家洞镇金银寨矿区。金银寨矿区处在南岭山脉的北边，这个地方人烟稀少，山高沟深，满山荆棘丛生，毒蛇猛兽经常出现。当地有一句老话“船到郴县止，马到郴县死，人到郴县打摆子”，就说明这个地方非常荒凉。

七一一矿在1958年筹建以后，职工从祖国四面八方汇聚过来，特别是从北方支援到这边来的人比较多，主要是北方的厂矿多，像山西大同、山东淄博煤矿。当时矿山条件差，职工来了以后，喝的是郴河水和井水，住的是临时用竹子编的房子，上面盖着杉树皮棚顶。后来家属来了，就住干打垒的房子。所谓干打垒就是用当地的泥巴，和着稻草、竹茅，打成一块一块的，在泥土还没有干的时候就垒成墙，上面用杉木条子做成屋脊，钉上杉木板子做成家属宿舍。没有洗澡、做饭的地方，房子既是宿舍又是厨房，都在一起。

1987年，梁启昌陪同西德外宾考察
（左一为梁启昌）

像我们工程技术人员住在原来郴州疟疾防治所留下来的一栋小楼和一栋平房里。那时候的矿办公室就是原来的湘南地区疟疾防治所，可见当地的疟疾是非常流行的。我们来以后很多人都得了疟疾。我们工程技术人员刚来的时候，七八个人挤在一个不到15平方米的房子里，住的是上下铺。到了夏天，那时候都是用蚊帐，不像现在点蚊香之类的。蚊帐是棉的，又小又挤，那个闷热不用说了，根本睡不好觉。

湘南这个地区，冬天阴雨连绵，毛毛细雨又寒冷，雨一下就一两个月甚至三个月，不见一天太阳。身上穿的、晚上盖的被子都是湿漉漉的，如果有火炉的地方去烤一下，身上都冒气。住的地方比较偏僻，大家都不太适应，所以那时候就提出来“与天斗，与地斗，与恶劣环境斗”。

当时，因为缺水，出矿井以后工作服湿了、脏了就挂在床头，晾干接着穿；没有热水就拿冷水冲澡。建矿初期没有电，进坑干活照明都是用电石灯，电筒都很少。这个地方开始是比较艰苦的，在这样的条件下，大家响应党和国家的号召，克服一切困难，以尽快建成七一一矿。

手推肩挎保证试生产

建矿初期上部中段做的生产准备，比如说采准系统、备采系统、铀矿系统、充填系统，都是人工进行的；除去凿岩以外，其他的像出渣子、天井掘进、人工支护也都是人工。

那时候没有电力车，往外出渣子得长距离人工推车，一推就是五六百米，甚至七八百米，推重车出来，再推空车进去。天井掘进也都是人工支护。七一一矿的岩石非常坚硬，岩石坚固性系数达到 21，也就是说和石英的硬度是一样的，用钢锯锯不动。支柱工上去做支护平台，横梁要打六个梁窝，用钢钎和手锤来打，钢钎一打下去只是一个白印子，就这样打六个梁窝难度可以想象。要支好横梁，支柱工还要把 2.5 米长、5 厘米厚、二三十厘米宽的松木板子一手抱着，一手爬梯子，就这么把木头运上去。梯子的坡度有七八十度，一爬就是十几、几十米。

1987 年，梁启昌陪同西德外宾在井下考察
（左一为梁启昌）

打天井的风钻工，带的风钻重量 45 公斤。风钻工师傅要把钻机挎在胳膊上，爬几十米的木梯子；副手拿着钎头，七一一的岩石硬，得拿一二十个钎头，再加上风绳水绳带上去。这样做好准备后才能够打天井眼。有的老式钻机，像打平巷用的钻机 30 公斤重，由于气腿子密封不好，一进水气腿子就不好用，风钻工没办法，两人抱着或者抬着钻机打，打上边钻眼的时候就用木板推着打，工作下来满身的泥水。放炮工要背 10

多公斤炸药，爬梯子上去进行装药、连线，沿下来以后到平巷的安全地方合闸，开始用火雷管后用电雷管。

咱们工人硬是用土箕扒子，繁重的体力劳动，3 年的时间，把上部系统的通风系统、充填系统、铀矿系统、运输系统完成，保证了 1962 年的试生产。为什么 1962 年叫试生产呢？因为七一一矿有一个物理选矿厂，这个厂是用放射性物理的方法把矿石和废石分离出来，提高矿石的品位，等物选厂建成以后才能叫正式投产。

战“火焰洞”，达高产

刚开始的时候，大家对铀矿山的认知不足，只是认为它通风条件差、劳动条件差，没有认识到氡气的危害性。当时大家戴的是纱布口罩，六层或者八层，穿的是一般的工作服，工人们在这种情况下还持续战斗。

工人们三班倒，每个班八个小时。那时候山上有二食堂、四食堂还有七食堂，都在坑口边，工人出来都在这几个食堂吃饭。简易工棚也在坑口边。那时候可真是吃在坑口、睡在坑口、干在坑内，克服种种困难完成国家的任务。

上部中段做完了以后，转入下部中段开拓。这里遇到了一个大问题，就是出现地下热水，水量大，水温达到 47、48 摄氏度，最高达到 55 摄氏度。坑内气温也高，一般都达到 30 摄氏度以上，有的地方达到38摄氏度甚至40摄氏度。主矿带80米中段巷道每小时涌水量350到400立方米，水温47.5摄氏度，平均气温40摄氏度以上，被称为“火焰洞”。

由于湿度大、热量高，通风又降低不了温度，工人们在这样的条件下，没有办法干活，只好用水管不断地往身上冲冷水，干一下活冲一下子，甚至有人专门拿着管子给出渣工和风钻工喷冷水。战高温，战“火焰洞”，这都是七一一矿工人经历过的。七一一矿深部中段开拓，3个主井、1个副井的开拓，都在战高温、战恶水的条件下进行的。工人们在这样的条件下，深入中段开拓了3万多米的巷道，增加了开拓储量，为七一一矿达到高产做了准备。

在这样的条件下，七一一矿每年都能超额完成任务，即使在限产期间，也是提前完成限产任务。从建矿一直到关闭，七一一矿为国家提供了几百万吨铀矿石，还有相当数量的黄饼，为我国第一颗原子弹爆炸成功提供了宝贵的铀原料，为祖国的国防事业运送了一批又一批铀矿石。

有铀矿山的地方，就有七一一人

在矿山生产中，我们采用人工间柱、人工假底假巷、多采一填、吊罐天井、注浆堵水等先进技术，为实现高产、稳产，降低矿石损失率、贫化率起到了重要作用，也很早开始了堆浸实验。

七一一矿也是一个培养管理人员和技术人员的单位。当时全国各地铀矿山都在进行建设，根据上级“老矿包新矿，老矿支援新矿”的指示精神，七一一矿为各地矿山支援管理人员、技术人员、技术工人3 200多人，其中2 000多工人，700多工程技术人员。也就是说，凡是有铀矿山的地方，基本上就有七一一人。

七一一矿职工的政治素质比较高，各地来矿支援七一一建设的大部分都是共产党员和共青团员，还有部队人员成建制地转业来的，这些人员占的比重比较高。七一一矿无论是在历次运动中，在生活极其困难时期，还是在面临矿山关闭破产时，职工队伍始终保持了稳定不乱。七一一矿在最全盛时期有5 300多职工，加上职工家属有上万人，在郴州地区是举足轻重的单位。那时候郴州市的城市人口也就十万人，七一一矿占了十分之一，七一一矿能稳定，郴州地区就稳定。

34. 因地制宜建设七一二矿

王德舫 口述　　李　珍 整理

王德舫，1936 年 5 月出生，籍贯湖北汉川。先后担任过七一二矿一工区生产调度员，七一二矿六工区技术员、技术副队长，七一二矿生产科采矿技术员、工程师，七一二矿生产科科长，七一二矿副矿长兼总工程师，从事生产管理和技术管理工作以及矿山开拓工程设计、矿区第二期工程设计、远景规划设计、生产过程中重大工程施工设计等，1995 年退休。

七一二矿位于湖南省衡阳市衡东县大浦镇大明村，是我国核工业最早的“五厂三矿”中的“三矿”之一，为我国核工业发展做出了不可磨灭的贡献。上世纪 50 年代末、60 年代初，大批人员从全国各地奔赴到七一二矿，开始艰苦创业，他们中有的是技术工人，有的是科研人员，有的是刚毕业的大学生……在七一二矿，他们从实习岗位做起，在工作中逐渐成长直到退休；从刚进入七一二矿时二十出头意气风发的小伙，到如今白发依稀的耄耋老人，我就是他们中的一员，也和他们一起见证了七一二矿的发展变化。

国家还是很照顾七一二矿的

我于1960年从中南矿冶学院（现在的中南大学）采矿工程专业毕业，毕业后分配到七一二矿一工区井下，开始生产实习，和工人同吃同住同劳动。当时来七一二矿工作的人，可以说除了没有西藏、港澳台地区的人以外，全国其他各地的人都有。

当时分到七一二矿后，不知道是做什么的，更不知道和原子弹有什么关系。当时先到中南矿冶公司报到，这个公司管湖南、广东、广西地区。报到后粗浅地了解到一些矿区情况，到矿后每个人要进行保密教育，矿区的情况不能跟家里人讲，家里人也不容许来，只有调来和随矿来定居的家属才可以。后来才允许临时来探亲。

以当时全国的情况，国家还是很照顾我们七一二矿的。我们来了以后，有宿舍住，吃大米，尽管后来四五十斤还不够吃。矿里的标准是，下井的工人是45斤大米，这个数量放到现在来看挺多了，但在当时还不够吃，最后加到50斤都还不行。那时候除了工资，每个月还有保健，我记得有肉、油等，甲等保健每个月5斤肉，乙等保健每个月3斤肉，丙等保健每个月2斤肉；下井的工人每个月是一斤油，其他职工都是四两油。

当时的居住条件是有的人住草棚，有的住原来中南 309 地质队留下来的房子，还有的住农村。没有自来水，后来在浦魁堂矿区那边发现一个喀斯特地形，那里水质很好，就建设管路将水连到矿里，生产生活都用那个地下水。

“灶”搭好等“米”下锅

我在井下生产实习劳动直到 1961 年 11 月，这时的矿区处在采矿准备阶段，11 月，时任中国人民解放军副总参谋长张爱萍将军和二机部部长刘杰到七一二矿视察工作。张爱萍将军在视察中说，二七二的“灶”快要搭好了，就等你们的“米”下锅了。

在张爱萍将军说了这样的话以后，矿里面连夜召开党委会，进行人员调整，把我从井下调到六工区做技术员，进行试采生产准备。当时我也不知道是什么情况，矿里说调我过去，我就去了。我调过去以后，矿里成立了一个采矿试采队，队长是崔华志，我是技术副队长，管技术、设计、生产和现场指挥。当时我二十几岁，一些有经验的同事都是三四十岁。

当时在总工程师何汉拯领导下进行设计，于 1963 年的 3 月 5 日试采投入生产，1963 年年底，我们为二七二厂送了铀矿“粮食”。到 1964 年 10 月 1 日以前，七一二矿出产上万吨矿石，10 月 16 日原子弹爆炸，就有七一二矿的原料在里面。至关闭停产，七一二矿总共生产矿石数百多万吨。

我看了一篇微信号上的文章说，1964 年 10 月 15 日，原子弹爆炸前一天，中央下了死命令，二七二厂的所有保密资料要武装转移，要把资料保护好，说是担心原子弹爆炸以后，有外国势力报复。我突然想起来，七一二矿也在这一天开了个会，讨论把我们的保密资料转移，当时说的是把资料要保管起来，至于为什么要保管没有说。会议决定把资料放到 1 号井下的炸药库里，因为怕放到竖井里被炸后资料拿不出来，而 1 号井是斜井便于保管。第二天原子弹爆炸，大家也没有谁把这些事情联系起来，当时全国报纸都在报道原子弹爆炸，我们也跟着一起高兴。

自力更生创造佳绩

我来到矿区的时候，苏联专家已经撤走了，我们就自力更生。根据苏联专家原来的设计方案，浦魁堂矿区，也就是五工区，是一个露天矿。这里矿体埋藏浅、规模小、厚度薄、层位多，炸药炸破后，混入的废石很多，不适合露天开采，矿区只好停工，后来小河改道，这个地方就变成了一个鱼塘，以后改为斜井进行建设。汪家冲矿区是四对竖井，但这种设计不符合中国当时的实际情况。

当时的苏联在国际上是一个大国家，他们国内机械化程度高。苏联专家把七一二矿汪家冲矿区都设计成竖井，竖井的特点是建井速度慢、成本高、通风条件差，但是运输能力大，这在他们苏联国内没有问题，但对于当时的七一二矿来说并不合算。当时我们就建议设计院把苏联专家设计的1号和4号井由竖井改成斜井，这样建设速度比竖井快，适合国情和矿情。

那时候中南309地质队沿着矿脉打了一个探矿斜井，也打了一个探矿竖井。我们利用这个探矿斜井把巷道恢复，再掘一些巷道进行探矿，这就成了跃进1号探矿斜井。为了给二七二早送矿石，便在地质队留下的探井竖井基础上，补掘了跃进2号竖井。七一二就是靠这个地方出矿。七一二矿区是沉积变质矿山，规模、储量比较大，但是矿区整体品位低，只有万分之七八的样子，矿体薄，采矿工效低，采掘比较大，当时矿石贫化率达到30%～40%，年平均品位还达不到0.05%，大面积开采品位更低，所以在经济上是不合算

1986年11月3日，王德舫（左四）陪同蒋心雄部长视察娄底大理石厂设备安装

1987年12月8日，与来访的美国专家进行交流（左一为王德舫）

的。为了提高矿石品位，就想办法降低贫化率，改变采掘的方式，进行分掘分采，这是比较适合七一二矿区实际情况的。人在巷道里打眼，巷道高度不到一米，人进去后都站不起来，我们只采矿石不采废石，矿体有多厚就采多厚。这种分掘分采方式还是我设计出来的，称为高进路采矿法。

整体来说，七一二矿的机械化程度还不错，采场是电钻、风钻，工作面用电扒子运输，巷道里用电车运输；巷道和采场我们逐步使用了锚杆、喷浆技术，总的技术水平在当时还是比较先进的。那时候，我在矿里当副矿长兼总工程师，外国人来参观，我接待他们的时候，他们就赞赏我们工作条件好、机械化程度高。

环境治理经验总结推广

上世纪80年代，国家对核燃料的需求减少，七一二矿开始逐渐减产，最后关闭井口停产转民。早期开采的时候是不算经济账的，改革开放后开始算经济账，七一二的矿石情况是采多少赔多少，采得越多就赔得越多，所以，七一二矿并不是因为资源枯竭停产。还没有开采完的矿石，留给子孙后代以后再说。

矿山停产之后，我负责做矿区退役治理工作，后来写了《退役铀矿山整治工程》一书。这本书填补了中国铀矿山退役治理的空白。因为七一二矿从开矿到后面的环境治理我都参与了，我根据自己的经验积累，经过归纳总结后概念化、系统化再升华。里面的图都是我自己总结设计出来的。为画这些图，我结合七一二矿实际的情况，想露天鱼塘挖成什么样子，台阶怎么治理，农田中废石怎么治理……我把它归纳上升到理论。

后来这本书被编入国家级《固体矿物资源开发工程》教科书中，成为其中的一章内容，叫退役矿山整治工程，使这本教科书更加完整。

35. 与七一二共成长

徐震恒 口述　　**李　珍** 整理

徐震恒，1936年5月出生，籍贯北京。曾先后在鞍山黑色设计总院任技术员、新疆矿业公司任431—1矿采矿技术员，后调往七一二矿安防科、二工区、四工区，历任技术员、工程师，七一二矿四工区副区长、区长，七一二矿副矿长、工会主席，1995年退休。

环境艰苦，安之若素

我是从北京到辽宁鞍山上学，毕业以后分到鞍山黑色设计总院，当时鞍山黑色设计总院是冶金部的设计总院。1959年春节过后，我被调到当时的二机部十二局，又从那里分到新疆矿业公司431—1矿，那时候因为中苏关系破裂，这个工程被推迟上马。在那儿待了一年多之后，1960年6月，我被调到湖南衡阳七一二矿。

我到七一二矿的时候，苏联专家已经撤走了，但设计图还是苏联专家做的。

七一二矿是在1958年四季度开始陆续来人的。听前面来的技术人员说，那时候地质队还没有撤离，有些人就跟地质队的人一起住他们的房子。我到的时候，这边已经不是最原始的条件，办公楼盖了，对面的单身宿舍也有了，但是整个工作、居住环境还是非常艰苦。

我来后分配的工作是打一口竖井，当时没地方住。我记忆特别深的是，在井旁边有一个柴油发电机房，里面有三台发电机，我和另一个人就在机房发电机间的空隙摆张床睡觉。空隙不大，但是能睡人。刚好有一段时间断电了，大概有一个星期需要自己发电。三台发电机，一台工作，一台备用，一台检修，就是说始终有一台在运行，我们就一直伴着发电机的奏鸣声睡觉。我记得那时候还挺开心，还写了首小诗纪念，现在看来有一种革命的乐观主义。

刚开始的中国核工业，可以说是要人给人，要钱给钱。但我去七一二矿的时候，国家处在困难时期，粮食供应不足，菜和肉都很欠缺。上级单位开始很照顾我们，作为下井的保健还有牛奶，七一二矿原来有一个牛奶厂，有些工人不爱喝牛奶，厂子经营不善，后来也关闭了。除了给津贴以外，还给肉、蛋，牛奶没有了后还折成钱，一顿两毛钱的样子。缺水，井下出水倒是量又大、又凉，当时还没有打到有矿的一层，一般来说这个水没有污染，但是也不敢喝。

居住条件也很艰苦。当时我单身，一个屋子四张床，上下铺，住六个人，留两张床用来搁东西。冬天没有暖气，外边有多冷屋里就有多冷，外面赶上下雨零度左右，屋里也是这样。带着革命的乐观主义精神，虽然条件艰苦，七一二人也能安之若素。

我来之前，已经有不少各个专业的技术人员来了。那时候还没有正式开始生产，一个科里也并不是每个人都有一套办公桌椅，有时候来上班的人多了，大家只好挤着坐，有的甚至坐在桌子上。

工人干活四班倒

七一二矿山的建设，有竖井、平洞、斜井，在下面拉开巷道，平的总的叫平巷，根据用途、大小不同，名称也不同，例如穿脉、沿脉。井下还有洞室、绞车房，大的洞室长十多米，宽十米。对我来说，这些工作我都干过。我原来学采矿专业，竖井是专门一个专业，不过当时，学过的没学过的都打竖井。

七一二矿区附近地表有很多水塘，还没有正式开始采矿前，底下巷道不算多。有一次下大雨，水塘里的水灌到地下，在灌满了巷道后顺着上来，把竖井淹了。因为是从上面灌的水，人都安全，但是设备淹了。那时候我在安全科，我们待的2号竖井深度是117米，水淹上来多的时候离井口只有几十米，井下的水泵房淹了后不能抽水，需要在上边用潜水泵抽水，水抽完了才好恢复生产。

当时我们管生产的副矿长三十多岁，基本就在那儿盯着。他跟我挺熟的，看我年轻，过一段时间就让我下去看看水抽到什么位置。当时用来上下竖井的罐笼不能开，只能爬梯子，少则几十米，深则快到井底下了，那就有一百多米，一天爬七次也觉得没啥事，上下就跟玩儿似的。恢复生产以后，各种作业继续进行。

工人干活一天四个班轮流倒，轮到哪个班是哪个班。为了防止放射性物质进入身体里，大家在井下都不吃东西。大部分人住在附近，有住得远的，走路来回就需要两个小时，干满六个小时，加上准备工作，我们这些人就近十来个小时不吃饭、不洗手。

1964年10月的原子弹爆炸，对我们来说反正就是高兴，这是全国都高兴的事，我们也高兴，有的人说“有你一份，也有我一份”。很多年以后，单位发了一个纪念章。1969年2月以后，机关干部被分到工区跟班劳动，工区有井下的、井上的活。我就到一个工区的地面推车，斜井的那种，干了不到一年。“文革”期间，七一二矿生产不正常，有些停产了，干部好多下井劳动，工人上半个班。

矿区从艰苦时期一步一步走过来，生活也逐渐在改善。原来只有一个食堂，后来各个工区都有食堂；水的供应有所缓解，但是水质始终不好。单身宿舍、家属宿舍都在这儿，宿舍里有个水池子可以下水，但没有上水；里面没有厕所，都是到外边上厕所。那个时候上厕所是件非常难的事，早晨往往集中，经常要排队，下雨就排一溜儿打着伞等着。

20 世纪 80 年代，有一次矿里来客人，他们住的招待所是有澡堂、卫生间的，看了职工家里后说这怎么生活？因为职工家里没有卫生间，也没有专门的厨房，就是在家里或者走廊辟一块地做厨房。几十年就这么生活，大家已经习以为常了，别人不说的话，大家觉得都挺好。

通信地址是一个信箱号码

那时候机械工业部叫一机部，二机部是保密部门，很神秘。工作调动是哪里辛苦哪里去，哪里需要哪里安家，也不多说，告诉你去哪里，其他同事都不知道。我从设计院调到二机部，心里是很高兴的，因为这是国家需要，是组织对我的信任。

到这里后，保密教育要求很严格。七一二矿当时叫湖南五矿，一般都不说，必要场合才可以说。通信地址就是一个信箱号码，衡阳20号信箱。能不给家里写信就不写信，需要写时里面不能有涉密内容。我离开设计院后，跟原来的同事基本都不写信。

矿山从试生产、正式生产到1986年元月指令性停产，总共有20多年时间。七一二矿是核工业第一个指令性停产的铀矿山，我觉得是有原因的。我们的矿石品位偏低，只有万分之七八，废渣也比别的矿山多，有的矿石像黏泥土，冶炼成本高。二七二厂总说我们，别的矿区的矿石能够赚钱，七一二的矿石要赔钱。

徐震恒和夫人在厂区

说到七一二人对核工业的贡献，我们常说“没有功劳有苦劳，没有苦劳有疲劳”；“我为祖国献青春，献了青春献子孙”。实际上说，七一二矿在历史的特定时期，为国家的核工业发展起到了应用的作用，我们吃苦受累，都是有价值的。七一二矿如果不停产，还会有很多孩子在矿里面工作，他们这一辈子也就留在了七一二。

我从二十多岁一直工作到退休，见证了七一二矿的建设，从建矿之初的白手起家，来人、进设备，打井试生产到生产高潮，再到最后停产，尽管工作条件比较艰苦，但人生也因此涂上了色彩，能够为了核工业、为了国家奋斗一生，再苦再累也是值得的，是无怨无悔的。通过这个过程，我也随着矿山的发展不断成长，不仅技术成熟了，人生价值也得到了充分的体现。

36. 创业艰难百战多

魏良真 口述　　**李春平** 整理

魏良真，1932年出生，黑龙江人。1959年调入七一三矿，担任建矿大队大队长兼党支部书记。1960年担任水冶厂安装大队队长兼党支部书记。1962年1月调任电厂党支部书记，10月担任矿工会副主席。此后历任矿山采矿科总支书记、基建办公室主任、水冶厂革委会主任等职，并担任七一三矿工会主席至离休。

作为一名老七一三矿人，我是第一次创业者之一，亲历了从建矿建厂，到安装、试生产和扩大生产，再到“保军转民”进行第二次创业的全过程。回忆第一次创业情景，犹如发生在昨天，历历在目，深感光荣。同时，也感到有一种强烈的责任感，使我迫切地要将记忆中的创业往事讲给大家。

国营七一三矿是核工业第一批四个上马单位之一，是我国“二五”期间156项重点工程之一，它的前身是第二机械工业部“江西三矿”。1958年筹建时称“四一三工程处”。

以矿为家，有啥干啥

1958年，党中央、国务院决定成立四一三工程处，开始从全国各地选调领导干部、工程技术人员、工人，大批优秀人才纷纷从祖国的四面八方来到矿山。为了安排各种人员的工作，必须有个统一的组织，于是1959年1月组建了建矿大队。

1959年3月中旬，我由黑龙江矿务局调到四一三工程处，辗转来到江西上饶。那时我对上饶的了解，只有反映新四军战士反抗国民党监禁的一部电影《上饶集中营》。

工人施工中

七一三矿专用线

到了这边一看，几乎什么都没有，只有几栋土打墙的房子，还有当地的一个小学校里可以住。办公室是一个草棚子。通了自来水，但还没有通电，靠一个柴油发电机发电照明。此外还有一个卫生所。

我来了以后，被任命为第三任建矿大队长，直到建矿工作结束。大队成立了党支部，由我兼任支部书记。胡友昌任支部专职副书记。其他大队副职还有李德富、任占德、李沛等。建矿大队下设办公室和八个小队，是一个较为精干的办事机构。天南地北来的工人，一开始都被归到建矿大队里。4 月，大队发展到 500 余人，成为一支建矿的生力军。

矿山的建设是当时工作的中心。挖土方、修路、拉红石，后来设备和原材料到了以后搞搬运。工人们很多都是技工，但当时并没有相匹配的任务，住的条件又差。为了稳定职工队伍，激发大家的思想积极性，我在建矿大队的大会上提出“既来之，则安之”“以矿为家、有啥干啥”的口号。这些口号深入人心，得到职工的热烈响应，在实际工作中起到了积极的作用，也产生了深远的影响。我当然也带头和大家一样干，你扛红石我也扛红石，一块红石 100 斤重，一上午规定的工作任务是扛 3 块，从山里扛到马路边，然后拉回去盖房子。

建矿初期，大量的重型设备和钢材、木材、水泥等都卸在远离工地的枫岭头和坑口火车站，及时将这些设备和原材料运回矿区是建矿工作的急需。当时全矿仅有两辆解放牌汽车（大板车、翻斗车各一辆），还要担负其他的运输任务。及时搬运这些设备和原材料就成为建矿大队义不容辞的任务。我们服从建矿的需要，愉快地承担了下来。无论是白天还是夜晚，也无论是晴天还是雨天，只要有任务就立即出发。为了把矿建成，早日把原子能事业搞上去，大家以苦为甜，毫无怨言。

随后，大批水冶厂设备陆续到达火车站，有的重达 15 吨，有的体积庞大难以搬运，加之当时缺乏机械吊装设备，运回矿区就更加困难了。记得枫岭头火车站到了一个十几米长、13 吨重的水冶厂搅拌机大轴，要运回位于坑口的厂区，这是一项艰巨的任务。我们决定用蚂蚁搬家的办法，自力更生造绞木，设备放在木头架子上，抬起一条缝往架子底下垫进十来根钢管，推动绞盘让钢丝绳绞一圈，就走一小段。经过一段路，再把绞木往前移动，重新固定，如法炮制。从 15 里外的火车站运到厂区，是一点一点挪回来的。4 个人一班，半小时轮换，光这个大轴就运了 13 天。此后，10 个 13 吨重的吸附塔、1 个 25 吨重的球磨机等大型设备，都是用这种蚂蚁搬家的土办法。其间没有发生任何设备和人身事故，受到矿部表扬。

发挥集体力量，攻克安装难关

1960 年，水冶厂土建工程告一段落。2 月矿党委决定组建三个安装队，开展全面的安装工作。整个安装工作以电厂为“龙头”，水冶厂为“龙身”，尾矿坝为“龙尾”。电厂由毛树新负责，尾矿由轩辕顺负责，我负责水冶厂的设备安装，任党支部书记。在众多的项目中，水冶厂是主体工程。

1986 年，举行车、钳、电焊汽修工技术表演赛

1986 年，车、钳、电焊汽修工技术表演赛中的参赛选手杜和平

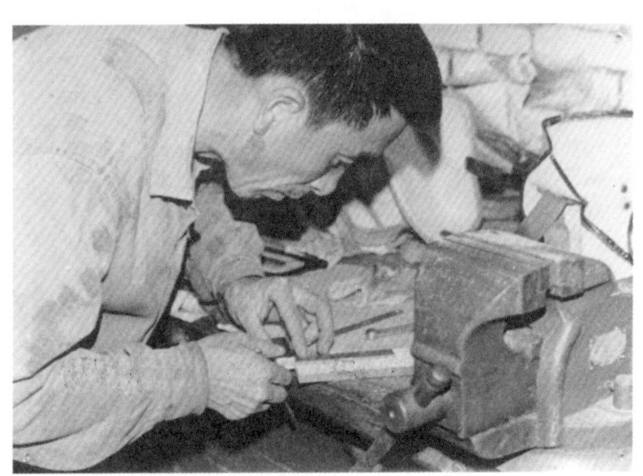

贾正华师傅正在参加汽修工技术表演赛

水冶厂安装大队其他负责人员还有大队长许建，副队长李德成、郝国富，工程师王琢、胡汝洲、杨应雷等。安装大队领导机械设备安装工段、电器安装工段、管道安装工段和通风制作安装组、材料供应组、技术组、生活后勤组。大队有 203 名职工、168 名技术工人。

安装工作任务繁重，时间紧迫。其中设备工作量为 3 094 台件，管道工作量为 20 593.5 米，电缆敷设量为 9 240 米。为了打好设备安装这一仗，矿党委提出“全矿总动员，实干加巧干，狠狠抓关键，大破技术关。速度快快赶，质量摆当先，力争试生产，元旦把礼献”。安装大队响应矿党委的号召，掀起了抢时间、争分秒、保质保量完成任务的竞赛高潮，积极投身到水冶设备安装中去。

水冶厂的安装是在极端困难的情况下进行的。第一，安装力量薄弱，安装队人员来自四面八方，57.7%的人是三级以下的工人和学徒工。第二，施工工具缺乏，没有大型起吊设备。第三，土建安装交叉进行。第四，受苏联专家制约。面对这些困难，安装大队没有退却，而是知难而进。在部党组和省、地委的指导下，破除迷信、解放思想、自力更生、土法上马，发挥群众的集体力量，攻克安装过程的各种技术难关。

其中，为了把球磨机安装到高达两三米的底座上去，老起重工人李兴才提出了用钢丝绳绞磨吊装的方法。但是遇到一个难题，现场没有让钢丝绳固定的东西。底座后面只有厂房的水泥柱子，苏联专家担心钢丝绳会把柱子给绞坏，不同意用这个办法，要用吊车。吊车是没有的，为了保密也不能到外边招标。还是老起重工人想出了办法，往水泥柱子上绑上一圈枕木，把受力分散，钢丝绳不和水泥柱直接接触，即便钢丝绳把枕木绞坏了，柱子也坏不了。白天不让干，我们连夜把这个活干完了。第二天苏联专家看见，傻眼了：球磨机是怎么上去的呢？得知是固定在水泥柱子上绞上去的，他们马上去检查柱子，柱子也没事。我们说出垫了枕木的办法，苏联专家用俄语赞叹说："很好！很好！"

在吸附塔的安装中，要安全地把 10 个每个重 13.[illegible] 吨的吸附塔吊装到基础上。吸附塔是两截衔接起来，下面一截在一楼，上面一截要吊装到二楼，然后从空洞中放下来和下边对接。为了避免压坏二楼楼板，还是采用在楼板上铺枕木的办法，圆满完成了任务。在安装 1 542 米长的不锈钢管道中，全国"群英会"代表唐守财带领大家自制工具，突破了技术关，解决了施工的困难。

能在核工业奉献终生，值得

在安装过程中，为了解决部分设备不能到货的难题，我们都发挥自己的智慧，自制土设备代替，保证了安装的进度。1961 年 4 月完成了安装任务，开始联动试车。

1979 年，七一三矿在枫岭头生活区建立的电视插转台[①]

临近联动试车，“龙头”还出了个事故。1961 年 1 月 3 日，电厂发电机的转子在试车时烧坏了。1 月 4 日，那时安装任务还没完全结束，我被叫到党委办公室谈话，让我马上转交安装队的工作，到电厂去。谈完话大概是下午 4 点，跟家里说了声“这几天都回不来”就马上走，不等过完春节也不等第二天了。因为这是大事，不能发电，那就什么也干不了。

① 1980 年 5 月功率为 3 瓦的电视插转站正式运行。1984 年又兴建地面卫星接收站，生活区职工可同时收看江西台和中央一台的电视节目。1987 年又在矿区生活区兴建一插转台，转播浙江台电视节目。闭路电视，自创电视节目栏目为企业宣传和丰富业余文化。

去电厂时，我从安装队带了几个电气、机械方面的老工人还有工程师一起去。第一要务不是追查责任，而是恢复生产。转子烧坏了，先派 3 个人去上海联系厂家，把转子弄回来。任务很急，我要求他们每天和我通电话。上海的发电机制造厂对此也很重视，他们发扬协作精神，转子很快到位，电厂成功发电了。在我的工作经历中，像这样的调动有很多次，组织上派我去协调解决一些紧急的问题，保证整个工作顺利开展。

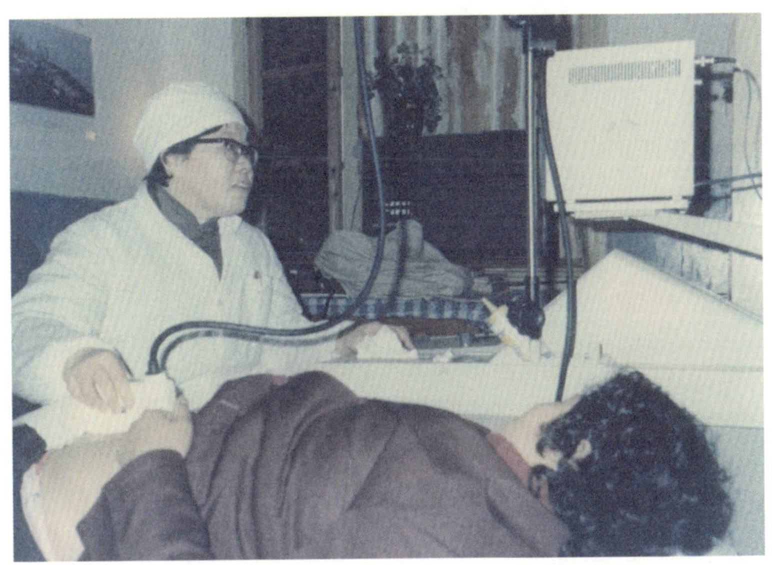

1985 年，七一三矿职工医院购进一台价值 14 万元的 B 型超声波诊断仪（图为职工医院医技科 B 超医生汤华荣在为患者进行检查）

以上就是建矿初期我亲身经历的几个片断。来到七一三矿 60 来年，与天斗、与地斗，其乐无穷。与天斗，天下大雨工作也不能停；与地斗，把两个山头都挖光了，还挖了一个大坑出来。斗的结果，我们胜利了，我们的原子弹爆炸了。国家没有亏待我，我也没有做出不利于国家、不利于七一三矿的事。自己一心一意扑在工作上，也得到了群众的肯定，心满意足。能在核工业战线上奉献终生，我感觉值得，这就是我的心里话。

37. 任劳任怨艰难创业

王启丁 口述　　李春平 整理

王启丁，1938 年出生，山东人。1956 年参军，1960 年被分配到七一三矿，参与建矿。水冶厂投产后，在吸附浸出工段工作并担任组长。1963 年被评为“建矿劳模”。此后历任三车间指导员、矿部办公室副主任、矿政治部副主任、矿党委副书记、纪委书记等职至退休。

1955 年 1 月，为了贯彻落实党中央、毛主席要进行铀矿建设的重要指示，地质部门从 1956 年开始，在全国各地展开了铀矿地质勘探普查。当年 8 月，中南 309 地质队勘探航测发现，江西上饶坑口地区有铀矿，并于 1957 年 10

尾矿坝

月提交了地质储量报告。

1958年5月，经党中央批准，二机部决定在湖南衡阳成立中南矿冶公司，管理下属的七一一矿、七一二矿、七一三矿和二七二厂。同年6月二机部就批准了在江西上饶坑口矿区上马建设的选址报告，决定成立工程处，由中南矿冶公司委派张亚贤、张学习、杨尚芳、黄振理等同志负责筹建工作。从此，拉开了江西上饶坑口矿区建设的序幕。

大胆提出新方案

坑口矿区按原苏联的设计方案，每年可采湿矿石15万吨，采出的矿石全部通过公路、铁路运送到湖南衡阳二七二厂处理。但二机部十二局设计院根据坑口矿区的实际情况，大胆提出了矿石不送二七二厂处理，而在坑口矿区直接建设水冶厂的设计方案。

水冶厂厂房

该方案经过各种比较之后，认为有如下优越性：由于坑口矿区所产矿石含磷较高，不好与其他矿石共同处理，在此建水冶厂可以单独处理含磷较高的矿石；每年可以节约大量的公路、铁路运输费用；为将矿石运输到湖南衡阳，运距长达 700 多公里，运输中不仅会损失铀金属，还会造成放射性污染；在坑口矿区建设水冶厂，可以尽快建成投产，这样不仅早生产产品，发挥效能，而且可以加速培养锻炼职工队伍，为铀矿冶发展提供人才和经验。

1958 年 10 月，部局批准了在苏联专家帮助下，由部十二局设计院完成的江西上饶坑口矿区建立水冶厂的设计方案。初定年处理矿石 12 万吨，最终产品为重铀酸铵。

由于党中央对核工业建设非常重视和关切，而江西上饶坑口矿区又是国家第二个五年计划 156 个重点项目之一，也是二机部矿冶系统中“三矿一厂”重点项目之一，所以坑口矿区的上马，得到了全国各地各部门的大力支持。国家在极端困难的情况下，给工程建设大开绿灯，提出了要人给人，要物给物。所以很快就从部队接收了大批的转业干部、退伍军人，又从全国各地、国家机关调入了各类干部、工程技术人员、大专院校毕业生，以及各类不同工种的技术工人。

实践出真知

我于 1960 年从部队以预备役军官的身份退役，同一批有 150 多人，大家只知道是去国防工业的保密单位，坐闷罐火车从部队直接到了三矿的坑口。下车的时候是半夜，爬过一个山坡到达生活区，当时是一片荒野，几座草棚子。就在草棚子里打了地铺睡。当晚就上了保密课，要求这里的事不能往外说，和家里通信只能用上饶市 9 号信箱。

国营七一三矿毛泽东思想宣传队合影

谁都知道，当时铀矿冶生产是全国工业系统中的新行业，包括新工艺、新技术、新产品。在建矿初期，三矿虽然调入了各类工程技术人员和技术工人，但是，就对铀矿冶生产来说，没有一个行家里手，都面临着要重新学习的问题。何况我刚来时完全是门外汉，甚至连“扳手”是什么都不知道。

来了没几天，我们这批人就被派到上海去实习半年，接受工艺操作的培训。我实习的地点是生产青霉素、链霉素的第四制药厂，学习他们生产流程里的离子交换工艺。学习难度很大，一是技术术语不懂，二是上海普通话也听不懂。老师讲完课，要靠前一批去学习的高振标给我们“翻译”过来，才能做出笔记。除了睡觉就是学习，接触到非常多的新事物新名词，对离子交换树脂有了基本的了解，还熟悉了工厂的一些安全常识。

半年学习结束后我们回到了矿上。在矿上，我们继续接受技术人员的培训，学习已经编制出的操作规程。上午学习，下午劳动，半工半读。那是1960年6月，厂房等基础设施完工后，水冶厂进入了设备安装和试车的试生产阶段。在这期间，所遇到的设备问题、工艺参数问题、操作工误操作的问题，真是不计其数。面对问题和难题，广大职工没有退缩，而是迎难而上，坚决贯彻部党组提出的“自力更生，过技术关，质量第一，安全第一”的要求，边学边干，边试边改，群策群力，不断探索。

比如重型设备从火车站卸下来，只能靠人力用绞磨一步一步运到厂区，我也参与其中。设备安装之后，试生产阶段遇到一个大难题：设备都是按照石头矿多来设计的，但我们这里实际上是泥巴矿多，矿浆特别黏稠，像糨糊一样，在设备里无法正常通过，到处冒、到处堵。为了过这一关，技术人员大搞技术革新，减少和更改了很多设备，终于使得试生产顺利进行。

又比如从厂房到尾矿坝，一开始是用木头槽子运输尾矿砂，靠自然流动。水可以顺着槽子过去，有砂子的矿浆却会沉积，流不过去就冒上来。几十个人去搅动也无济于事，矿浆还是通不过。后来才换成管道，用泵压过去。操作规程是死的，但生产遇到的情况是具体多样的。例如为了控制酸度，阀门开多大要靠手感。因为那时还没有仪表，只有一小时一次地分析结果，所以过程中必须依靠经验来调节，需要细心和耐心。总之就是白手起家，反复摸索，“实践出真知”。

在这个过程中，技术人员背负着很大的压力，生活上非常困难，而且对他们来说铀矿冶技术也是新鲜的。比如树脂“中毒”，就是铀以外的其他杂质吸附进去，使树脂像人生病了一样“肚子胀”，产生了“消化不良”。树脂可是很宝贵的材料，这种从来没碰到过的问题怎么办？技术人员进行攻关，摸索出“解毒”的办法——用烧碱给树脂“洗胃”。我非常佩服那些老技术人员，他们真是不简单。我们主要是动手操作，技术问题还得靠他们来解决。

试生产之后，我担任吸附浸出这一块的组长。三年时间从一级工到四级工，我算是同一批中的佼佼者。因为我多少懂一些化学反应知识，所以技术人员讲了以后，我理解得比较快，再去辅导其他工人。我用打比方、举例子的方式讲，对工人们来说比较通俗易懂。

任劳任怨，不怕苦不怕累

那时生活条件是比较艰苦的。缺少吃、穿、住，也没有工作服，都穿自己的衣服。发了一尺二寸布票，也做不了什么衣服。家属过来了，男女四个人就挤在一间只有十几个平方米的小草棚里。因为没地方睡，晚上食堂里总有几十个人打地铺。没有菜吃，听说乐平一个地方种萝卜，矿长亲自用汽车拉着废钢铁去换萝卜，换回来的萝卜用缸腌上，吃一个冬天。因吃腌萝卜盐分高，吃得人浮肿，我也肿了，去医院看病，医生给我开了糠饼，一天吃一片，能补充一些营养。

1978 年，七一三矿首次车工技术比赛，时任矿党委书记钟书文、总工程师闵耀忠与参赛队员合影

那时的创业艰难，对于现在的年轻人来说简直不可想象。在这种情况下，大家还是任劳任怨，把我们的事业干出来了。

根本不考虑名利，就是为国家做点事。大家不怨天不怨地，不怕苦不怕累，心情很愉快，工作有奔头。记得当时往山上抬管子，管子很粗，几百斤重，我们 4 个人才能抬动。碰到小路没法过去，有个全国劳模叫唐守财，力气大得很，一个人扛着管子就过去了。

一天当中没有空闲，从起床开始就被排满了，一方面要学习技术，还要上夜校学文化；一方面还要参加党员学习、工会活动等。我在三车间（那时叫三营）当指导员那 4 年，我的小儿子长那么大都不认识我。因为我连续几年都是 7 点之前离开家，晚上 9 点之后回来，走的时候他没起床，回来的时候他睡着了，根本见不到爸爸。

1986 年 2 月，核工业部劳模报告团来矿报告先进事迹

经过反复试验探索，三矿人终于学到了铀矿冶的生产新技术、新工艺，并于1962年4月生产出合格产品——重铀酸铵。1962年11月3日，经国家经委验收合格，矿召开职工大会，二机部刘淇生副部长出席大会并宣布：江西三矿经国家验收合格，可以正式生产。出席会议的时任江西省省长邵式平，为江西三矿正式竣工投产剪彩。至此，中国第一座铀矿冶联合企业正式宣告诞生。

三矿的建成投产不仅为核工业提供了合格的产品，也为铀矿冶生产提供了宝贵的经验和人才。我们可以无愧地说：凡是有铀矿冶生产的地方，就有三矿人的足迹，这是我们第一代铀矿战线参与者的骄傲！来到三矿，作为我国第一批原子能事业的工人，自己做了一点贡献，为国家争了光，我感到很值、很好，也为现在我们国家核科技的进步而欣慰！

38. 在七一三矿为核工业流汗

李鸿仪 口述 **李春平** 整理

李鸿仪，1939 年出生，河南永城人。1964 年毕业于兰州大学原子能系放射性化学专业，进入七一三矿。1965 年至 1968 年在安全防护科剂量室工作，并自 1966 年起担任剂量室主管。1968 年至 1976 年在水冶厂先后担任操作工和技术员。1983 年起担任安全防护科科长。后担任七一三矿新产业再就业服务中心经理至退休。

我出生于 1939 年，属于“生在旧社会，长在红旗下”的那一批。在河南永城读初中时，读到方志敏烈士的《可爱的中国》《狱中纪实》《清贫》等作品后，我的心灵受到极大的震撼，一种强烈的爱国主义情感在我的心里升腾，我想着以后一定要把祖国建设得更加强大。

当我上了高中，从课堂上知道了铀原子发生核裂变所产生的巨大能量，可以用来制造原子弹，保家卫国，更可以用来发电，服务祖国的建设，使人民幸福。我从那时起就决定献身祖

尾矿坝

国的核事业。

因此到高考时，我就报考了兰州大学原子能系放射性化学专业，所幸被录取了。在兰州大学学习五年，正赶上三年自然灾害时期，缺吃少穿，饿得浮肿，暖气也供应不上。和大家一道，也都是靠一股子精神撑过了困难时期，没有耽误学业。

大家干劲非常足

1964年毕业填报志愿时，我的第一志愿写的是“服从分配，到祖国最需要的地方”，这不是口号，而是内心真实的念头。第二志愿报的是江西国营七一三矿，因为了解铀对于核事业意义重大，而七一三矿是我国第一个铀采冶联合企业，心里对它很向往。最后我

七一三矿火车专用线

被分配到七一三矿，可以说是如愿以偿，加入了梦想中的事业。来之前心里非常期待，之前在学校里虽然学习了铀的知识，可还没有见过实物。

水冶厂厂房

1964年8月，我来矿报到上班后，第一年劳动实习，上东山采矿。四班倒作业，工作是连续6小时，加上上山、下山以及洗澡等超过8小时。矿是露天的黄土矿，放炮爆破之后用洋镐挖下去，洋镐挖不动的话先用风钻打，矿石挖出来后铲到矿车里推出去。刚毕业的我体力比较弱，以往从事重体力劳动也比较少。换上工作服，从山下爬到山上去，汗就已经把工作服全打湿了。干起活来更不用说了，打风钻、挖洋镐、铲矿石、推矿车，挥汗如雨，到下班前几乎没有喘息的功夫。中间喝的一点水全部出汗出掉了，几乎没有尿要排。

但是大家干劲都非常足，搞竞赛，看谁采矿采得多。和我一起采矿的工人师傅大多是党、团员，很多是从部队过来的，个个生龙活虎。和他们同吃、同住，又共同经受风吹雨淋日晒，经历严寒酷暑，为了多出矿、出好矿，大家都不怕苦，不怕累，真是战天斗地，都有一股豪迈气概！一起干活让我们结下了深厚友谊，好多年后见到还是像战友一样亲切。

那时对职工的健康是很重视的。因为矿石的品位比较低，又是露天的环境，氡气的积累很少，空气还比较好，采矿的防护措施就比较简单，是帽子、口罩、手套、靴子和工作服。每天下班后都要把这一套脱下来清洗，口罩的话是每天更换。每月粮食有 52 斤的定量，大家都能吃完，还有牛奶等保健品。

在矿山上班期间，得知了我国第一颗原子弹成功爆炸的好消息，大家照常工作，并没有庆祝，但是都非常高兴、非常振奋。我感到从此帝国主义不能靠核武器耀武扬威了，我们国家底气更足了，一定能在和平安定中发展得更快更好。

水冶厂设备

哪里需要就到哪里去

一年的劳动实习圆满结束后，我被分配到安全防护科剂量室。剂量室主要从事辐射防护检测，测量辐射对职工健康的影响、对周围环节的影响并进行应对。剂量室将近 30 人，其中名牌大学生就好几个——清华2名、北大1名、南大（南京大学）1名、哈工大1名、中科大1名，可见当时对职工健康和环境保护的重视程度。我从事其中的放化分析，使用进口的设备，对工作场所和环境的空气、水、土壤、农作物中的铀含量进行检测。

在剂量室工作一年后，剂量室的主管调走了，安防科领导指派我接替。我备感压力和责任的重大，两年间，团结、依靠并带领全室人员努力工作，较好地完成了剂量室各项工作任务。工人下班时洗完澡，都要把手伸进仪器接受检测，没洗干净的话仪器就会“啪啪”响发出警示，必须重新再洗。每个月都要在厂房里取样检测，看空气里放射性物质的含量。还有对水体包括饮用水、环境水的定期监测。每年都给职工安排体检。

1968年9月，我被下放到水冶车间当操作工，接受工人阶级再教育。水冶车间是我们矿最主要的生产车间，也是我本来到这里就想去的地方，所以下放去那里毫无怨言。

我在水冶车间被安排在浸出岗位。矿石打碎、磨碎以后送到浸出工段，浸出、洗涤后，用离子交换的办法把铀吸附到树脂中，然后从树脂上淋洗下来，再用氨水沉淀、压滤，生成重铀酸铵，也就是通常说的“黄饼”。废渣废液就排到尾矿坝去。其中浸出工段是将铀元素从固相转移到液相的过程，它和酸度、温度、搅拌强度、浸出时间等条件有关，要控制好各个工艺参数，以提高浸出率，降低生产成本。

苏联专家已经早在1960年就撤走了，他们设计的这个浸出工艺虽是成熟的工艺，但还存在不少缺陷，跑、冒、滴、漏也时有发生。经过领导干部、技术人员、工人三结合进行技术革新，改原本设计的单线浸出为双线浸出，以增加浸出时间；实行流态化逆行洗涤，以提高洗涤效率；改进输送泵，以减少跑、冒、滴、漏。

水冶厂产品

作为一线浸出操作工经历了两年锻炼后，领导安排我以技术员身份和连队领导一起带班生产，从此我便将水冶车间各工序、各岗位从头到尾都摸清楚，每一个地方都跑到，并与维修、调度等协调好，认真做好各项管理工作。看到我们亲自生产的“黄饼”装桶，并一桶桶装车，从铁路线往外运送时，心中充满了喜悦和自豪！

心甘情愿为核工业出力流汗

由于水冶车间四班倒作业，两顿饭之间间隔超过8小时，又经常要上夜班，吃饭、睡觉很不规律，工作环境也比较恶劣，1969 年我患上了胃溃疡。到医院拿药吃都是不要钱的，但很多年里我的胃溃疡都没有完全好，反反复复，一年疼几个月。疼起来忍着就是了，毕竟只是个小毛病，常常捂着肚子去上班，坚持工作。

建材厂首届一次职工代表大会

工作中下搅拌槽打硫酸钙，抱着高压水龙头冲洗地面矿砂，钻进吸附塔换筛网，满身汗水、泥浆是三天两头的事。在实现仪表自动控制前，水冶厂大多数岗位是又苦又累的，几乎没有所谓轻松岗位。水冶厂的通风效果不太理想，高温、酸雾、辐射，对人体健康有一些影响。防护措施和采矿时基本一样，只多了眼镜。在水冶厂工作八年，没含糊，没怕过，为核工业出力流汗我心甘情愿，也没想过换到更轻松的岗位去。

8 年后的 1976 年，矿里响应号召筹办 721 工人大学，调我去教育科。1980 年又调回到安防科的办公室参与安防管理。1983 年担任科长，在总结前人工作经验的基础上改进工作，效果也比较显著。采矿行业容易出现伤亡事故，相比防护，安全的重要性更加凸显。七一三矿对这一块工作尤其重视，安全生产水平不断提升，连续两年被评为省矿冶局、部矿冶局安全生产先进单位，1985 年又被评为全国安全生产先进单位。

再后来军转民开发民品了，我又先后被调到塑料助剂厂、双氧水厂、化工厂、科研所、测试中心、新产业开发公司等多个岗位工作。从参加工作到退休，我一直在七一三矿。一切服从组织的安排和决定，哪里需要就到哪里去，做什么工作都是为核事业做贡献，没什么价钱可讲。自己把一生献给了核事业，虽然没做什么突出贡献，但是在哪个岗位上都是兢兢业业，至少没出过什么问题，问心无愧。

我在这里获得了“先进工作者”“优秀共产党员”“安全生产能手”荣誉称号，但这些都不是我最看重的东西。七一三矿给了我一个场所、一个平台，为了国家富强、人民幸福，我做了该做的事，有意义的事，实现了人生价值。现在退休金虽然不多，但儿女也都自食其力了，生活还过得去。

看到来之不易的和平年代里，祖国的发展日新月异，人民生活水平日益提高，发展速度和水平已经超出了我年轻时的想象，我们的三代核电技术“华龙一号”也成了“名牌”，我无比欣慰，无限喜悦。此生选择了核事业，无愧无悔！

39. 保密到家的爱情故事

周裕常 口述　**刘人安** 整理

周裕常，1956 年 10 月参加工作。1961 年 1 月，经中央批准，从北京第二机械工业部第五研究所被抽调到湖南衡阳参加湖南一厂的建设工作。凭借着学习了多年的化学化工知识，投身到了铀水冶铀纯化工作中。1980 年 12 月加入中国共产党。1981 年 1 月任二七二厂科技办公室主任，成了二七二厂的技术带头人。此后，在二七二厂一直从事科研生产管理工作和技术研发工作至退休。

我叫周裕常，是这个故事的男主人公，故事的女主人公名叫赵秀云。我们两个人都是在 1958 年调到北京第二机械工业部第六研究所的。真是“有缘千里来相会”，我和赵秀云不但在同一个研究所，还被分配到同一个研究室工作。

周裕常夫妇结婚照

那时候我还年轻，同事们都说我是一个帅小伙。后来成为我妻子的赵秀云说，她第一次见到我的时候就对我留下了深刻的印象。我记得后来一个周六的下午，赵秀云手里拿了两张电影票来找我，她把一张电影票塞到了我手里，当时我感到很惊讶，这是为什么呀？但是我马上醒悟了，明白她是要我陪她看电影。这是好事呀，但是毕竟是第一回，我当时有点儿害羞，也有点儿激动呢。

从那以后，一来二去地我们两个就产生了爱情。研究所里的同事们在1959年的9月底，大概是国庆前的一天吧，在研究所的食堂里给我们举办了一个简单的婚礼。那时候的婚礼就是买点糖果啊、瓜子、花生，大家坐在一起，所领导来讲讲话，然后大家吃点儿瓜子、糖，就算是婚礼了。之后，我们两

年轻的周裕常夫妇

个把被子、褥子等行李搬到了一起，就算结完婚啦，赵秀云就这样成了我的妻子。

我们结了婚以后没多久，赵秀云就离开了北京，被安排到湖北农村去劳动锻炼。过了一段时间，我又奉命调到千里之外远离北京的湖南衡阳，参加衡阳二七二厂的建设工作。大家都知道，二七二厂是中共中央批准选址的核工业第一批厂矿“五厂三矿”的重点企业之一，是生产铀原料的龙头企业。那时候，核工业所有的工作都是保密的，上不告父母，下不告妻儿，组织上跟我说去哪儿，干什么事儿，我就要保密不能透露出去。

1960 年，临去衡阳之前，我到湖北农村见到了赵秀云。我像没事儿人一样，跟她说：“我要出差了，这次出差时间比较长，还要带行李，可能我们好长时间不能见面了。”她问我去哪里，干什么事儿，我说这个是保密的不能说。

我来到衡阳二七二厂以后，看到这里已经有五六千的核工业建设大军正在热火朝天地进行劳动建设，队伍当中有专家，有工人，有军人，也有民工。初来乍到，我住在劳改农场留下来的破旧房子里，那时生活比较艰苦。等稍微安定一点儿以后，我就给妻子赵秀云写了一封信。这封信当中，我除了说点儿家常以外，工作地点、工作内容都没有说，只告诉她一个像固定番号一样的信箱号码，就像是我到信箱里工作了一样。

那时候，二七二建设工地用水比较难，要到很远的地方用水车拉过来。大概在我和妻子分开了有半年以后的一天早晨，我照常提着水桶去取水。然后看到远处树林当中有个女同志的背影好熟悉，就像是我的妻子一样。但是我又不敢相信，我走近了一看，果然是我妻子赵秀云！这时候她也看见我了，我们俩就走到了一起，然后就抱在一起了，她还掉眼泪了！好高兴啊！

本来几天前，她给我来了一封信，跟我说她已经劳动完了调回到了北京，说组织上要她出一次差，到哪儿，出差干什么事，她也没说。我当时心想出差嘛很正常，所以我也没在乎。没曾想到，她出差也跑到我这儿来了，都到一个信箱里来了。我们这次见面就好像电视剧一样，让人好感动，当时我们俩又是哭又是笑的。后来组织上知道我们两个人的事情之后，就给我们安排了一间房子，让我们俩住在一起彼此照顾。

1963 年 8 月 23 日那一天，经过多方准备之后，二七二厂第一条铀水冶生产线投产了，不久，就生产出了可以用于做原子弹原料的铀产品。但是大家都不知道原子弹什么时候能爆炸，都希望这个激动的时刻早点到来。1964 年 10 月 15 日，二机部下了一个命令，要把所属的厂矿、科研院所与研制原子弹有关的技术资料、档案图纸转移到安全的地方去。当时党中央考虑到我们国家第一颗原子弹爆炸以后，研制原子弹有关的原料基地有可能遭到外部敌人的破坏，所以要把这个档案资料转移出去。二七二厂是铀原料的龙头企业，是我国第一座铀水冶纯化工厂，它的档案图纸对于一家核工业工厂来说其意义是不言而喻的。当天中午，我得到厂办公室通知，让我到厂办公楼档案室去一趟，我不知道是什么事。到了那里以后，领导跟我说，在明天早上之前，要把那个档案图纸等资料全部转移出去。当时我们有十几个人参加了这个工作。我们就按照领导的指示忙碌了一个晚上，到第二天早上才把这个工作完成。这些图纸档案等资料一共装了 20 多个木头箱，在早晨天亮之前，在武装护卫之下，被送到了离厂几十公里以外的一个疗养院。

正在做转移工作的时候，赵秀云跑来问我说："老周，你们这是干什么呀？转移资料是不是和原子弹有……"她还没说完这句话，我就拦住她说："保密守则第一条内容是什么啊？"她说："不该说的不说。"我说："那就对了，原子弹爆炸是国家机密，我们也不能问呐。"她一听到这句话，脸也红了。这次转移工作完成了以后，在 10 月 16 日的晚上，赵秀云从广播中听到了"我国成功爆炸第一颗原子弹"的喜讯，这才明白我们转移档案的原因了。

如今，我们夫妻两人相濡以沫走过了六十个春秋，现在我已经 86 岁，我妻子 89 岁了，我们还生活在二七二社区，生活得很幸福。每当我想到当时那个年代我们所经历的艰辛，所经历的那些忍耐，还有做出的那一点贡献，都觉得是值得的。因为正是有了这些千千万万的核工业的建设大军，这些第一代的核工业建设大军，才使得我们国家能够逐步实现强军梦，强国梦。

老年的周裕常夫妇

如今我已经退休了，但我在核工业工作了几十年，我的心还是牵挂着、关心着我们的核工业。我祝愿核工业在习近平主席新时代中国特色社会主义思想的指引之下，不断取得新的成果，走向新的辉煌！

40. 我们曾经为强国强军奋斗过

刘菀平 口述　　**郭　苏** 整理

刘菀平，1962年4月于广州华南化工学院毕业后分配到湖南国营二七二厂参加革命工作。1982年6月加入中国共产党。1988年任二七二厂铀分厂的厂长，凭借学习了多年的化工知识和积累了多年的工作经验，他带领车间里的同志们一步步改良铀水冶纯化工艺，使得二七二厂的生产效率大大提高。1997年2月任二七二厂厂长助理至退休。

我是核工业的第一代建设者，每当想起二七二厂成立60多年来的历程，很自然地就想起了1955年4月25日，毛泽东主席发表的《论十大关系》一文当中的一个英明论断。他老人家说："我们现在已经比过去强，以后还要比现在强。不但要有更多的飞机和大炮，而且还要有原子弹。"毛主席很英明地指出了我们将来一定要搞原子弹。毛主席接着说："在今天的世界上，我们要不受人家的欺负，就不能没有这个东西。"毛主席说的这个东西，就是核武器——原子弹。

毛主席的教导像一盏明灯，激励着中华儿女迎难而上、奋勇向前，去建设我们中国前所未有的核工业事业。

1958 年 7 月 1 日，在衡阳南郊的一片不毛之地，当时称为湖南一厂开始建厂了。老同志说，这里原来荒山野岭一片，举目而望，只有几栋简易的办公室，其他都是用杉树皮盖顶的简易平房。这里缺水、缺电、缺住房……但是党的号召，就是我们的目标，就是我们奋斗的方向。在很短的一段时间里，从全国的北京、上海、广州、哈尔滨、沈阳、武汉等大城市成百上千的技术工人、干部以及大量的复员转业的官兵们，都涌向了这块荒芜之地，他们誓要在这片土地上，建设我国首批核工业的基地之一。

建设者们在这片土地上战天斗地，动人事迹不计其数，我在这里只向大家介绍两个小小的故事。

原一车间 2 号矿仓

一趟艰难的运输任务

1959年年初，我们厂订购的两台大型主变压器到了东阳渡火车站，需要我们搬运回厂。当时由车站到我们厂的工地大概有三公里，而且只有一条坑坑洼洼、泥泞的小路，当时我们厂还没有大型的吊车，也没有运送大型设备的交通工具。在这种情况下，我们要把这两台三四吨重的变压器拖回工地，是非常困难的。对我们这个非常缺电、极其需要用电的新企业来说，这可是一个非常重要的任务。

厂领导决定成立一个14人的突击队，由电工、起重工、钳工、技术人员和干部组成的队伍，他们经过反复研究，终于想出了一个土办法。就是用木板垫在路面上，木板上面架上一定数量的钢管，然后想方设法地把变压器搬到钢管上，用卷扬机慢慢地拖着变压器往前走，走到一段时间以后停下来，把后面空出来的钢管、木板再搬到前面铺路，接着再把变压器往前拉。我们14位勇士凭着毅力，用了整整四天四夜的时间，睡在路上，吃在路上，白天大汗淋漓，晚上受到成群蚊蚊的攻击和叮咬。在困难面前，壮士们没有退缩，没有低头，而是凭着自己的智慧和力量把这两台变压器拖回了厂里的工地。他们不怕辛劳、敢于战胜困难的精神得到了全厂职工和领导的高度赞扬。

铀水冶第一次试车的惊人场面

我们厂是国家“二五”计划的一个重点项目，是由苏联援助的156个项目之一。正好这个时候恰逢困难时期，苏联在1960年撤走了全部专家，带走了全部资料，停止了必要的物资供应，给我们厂的建设造成了非常困难的局面。

在这种情况下，全厂职工没有被困难吓倒，而是在兄弟单位的帮助和协同之下，用了4年的时间，于1962年9月建成了纯化生产线。虽然纯化生产线建成了，但还缺乏一套完善的工业生产的工艺参数和管控纯化生产的实践经验。这对我们来说也是一种考验。适逢这个时候，我们兄弟单位的水冶厂相继投入运行，开始生产了第一批的初级产品——“黄饼”。因为是初次生产，他们没有多少经验，里面难免含有大量杂质，我们要把这批产品直接用去加工，溶解、萃取等，工艺上会有很大的困难。在这种情况下，就需要对这种初级产品进行预处理。

1962年7月13日，是我们预处理工段第一次试车。一早，厂长刘坤、纯化车间的主任黄星威、安防科科长蒋章等等都到了现场。我当时和方振亚作为中央试验的工艺技术员，有幸也参加了这次试车。这是我们碰到的第一次大批量的铀溶液的处理，过去没有类似的操作经验，也没有处理突发事件的经验。

在这次试验开始的时候，“黄饼”经过简易搅拌洗涤之后，打进了木框压滤机里面过滤。开始过滤的时候，一切都很顺利，但随着压力的提高，板框压滤机周边就由小到大，慢慢地喷出了黄色的液体。当时，随着压力的增大，黄色的液体喷到设备上、地板上、墙壁上和工人身上，出现这种情况，当时在场的很多人都愣住了，连我们的值班长都不知道该如何是好。就在这个时候，厂长刘坤说：“值班长，还不赶快去拉掉电源?!”这时候，值班长才如梦初醒，一步上去把电源关了，溶液的喷射也在这个时候停止了。

因为是第一次接触这么大批量的放射性物质的处理，大家本来就没有经验，加上过去就有对放射性物质的惧怕心理，当时的场面非常紧张。

这个事情发生后，厂里专门组织人员对板框压滤机进行了从材质到结构的多次改造，经过一段时间的努力，终于把喷射浆体的问题解决了，生产也可以进行了。但是，预处理这种工艺，存在着劳动强度大、处理能力低、金属损失多的弱点。针对这个问题，当时中央试验室组织了多位人员，又制定了多种方案，像上次搬运变压器那样，一步一步地“摸着石头过河”，终于在 1964 年解决了这个问题。我们采取在进入萃取系统之前加高铁络合的办法，把杂质、有害的粒子络合到铁剂里面，经过过滤，使它不进入萃取系统，解决了初次产品进入萃取系统当中对萃取产生影响等等的问题，这是我们的一大进步。

原一车间 16 号厂房球磨机

回忆起建厂以来的历史，我们能够艰苦奋斗，在缺少资料、经验的情况下，四年建成铀生产线，七年建成四条水冶生产线。1972 年，我们矿石的处理量和最终产品的产量都超过了原设计水平的 30%以上。与此同时，我们两个最终产品都获得了国家质量金质奖。我作为老一辈核工业人，可以自豪地说："我曾经为强国强军奋斗过！"这就是我所讲的故事。

41. 汇五湖四海之力 铸铀浓缩摇篮之梦

王真富 口述　　吴 珊 宋 锴 整理

王真富，1933年出生，江苏人。1958年12月由一机部北京电器科学研究所调至中国首座铀浓缩工厂——五〇四厂，成为五〇四厂首任厂长王介福的秘书，后任五〇四厂党委副书记。1993年退休。

五〇四厂是我国第一座铀浓缩工厂。1956年10月29日至1957年1月15日，五〇四厂选址委员会辗转河南、陕西、甘肃、青海4省11个地方考察，最终选中了兰州市西郊的柴家川，这里正在筹建飞机制造厂，三通一平工程都已经进行两年了。为了发展我国原子能工业，飞机制造厂只好另找地方，连厂址带队伍都移交给了五〇四厂。1957年10月15日，以王介福为主任的建厂筹备处正式成立。1958年5月31日，邓小平同志亲自批准建设兰州铀浓缩工厂，工厂的首任厂长王介福、首任党委书记张丕绪都是由宋任穷部长亲自点将，他们俩被大家习惯地称为“介福主任和丕绪书记”，这一平和自然的亲切称呼，成为铀浓缩厂新老几代职工对峥嵘岁月的最美好记忆。

为了共同的目标，奔赴大西北

建厂之初，从全国21个省市区抽调了大批精英和工匠，奔赴大西北，投身于铀浓缩厂的建设。我于1958年12月调入五〇四厂，报到地点在兰州市中山路312号，后又坐火车来到工厂的临时住宿地。当时自己内心很是激动和自豪，能够来到保密单位工作，我深知自己身上多了一份国家的责任和使命。那时条件特别艰苦，喝的是浑浊的黄河水，住的是野外帐篷，去工程现场还要坐羊皮筏子过河，但大家没有怨言，为了一个共同的目标——为祖国的核事业奋斗。

1956年10月，九〇一厂9人选厂委员会成立，
选址人员实地查看勘察

在工厂施工现场，生产、土建和安装职工等有上万人在交叉作业。如何统一指挥，协同作战，这是工厂领导身在现场观察和思考的一个问题。为确保工程有序进行，经过研究和请示部党组同意，工厂现场基建党委会正式成立，顺利地将甲乙丙三方拧成一股绳，发挥了高效指挥和协同作战的作用，确保了工程多快好省地建设。

介福厂长和丕绪书记天天深入工地，了解和掌握情况，及时解决出现的问题。有一次工程出现了重大质量事故，惊动了公安部和部党组，土建公司上下十分紧张。经调查，事故既有大跃进浮夸风的影响，又有对工程的高要求和高质量认识不足、缺乏经验等原因。介福厂长和丕绪书记主动承担了责任，并向部党组作了检讨。这件事情没有让任何一名干部背包袱受处分，极大地激发了干部、职工的积极性和工作热情，同时也使得“质量第一、安全第一”和“优质、高效”的观念深入人心。从黄河北岸到黄河南岸，从生产区到生活区，大大小小的工地现场都留下了王介福、张丕绪、王中蕃、刘喆等创业元勋们不知疲倦的身影。介福厂长是个经常头戴小白帽，每到一处都与工人一起干活的壮实汉子。他成年累月为工厂里里外外地奔波，舍家离口，单身一人，与职工群众同吃同住，啃硬任务总是冲在最前头。他的勇气、他的智慧、他的责任心、他实事求是和雷厉风行的工作作风，始终鼓舞着全体职工。五〇四厂的建设虽然在初始阶段得到了苏联的援助，但随着中苏关系的不断变化直至最终恶化，整个工程建设充满着风云难测的各种变数。

五〇四厂建设初期，人员和物资需摆渡穿行黄河

介福厂长从接手筹备处主任一职开始，就对各种困难做了全面充分的准备。他一方面调兵遣将，将现场施工的各单位力量集中调控，拧成一股绳，确保工程周期和工程质量；另一方面自己带头边学边干，发动全厂干部、工人和科技人员向苏联专家取经，掀起颇富实效的技术学习热潮，为以后的工程建设储备了技术开发能力和实际操作经验，并不断地将一批年轻技术人员送出去培训，使不少后来为工厂技术管理和技术进步做出贡献的骨干力量茁壮成长起来。

历经考验　坚守使命

当时，早日建成工厂，早日拿出合格的产品成了创业者的最大心愿。1959年年底，经过创业者的艰苦努力，主厂房终于具备了安装设备的条件。为争取时间迫使苏联尽早运进关键设备，厂党委决定12月10日安装主机，并提出了“一切为安装主机让路，一切为安装主机服务”的口号。但当时主厂房经苏联专家的检查，确定为卫生不合格，并说还要等半个月之后再进行检查。这意味着主机安装将不能如期进行，更意味着早拿产品为国争光的承诺可能会变成泡影。深深理解使命责任和职工心情的丕绪书记立即同意王中蕃和刘喆同志的果断决定，动员五〇四厂1 400多名职工连夜进入主厂房，全面进行突击擦洗。经过一昼夜的努力，使主厂房一尘不染，焕然一新。请苏联专家再次检查后，清洁度终于获得了认可，专家惊奇地称赞道：“你们中国人会变戏法！”此举使得主机顺利进厂，并及时安装，为提前生产出产品赢得了宝贵的时间。

1960年6月，丕绪书记奉命到北京，回厂后带来了部党组指示：“苏联专家即将全部撤走，停止提供设备、器材和燃料，要做好应急准备。”这一消息关系着工厂的命运。丕绪书记和厂长商量，先做好领导班子内部分工，然后逐级向下传达。要求在专家撤离前的有限时间内，采取“一对一”“二对一”“人盯人”等非常措施，热情友好地与专家交谈、合作，尽量把技术学到手，把关键技术留下来。厂领导一边采取非常措施，一边专门研究制定苏联专家撤走后的应急办法。到8月3日，苏联专家从工厂全部撤走了，非常措施也取得了良好效果。介福厂长及时召开全厂干部动员会，公布和讲解了应急措施“约法九章”。厂党委成功实施了有准备、有组织、有步骤、有措施的大转变，使职工队伍和工程技术人员消除了迷惘，丢掉了幻想，稳定了情绪，坚定了自力更生、奋发图强的勇气和信心。

苏联政府撕毁协议，背信弃义，使五〇四厂在即将投产的关键时期义无反顾地走向了自力更生的道路。工厂的领导者们审时度势，沉着应对，在总结主机安装经验的基础上，厂党委研究决定，及时清理和分析已掌握的技术资料，编写工艺规程，组织技术培训，整理苏联提供的设备、器材和专业材料，对于缺件的部分，组织国内试制或仿制。之后工作要进一步精雕细刻，一切经过试验，组成多种形式的“三结合”，没有专家靠大家，依靠集体顶专家。全厂上下掀起了学资料、学规程、学技术的高潮，有条不紊地走上了摸关、排关、攻关之路。

就在工厂进入技术攻关的关键时刻，我国又遭受了自然灾害，三分之二的职工患上了浮肿病，使得工厂又面临新的考验。厂领导班子遇事不惊，研究对策，提出了“保人保机器”“低标准、瓜菜代”等措施。针对工人加班加点，工作连轴转，劝阻都不下火线等情况，决定把 8 小时工作制改为 6 小时工作制，千方百计改善职工生活。当时，周总理十分关心工厂的建设者们，他亲自划拨了 35 万斤黄豆救济粮，帮助工厂度过了饥荒，体现了党和国家的关怀。

筹建人员查看厂址

提前一次投产成功

1962 年 10 月，二机部党组提出了两年实现原子弹爆炸的规划，而这规划的关键是铀浓缩厂要生产出合格产品。于是，工厂倒排进度表，精心计算启动方案，由生产厂长和总工程师牵头，组织设备启动投产工作，最后由厂长下达计划，明确责任，确保各项工作科学衔接，按时完成。在倒计时的400多天里，工程技术干部都吃住在现场，各项工作顺利进行，做到了万无一失。以王承书为代表的科研团队，与五〇四人一起为了祖国的核事业自力更生、奋力攻关。终于在1964年1月14日，工厂提前一次投产成功，取得了合格产品。

部党组及时向党中央毛主席呈送了报告。1月15日，部党组发表贺电。贺电称：“这是我部事业发展的一个重要里程碑，为我部事业的成功创造了必要条件，是一件令人兴奋的大事。”1月18日，毛主席在二机部关于五〇四厂取得合格浓缩铀产品的报告上批示“已阅，很好”，再次激励和鼓舞着职工再接再厉，加倍付出辛劳。

1964年4月12日，时任中共中央总书记的邓小平同志到工厂视察，他饱含深情地对张丕绪、王介福同志说：“你们辛苦了，这个厂建得不容易啊，你们为人民立了大功。”

历经6年艰苦奋斗，顽强拼搏，1964年10月16日，填充着由五〇四厂生产的合格装料的我国第一颗原子弹爆炸成功，震惊了全球。喜讯传来，全厂职工、家属心潮起伏，喜泪交流。罗布泊的闪光，实现了核工业人保家卫国的核能梦，打破了美苏核垄断，为世界和平做出了应有的贡献。

42. 亲手提取共和国的第一瓶高浓铀

刘晓波 口述　　**吴　珊　宋　锴** 整理

刘晓波，1940 年 9 月出生，山西省临汾市襄汾县人。1962 年毕业于二机部西安机器制造学校，同年分配至我国首座铀浓缩工厂。曾参与工厂创建初期的工作。1964 年 1 月 14 日，工厂建成投产时，亲手操作提取了被称为“共和国宝中宝”的第一瓶高浓铀产品。

刘晓波工作照

我 1958 年就读于西安机器制造学校。这所学校是二机部最早的两所学校之一（另一所是长沙地质学校），是专门为我国核工业培养输送人才的。1962 年，我们 180 名同学毕业后一起被分配到我国第一座铀浓缩工厂——二机部五〇四厂。从此走上了我国核工业建设战线。

自力更生过技术关

五〇四厂是由苏联援建的，在我国核燃料循环系统中是一个关键环节，地位十分重要。正当工厂建设起步的关键时刻，苏联政府撕毁合同，撤走专家，给工厂的建设造成了极大的困难，同时又遇上三年自然灾害，天灾人祸，实为雪上加霜。但是五〇四人没有被困难吓倒，而是实行组织大转变，转入“自力更生过技术关”的建厂道路。当时有人在尚未掌握苏联技术的情况下，由于受社会上大搞超声波思潮的影响，提出要搞技术革新。对此，毛主席指示“先得学正楷，再学写行书，然后，再练草书”。当主机开始热处理时，周总理下达“要实事求是，循序渐进，坚持不懈，戒骄戒躁”和“要有高度的政治思想性、高度的科学计划性、高度的组织纪律性”等一系列指示，为工厂建设指明了前进的方向。

1965 年夏，刘晓波留影于五〇四厂生活区

为了尽快适应新的形势，厂党委根据中央的指示精神，结合工厂建设过程中的实际情况，制定了从思想、组织、施工、技术、后勤保障一整套行之有效的对策和措施。比如建设施工过程中打破甲乙方，实行一元化总体战。所有参建单位包括设计、土建、安装等一律归厂部统一指挥协调，这样减少了扯皮，节省了时间，加快了建设进度。实行“工厂、设计、施工”、“领导干部、技术人员、工人”等几个三结合，集思广益，解决技术上的问题。同时提出了许多激人奋进的口号，如教育广大职工“站稳脚跟，树立自信”“中国人民有志气，没有专家靠大家”“自力更生过技术关”“安全第一，质量第一”“骑驴找马，摸着石头过河”“稳扎稳打，精雕细刻”“宁可慢些，但要细些”“边干边学、建成学会”“要争一口气，造出争气弹”“一切为了出产品，拿出产品就是最大的政治”等。广大职工对这一系列的口号，常常喊在嘴上，记在心上，实实在在地体现在行动上。在广大参建大军中，形成了“艰苦奋斗、刻苦钻研、忘我工作、拼搏奉献、勇于登攀”的氛围，朝着造出争气弹的目标奋勇前进。对建设中的问题和技术难题进行摸、排、查、攻，先后攻克了157项技术难题，为主机启动奠定了坚实基础，创造了有利条件。

提取第一瓶高浓铀

1962年9月11日，二机部党组向中央呈报了关于《自力更生建设原子能工业情况的报告》。在报告中提出争取在1964年或1965年实现第一颗原子弹爆炸试验的奋斗目标。同年11月3日，毛主席在罗瑞卿关于建议成立加强对原子能工业领导的中央专门委员会报告上批示：“很好，照办，要大力协同做好这件工作。”这个报告被称为《两年规划》。是核工业人向毛主席、党中央和全国人民立下的军令状。在报告中还明确对五〇四厂提出“头14个月是决战的14个月，到那时（即1964年）要具备拿出合格产品的条件”。这里所说的合格产品，就是原子弹的高浓铀核装料。全厂职工在厂党委领导下，认真落实《两年规划》，继续不断地攻克一道道技术难关，王承书先生带领她的团队依据级联理论，经过大量数据的反复计算，制定了机组分九批启动的方案，开始了机组成批启动。

1963年12月23日，第五批机组启动成功，使工厂具备了投产提取产品的条件。当时，我在五〇四厂主工艺车间供取料厂房从事工艺装置运行操作工作，并经历了一系列工艺装置启动和投入工艺回路运行的锻炼，比较熟悉地掌握了有关技术知识和操作技能。

投产之前，组织上将我和黄性章同志调到主产品工艺装置岗位，要求我们做好迎接投产提取产品的一切准备工作。这时已快到 1964 年的春节，我本来计划回家探亲。但为了投产提取产品，我推迟了探亲时间。在投产前我们听取了投产提取产品技术方案的交底，而后反复进行现场操作演练，开展事故预想预防，尽量将操作中可能发生的问题事先想出来，把处理问题的对策和措施提出来，并一条条写出来，做到临战不惧、遇事不惊，在出现问题的情况下，达到处理问题得心应手。

1964 年 1 月 14 日，全厂职工期盼已久的投产时间终于到了，当天上班后，我们做好了投入战斗的一切准备。在班前会上，值班主任王家富同志作了战前动员。班前会结束后，我们走进岗位，这时值班主工艺龚兆丰同志将经过厂部、车间各级领导签发的"工作许可证"（即命令票）交给我们，上面写着："命令刘晓波同志为操作员，命令黄性章同志为监督员。"我们首先对现场进行了检查，接着我便开始连接主产品装置的线路，打开应开的阀门，关闭应关的阀门，并在阀门上挂上"禁止打开"和"禁止关闭"的警示牌。在我连接线路的时候，黄性章同志站在我身后全神贯注地盯着我，察看着我的每一步操作，履行着监督员的职责。我们不时与中央控制室用电话沟通着每一步的操作情况，并核对着钟表的时间。待工艺回路充气完毕、调整好控制压力后，中央控制室下达了正式提取产品的命令，我即打开产品容器上的进口阀门，高浓铀气体缓缓流入产品容器而被冷凝，这时时针正好指向上午十一点一刻。过了一会儿，产品分析报告出来了，分析结果表明，产品质量完全合格。这时候我们才深深喘了一口气，脸上露出了欣慰的笑容。至此，历经6年的艰苦奋斗，五〇四厂建成投产，为我国的第一颗原子弹成功爆炸创造和提供了先决条件，并争取了时间。

当天晚上，我仍然沉浸在兴奋之中，便拿出笔和本写了一篇日记。我在日记中写道："1964年1月14日上午十一点一刻，这是一个难忘的日子，这是一个难忘的时刻，我亲手操作提取了我们国家的'第一个宝贝儿子'，感到非常荣幸和自豪。下班后，我迟迟不想脱掉我手上这副手套，也不想洗手，因为这双手套和我的这双手，与我国核工业之间，互相留下了值得纪念的印痕……"

主席批示鼓舞人心

1964年1月15日，二机部党组给五〇四厂发来贺电。贺电称："喜讯传来，你厂已于1月14日中午开始取得合格产品，这是我部事业发展的一个重要里程碑，为我部事业的成功创造了必要条件，是一件令人兴奋的大事，部党组特向你厂全体职工致以最热烈的祝贺。"1月18日，毛主席在二机部党组就五〇四厂取得合格产品的报告会上批示："已阅，很好。"2月10日，周总理在《中央专委关于1963年原子能发展情况的报告上的批示》："请转告刘杰同志，庆贺他们提前完成关键性的生产和解决了关键性的技术试验，仍望他们积极谨慎，坚持不懈地继续完成今后各项任务。"

毛主席、周总理的批示及部党组的贺电，是对五〇四厂全体职工的最好奖励，深深鼓舞着全厂职工继续奋勇前进。在建成投产之后，五〇四厂认真摸索，梳理生产运行中的特点和规律。总结出主工艺运行过程中的五大连续（即水、电、蒸汽、压缩空气、液体氮）、五大保证（即压力、温度、密封度、真空度、清洁度）的特点和要求。建立了主工艺系统完备的生产运行、工艺分析和监督机制。进一步完善了各项管理制度。并于上世纪70年代中后期和80年代初期对主机进行了革新改造，使工厂的生产能力比原设计能力有了大幅度提升，实现了一厂变二厂。

60多年来，经过五〇四几代人的拼搏奋斗，工厂的面貌发生了巨大变化。我国铀浓缩技术已由离心法替代了扩散法，跻身于世界铀浓缩技术的先进行列。

43. 学透钻深浓缩扩散机级联工艺

黄钟钰 口述　　李志刚　宋　锴 整理

黄钟钰，1937 年 8 月出生，江苏无锡人，1954 年考入清华大学机械工程系。1959 年毕业后分配至五〇四厂。进厂后任总机械师室技术员，曾翻译总结了大量关于五〇四厂筹建的苏联技术资料。历任五〇四厂工艺实验室组长、生产技术处主机科科长、第二车间主任工程师、第二车间主任。1990 年被授予“中国核工业总公司有突出贡献的中青年专家”称号，享受国务院政府特殊津贴。

国家的需要就是我们的志愿

我是江苏无锡人，毕业于清华大学机械工程系，主修金属压力加工专业。在清华的那五年里，我了解了自然科学知识，掌握了专业理论知识，我觉得最有价值的，就是学校里强调的：一是做一名红色工程师，要有全心全意为人民服务的思想；二是又红又专，树立明确的政治目标，要有过硬的技术本领，要通理论懂技术，能文能武。那时，每年我都要花四五个月的时间到工厂里面去实习。我去过沈阳重型机械厂，到过长春第一汽车制造厂，还有洛阳拖拉机厂。1959 年我的毕业设计就是在长春汽车厂完成的。

也许是机缘巧合，当时五〇四厂正在筹备中，我们也刚好怀着满腔热情准备投入国家社会主义建设。当时我们就对党支部书记说："国家需要我们去哪我们就去哪，我们不报任何志愿，国家的需要就是我们的志愿。"

当时学校领导通知我，让我到北京三里河国防工业办公部门去报到。报到时工作人员没有告诉我要做什么工作，只是说在兰州有一个甘肃机械厂筹备处，让我去那里。我毫不犹豫地就来到了兰州。记得当时还遇到 5 位同志，其中 4 位也是清华大学毕业生，我们就一起来到了五〇四厂。我被分到了厂总机械师室，那时也叫机械处。

我刚到厂机械处工作时，正值工厂筹备期间，大家的主要任务就是要把苏联提供的铀浓缩设备连接起来，做成工艺级联，这是一个艰巨的任务。苏联给我们提供了机器，也提供了很多图纸资料。因为俄文是学校的必修课，所以我懂俄文。我进入资料室后，把大量苏联的图纸和技术文件都翻译成中文，后来通过这份工作，让我真切地认识了五〇四厂，了解到了五〇四厂到底是干什么的。

临危受命　不辱使命

工厂的任务很急很重，根据二机部和国家的安排，苏联的机器已经到达现场，通过现有的技术资料，苏联专家到厂后就要开始安装。按照当时中国和苏联的协议，五〇四的工艺设备，是由小、中、大三种型号组成的数千台机器。这些机器需要尽快安装、启动，取到产品。

小、中型机组的分离器都是装好的，整个机器落在大厅的底座上，机器间的管道单独安装。大型机组安装工作任务最重，因为机器很大而且很高，数量也多，这个施工过程很艰苦，我作为厂总机械师代表参与了整个过程，也给我留下了很深的记忆。

1959 年到 1961 年，在五〇四厂工作的苏联专家有 100 多人，他们技术非常专业，有安装专家、计算专家、工艺专家，工作中的任务分工都很清楚。他们对我们也是非常的热情和友好，工作上非常支持。后来因为两国关系发生了变化，这批苏联专家也很快离开。

苏联专家撤走后，五〇四的工程建设就全部由我们自己来完成。当时的一个很有利的条件，就是安装公司和二号车间的工人已经根据要求完成了全部小型和中型机器的安装，大型机器的试验机组也都安装到位，积累了一定的经验，为后期安装工作提供了技术支持。

1962 年，就全面完成了整个大机器的座架、分离膜安装工作，过流试验也合格。

机组通过了过流试验后，投料之前还必须经过氟气纯化。经过了一年左右的时间，整个机组完成了安装、初真空、预真空、终真空等工艺。整个工艺过程都十分严谨，最终检验合格，所有机组都具备投料的准备，生产条件一切就绪。

为了掌握机器运行的技术数据，培养操作人员的技能，整个工程有“三小一中，三中一大”的机组试验，是将有关的操作人员、技术人员组织起来，一起完成机器的操作和性能测试，在小的级联上进行实验，来提高所有参与工程人员的技能和水平。

当时五〇四厂安排了一些技术人员，来到北京建立的一座小实验工厂，学习操作和设备试运行。

通过 1962 年和 1963 年分期启动机组，终于在 1964 年 1 月 14 日取得了合格产品，为同年中国爆炸第一颗原子弹做出了重大贡献。这也是我们作为五〇四厂工作人员引以为豪的事情。

积极投入机组技术改造

根据国家要求，二机部扩大生产能力。一方面要求在西南建立新厂，五〇四厂为其提供了大量技术和人才的支持与帮助。另一方面将五〇四厂老的生产线进行改造，主要是对大型机组进行改造。

由于大型机组的流量大，数量也多，所以大型机组对生产的影响最大，在改造过程中，重要措施就是“三改五”：将三层架变成五层架。当时各种零件加工也都是由五〇四厂进行。为提高轴承在设备运行中的工作效率和延长其寿命，提高耐磨性，我和其他同志对轴承基本理论和加工制造进行了研究。对压缩机的转子与叶轮的平衡进行了技术改进，叫“两步平衡法”。通过改造，我们的大机组流量显著提升了，生产能力提高了，工厂的经济效益也随之增加了，这样的运行状态一直延续到了上个世纪 70 年代以后。这就是我在五〇四厂的整个浓缩扩散级联上做的事情。

随着国家科技的发展和进步，之前的扩散工艺生产法已经转变为离心工艺生产法，通过扩散时期向离心时期的过渡，为工厂生产奠定了基础，也培养了大批技术人才。

1997 年我就退休了。我想说，毛主席、邓小平等中央领导人对核工业发展做过很多指示，我还清晰地记得在安装苏联机器时毛主席说的：“摸着石头过河”“边干边学，建成学会”这样的话语。这些话很及时，指导着我们工作的每一步。在工厂的整个建设期间，环境较差，生活艰苦，在 1960、1961 年的时候，很多的职工得了浮肿病，当时在专家楼一楼的大厅设立了临时的浮肿病病区，我也曾住过，我想说，如果没有很大的意志力很难渡过当时的难关。即便是这样，这一代人凭借着对核事业的执着和坚守，把生产线建起来了，把合格产品造出来了。

我从没有考虑过小家利益和个人得失。现在国家面貌变了，生活条件好了，但这个工厂建设的每一个景象我还历历在目，印象还很深，这就是我最真实的记忆。

44. 吃的是山药蛋　造的是原子弹

于宪德 口述　　**王春燕** 整理

于宪德，1936 年 5 月出生，吉林省永吉县人。1958 年 9 月到二〇二厂工作。历任五车间、一车间、稀土厂书记。

来到工人村

1958 年，我从吉林工业电气装备学校毕业，当时分配工作的时候，眼看着其他同学都分配了也没轮到我。最后老师跟我说你先留一留，校领导说有特殊任务，说国家来人了，要选一批人才到尖端的事业当中去。当时叫冶金部三司，说是到北京报到。一听说是到首都，回家和爹妈一说，全家都非常高兴。到京后又被通知去包头。当时我还把地理书上的中国地图拿出来，包头的地理环境、气候怎么样都还是现查的，一看离家 4 000 来里路。当时根本不知道要来这里干什么，心里只是装着对国家的忠诚，在祖国需要的地方干一番事业。就买个硬座，扛着铺盖，踏上了西行的列车。

当时我是一个人来的，在北京下车以后，路过天安门就看了一眼，之后就在车站等车，哪儿也没去，然后就到了包头东河，那时候也没有接站的，我就拿着报到的地址去找。下车以后有脚蹬的三轮车，可以雇一个拉行李，但虽然又饿又渴，我也没舍得雇三轮。

9 月 15 日，我背着行李到 30 号（过去叫 25 号甲）报到，到那一看，还不是咱们的工厂，是包头办事处，在那又住了一宿。第二天，一辆大卡车把我们接到二〇二厂工人村。迎接我们的只是一口深不见底的老井、一颗不知何时种下的老树。当时这里就只有几个小土房，我们搭建的木板床就在那里头，非常简陋，有的房子连门窗都没有，和家乡差得太远了。

刚到时老鼠特别多，鹰多，狼也多。厂址只有一些创业者的帐篷，人出去都找不回来，一点标记都没有。后来大家就把几根木杆竖起来，上面绑上一面红旗，这样人从远处就能看见了。那时流传一

义务劳动

职工自己动手，生产自救

句话，叫做“白天老鼠夜间狼，大风一起刮走羊”。再有就是狐狸多，狐狸一到晚上就到处乱窜，有时还跑到帐篷里来。下雨天，屋外下大雨，屋里下小雨……

我们刚来到厂里时感到荒凉，也想家，但是我们给家里写信也不能随便写。想家想亲人了，就写“天荒荒、地凉凉，孩儿有病见不着娘”。探亲都不让到这儿来，只能到包头办事处。

工人村那时除了没过膝盖的青草，连半块砖都没有。我们刚来的时候住的是单帐篷，中间用铁管顶起来。帐篷旁边有个破房子，房外有个大院套，人们就在院子里用席棚子搭起了一个食堂，吃饭没桌子，就拿两三个笼屉当桌子。那会儿刮的都是黑风，黑烟绕着帐篷转，沙子在地上翻滚……吃饭的时候，需要一手捂着饭碗，一手赶紧往嘴里扒饭，不然碗里尽是泥沙。吃水也是一件很困难的事情，南门外的马路东面，有口40多米深的土井，上面有个油罐，大家就用它打水，但打上来的水尽是黄泥汤，要沉淀一会儿才能喝。来的人越来越多，井里的水不够喝，于是大家穿上棉裤棉袄决定自己动手挖井。天太冷，不到十分钟就得换一拨人，井挖好后，就用土井里的水做饭吃。

“土豆宴”记了一辈子

在一无厂房、二无设备的条件下，由于运输车辆有限，许多钢筋、沙子、铁杆等建筑材料都是由先到厂里的职工用肩扛到厂区的。正当建设者群情激昂时，1960 年，苏联外援专家撤走，并停止了一切关键设备和关键工艺的供应。随后，又遭遇了我国三年困难时期。当时，供应紧张，许多人吃不饱饭。我们为了充饥，吃猪毛菜、灰菜、糖菜渣，喝酱油汤，不少人得了浮肿病。当时吃的是用小米、黏米混合熬的粥，又像粥又像饭，稠糊糊的，菜是圆白菜，买的时候原封不动地连老帮子一块买回来，剁吧剁吧熬成菜。当时粮食还限量，一个人一碗粥、一碗菜。还有一个解放军发明的增量法，把蒸完的窝窝头再蒸一次，就又膨胀了嘛，水分多了它就大了，实际一个还是二两的粮食。

饥饿，对工厂建设和生产科研产生了极大的威胁。可即使在这样的条件下，我们也未曾有过丝毫的懈怠。厂里为给科技人员增加些营养，特意给每个科技人员每天多发一碗豆浆。此外，身患浮肿病的同志每天还可领到 8 至 10 粒黄豆或黑豆充饥。

面对困难，二〇二厂开展生产自救。我们利用业余时间，饥肠辘辘地在阴山下开始了农副业生产。为渡过灾荒，厂党委制定了《农副业发展规划》，发动全厂干部职工在厂区周围的荒野上垦荒种地，把南门外的一块地进行春翻，用来种土豆。在地里干活，风沙大，刮得人眼睛都睁不开，但大家毫无怨言，有时能从凌晨干到晚上 9 点多钟才回家……

土豆大会餐

由于全厂职工的积极努力，1959 年 10 月 1 日，二〇二厂生产自救种的土豆获得丰收，为了庆祝国庆 10 周年，搞了一次全厂“大会餐”，所有主副食全部由土豆组成，十几种用土豆做的菜肴摆满了桌子。职工大食堂里人声鼎沸、热气腾腾。这就是二〇二厂第一代创业者们在艰苦创业过程中孕育产生的以苦为乐、勇渡难关的“土豆大会餐”精神。这顿“土豆宴”让第一代二〇二人记了一辈子。

45. 从“一厘钱”精神到“希望工程”

黎成康 口述　　**牛大力** 整理

黎成康，1950年出生，1971年从部队转业到二〇二厂工作，曾先后任工段党支部书记、党办秘书科长、工会宣教部长、分厂副书记兼工会主席、厂教培中心副主任。

“一厘钱”精神

二〇二厂在创业发展历程中，积淀了非常深厚的文化底蕴。一次创业时期形成了团结协作、勇克技术关的“仓库精神”，严抓管理、厉行节约的“一厘钱”精神和以苦为乐、勇渡难关的“土豆大会餐”精神，这是二〇二厂宝贵的精神财富，也是核工业精神在二〇二厂的具体体现。其中，“一厘钱”精神是二〇二厂干部职工早期在“工业学大庆”中创造的，二车间化验室是发扬这一精神的典型代表。

“一厘钱”精神是逐步形成的。1964年，孟庆丰担任二车间主任，二〇二厂正在进行“清仓查库”和物资核算。通过清仓核算，把资产摸清了以后就开始进行上账登记，对领入支出

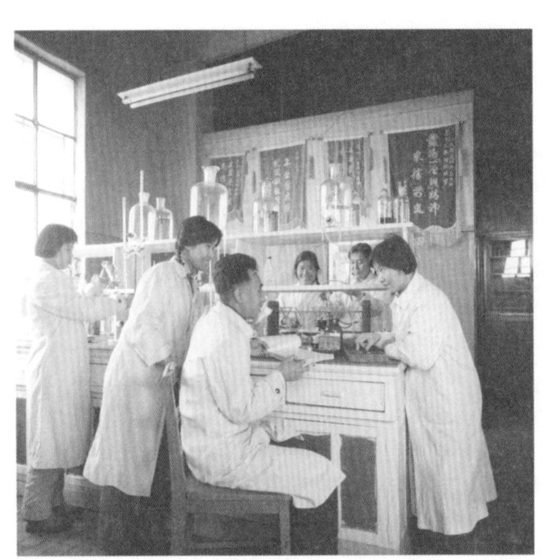
二〇二厂原二车间化验室团队

进行核算。那个时候的核算是比较粗糙的，只是核对一下领入多少、支出多少。而且很长时间才进行一次盘点，也只是看看用去多少，然后和材料员对一对账就完事了。“文化大革命”期间，这项工作就间断了。直到1972年再次提出“工业学大庆”恢复搞“八大员”，才又开始进行班组经济核算，每个月从材料员那里查账。那个时候所有的玻璃器皿和试剂都是敞开使用的，每个月仅玻璃仪器和化学试剂这两项，花费大概就得两三千块钱左右。开始正式核算单位成本，就是要核算每分析一个结果需要多少钱。1973年时，一个分析结果大概需要4毛钱，每个月需要分析的结果大概有4 000多个，总共下来每个月大概需要1 500多块钱。当时我们就想，怎么样才能降低成本？我们这个费用和工艺方面的费用比起来要少得多，工艺方面节约一个蒸馏罐，就等于我们全年的费用。因为费用本身不高，所以我们意识到只有从点滴做起，把成本从“分”“厘”算起，把单位的成本降到

“分”和“厘”的基础上来考虑，才能真正体现出节约成本。所以那个时候就提出说，我们要发扬“一厘钱”精神，使成本降下来。

要发扬“一厘钱”精神，搞节约，首先得需要全体同志树立主人翁意识。所以我们在“八大员”之间把材料员和核算员进行轮换制，其他像安全员，则相对固定，选了谁就是谁。只有材料员和核算员人人都可以来当一当、试一试，让大家都体会到“不当家不知道柴米贵”的难处。然后让大家相互之间有个比较，在对物资的管理上，能够树立起每一个人的主人翁精神。

在活动开展的过程中，还要强化不是为核算而核算的意识，要进行成本分析，一个月的平均成本是多少，要进行分析，找到浪费的真正原因。首先从取样上分析，开始大家用的都是玻璃瓶，玻璃瓶容易打碎，造成损失。后来改用铁盒，这样就避免了一部分因容器破碎造成化学试剂损失的浪费现象。

车间化验室

此外大家从修旧利废入手，坏掉的仪器能用的就继续再利用。在此基础上，就是搞技术改进。一是重新建立新的分析方法，二是从试剂的等级上进行控制。试剂从质量上可以分一级、二级，当初没有考虑到成本的问题，用的都是一级试剂，有点质量过剩，如果根据产品的需要，把试剂的等级相应降低，试剂成本就能降低不少，也能满足生产的需要。

就这样从一点一滴入手，到 1983 年的时候，每次实验从过去的 4 毛多降低到 5 分钱左右。

“一厘钱”精神体现了勤俭节约，其实就是“主人翁”精神，是爱厂如家的精神。所以，我们必须要发扬这个“一厘钱”精神。

困境中的“希望工程”

1965 至 1978 年间，二〇二厂达到了企业发展的第一个高峰。自 1978 年党的十一届三中全会之后，国家开始对核工业提出从“以军为主”转向“军民结合”的要求，二〇二厂生产任务开始大幅减少。1981 年 3 月，核工业开始贯彻“保军转民”方针后，公司也开始进入了艰难而漫长的转型时期，即从科研生产型企业向生产经营型企业转变，从以完成生产科研任务型企业向提高经济效益型企业转变。随着国家经济战略的调整，二〇二厂开始了二次创业，先后开发了中外合资的出租汽车公司、时装厂、饮料厂、稀土厂、饭店、纯碱厂、金属镁厂、板式家具厂、金属钙厂等民品项目。我还记得，当时由我主导开发的民品项目补硒锅，曾随包头市政府参加过列宁格勒博览会。然而，由于当时的客观原因，这些民品项目存在投入不足、标准不高、产品技术含量不高等问题。随着市场经济的发展和竞争的日益激烈，这些项目大多没有做精做强，更谈不上做大，都陆续退出市场了。但不可否认，是这些民品项目支撑着二〇二厂渡过了20世纪80年代中期到90年代那段最艰难的时光。

自1986年开始，二〇二厂陷入连续十几年政策性亏损的困境之中。资金严重不足，企业运作困难，个别的月份职工发不出工资或不能发全工资。由于一些民品项目的资金来自贷款，所以还贷负担沉重。在收入少、待遇低的状况下，二〇二厂干部带头，每人每月只领200元的工资，为的是力保一线职工和退休同志收入不减、保持队伍不散、精神不倒、意志不减。二〇二厂人自强不息，厂里自筹资金，坚持以新材料、新技术、新工艺研究为方向，先后开展了新材料基础性研究并首次在国内将这些新材料用于新产品的研制和生产；通过技术改造，使多条科研生产线提升了技术装备能力；研究制造了多种新型燃料元件，最重要的是为国家和企业保留了一支比较稳定的科研生产队伍。

1994 年 11 月，中加两国签署和平利用核能协定，决定引进秦山三期重水堆核电站。1995 年 7 月，重水堆核电燃料元件生产线定点二〇二厂，以实现秦山重水堆核电站后续换料元件的国产化。以创建我国第一座商用重水堆核电燃料元件厂为标志，二〇二厂的历史掀开了新的一页。

车间化验室

机遇只青睐有准备的人，二〇二厂多年积累的技术实力得以充分显现。2000 年 4 月 1 日，我国首座重水堆核电燃料元件生产线在公司奠基。2001 年 12 月，二〇二厂经过 21 个月的艰苦奋战，重水堆核燃料元件生产线全面建成，全线打通，拿出“28＋2”个产品，提前拿出自检合格的中国第一组重水堆核电燃料组件。2005年9月批复，在二〇二厂新建压水堆核电燃料元件生产线。2008年，国家重大科技专项高温气冷堆核电燃料元件生产线又定点在二〇二厂建设，它是全球首条具有第四代核电技术特征的工业规模的球形燃料元件生产线。

2008年5月6日，由二〇二厂、国家核电技术有限公司、八一二厂共同出资的AP1000燃料元件生产线也落户在二〇二厂。

现在二〇二厂建成的核电燃料元件生产线已达5条之多，已成为国内拥有核电燃料元件生产线品种最多的企业。

46. 艰苦创业铸造“仓库精神”

安纯祥 口述　　林丽圆 整理

安纯祥，1932 年出生，河北省新城县人，1959 年 10 月留苏毕业后到二〇二厂工作。研究员级高级工程师，享受国务院政府特殊津贴，核工业部、内蒙古自治区劳动模范，原二〇二厂厂长。

在仓库里试制出“争气弹”

1959 年 7 月，我从苏联莫斯科钢铁学院毕业后，来到二〇二厂工作。1961 年年底的一天，厂里决定在第二研究室设立六分室，由我担任分室主任，主要任务是铀部件的成型锻造及热处理等科研攻关。

接到任务后，我立即从厂里选人，并寻找合适的场地。为了争时间、抢速度，我们将车间外一个木板搭的工棚作为锻造试验用地，在那里安了一台盐浴加热炉，用 150 公斤空气锤开始了第一阶段的锻造试验。

我至今还记得第一次金属铀锻造试验的情景。那是 1962

科研

年1月的一天，天气很冷，工棚里结着冰，开锤时由锻工郭正阳掌钳、林福善开锤。当把锻件放到锻锤口边准备开锤时，大家的心都悬起来了！第一锤打下去后，一看没出什么问题，人们才消除了担心和疑虑。

第一次试锻，让我们初步掌握了金属铀的性能和加热温度等一些工艺参数。第二次试验后，又开始了模拟试验，都是在那个工棚里进行的。当时由于铀部件试验是特殊保密的，因此每天锻造都在夜间进行。那段时间我们从早忙到晚，差不多每天都干到半夜才能休息。再加上当时正是三年困难时期，技术干部每天只有一斤粮，虽然吃不饱，但

七车间锻锤

大家也毫无怨言，坚持干下去。当岁月流逝，当年的苦都仿佛不值得一提，但一个暖心的情景却常常浮现在脑海中，到了半夜厂里给每人发一个玉米饼子，那就是对大家的特殊照顾了。但就是这一个玉米饼子，大家还是互相推让，谁也不肯多吃一口。此后，由于临时工棚不能满足逐步深化的试验要求，厂党委决定把一个仓库作为研究试制的临时试验场地。

车间技术组合影

可以想象，一个简易仓库怎么能达到高质量的试验要求？但大家为了抢时间、争速度，都不再计较条件如何。大家吃在现场，睡在现场，几乎每天要干 12 个小时。当时大家只有一个信念，那就是“苏联不提供技术我们自己摸索，没有专家靠大家，一定要依靠自己的力量过技术关，宁可掉几斤肉，也要早日试制出‘争气弹’。”

最终，我们十几个年轻人，在一个简陋的仓库里，为我国第一颗原子弹的爆炸试验提供了核部件。

“仓库精神”助力攻克难关

1964 年 10 月 16 日，我国自行研究、设计、制造的第一颗原子弹爆炸成功。那一天，作为重大事件的参与者，我和同事们激动得流泪欢呼。

核部件之所以能在简易仓库里简陋的试验条件下、在技术资料奇缺的情况下，短时间内试制出来，靠的正是大家强烈的事业心、高度的责任感和一不怕苦、二不怕死的革命精神。后来，这种精神被罗瑞卿总参谋长批示赞誉为“仓库精神”。

仓库——“仓库精神”发源地

而那间特殊的仓库成为牵引我一生荣光记忆的焦点。1964年年初，正是在这里，我们接到部党组的任务，以最快的速度拿出两套铀部件（一套备用）。在那次会战中，大家忘我工作，不计时间、不计报酬，几乎每天加班到深夜。为了解决一个技术问题，甚至吃住在现场。到4月7日终于提前完成了任务，试制出我国第一套原子弹铀部件，并由二〇二厂李德逊副厂长亲自押运送到机场，用专机送往兄弟单位。为了以防万一，第二套产品也提前于4月14日生产出来。

1965年，一间正规的生产车间终于建成投产，为原子弹铀部件的试验、试制和后来的批量生产创造了条件。在大家的努力下，我们短时间内又试制成功了一系列多种型号的新产品，为国家做出了重要贡献。

在那段激情燃烧的岁月，二〇二厂的创业者们打造出共和国第一个完整的核燃料元件生产科研基地，建成了我国第一条铀化工生产线、核燃料元件生产线等多条生产线，为我国“两弹一艇”的成功研制做出了重要贡献，为国防建设、核工业科技进步乃至核大国的崛起奠定了基础。

我可以自豪地说，当年搞核部件试制，像我们在那样差的条件下，那么快就拿出合格产品的事情，在当时世界核武器发展史上从未有过。在试验试制过程中，为了解决一个技术问题，大家废寝忘食、专心致志，只有共产党领导和培育出来的技术人员才能有这样强烈的事业心和认真负责的精神。回顾历史，我们应该从第一次创业中继承和发扬这些优良传统和精神，把它用在当前的发展建设中，为祖国发展创造更多的奇迹。

第三篇章　建筑安装，建成众多的中国第一

本篇章通过寻访11位核建讲述者，讲述中国核建大军在完成原子弹、氢弹、核潜艇等的建设任务的核军工建设历程。这支队伍建成了众多中国『第一』：第一座研究性重水反应堆、加速器，第一个铀浓缩气体扩散厂，第一个核武器研制基地，第一个核潜艇陆上模式堆……全面展现核建人把一张张核工业设计蓝图化为伟大功绩的艰辛历程。

47. 甘当核工业发展的一颗“螺丝钉”

刘述英 口述　　**邢泓琳** 整理

刘述英，1937 年出生，湖南省常德市人。1960 年大学毕业后分配到二机部，随后到五〇四、四〇四、八二一厂从事设备安装、调试工作。1985 年调到核工业部建工局任总工程师，历任建工局局长、党组书记。曾被调到上海市抢建金山石油化工总厂，后又因秦山核电站建设需要调回建工局，随后到秦山核电站任施工领导小组的组长。最后回到建工局。1999 年至 2000 年，任中核建设集团顾问。2000 年正式退休。

1960 年 9 月，我大学毕业后，听从党的安排，被分配到二机部，并立即去兰州甘肃机械厂筹建处报到。一〇三公司人事科的干部将我接送到五〇四厂区内一〇三公司二处驻地。次日，我被分配到二处工程师室。作为工程师室的新成员，我按要求到二处三工段（电气与自控仪表安装调试工程专业工段）进行 3 个月的工作实习。在三工段第四电工队与电气仪表工人师傅们同住、同吃、同劳动。也在老一辈的工程技术人员指导下开展一些五〇四厂电气与自控仪表安装工程方面的技术工作。实习3个月后回到工程师室任技术员。一年后调任三工区技术组组长。

初到五〇四厂，并没有意识到自己从事的工作有多“特殊”，我是学电讯的，所以一度猜测大概是要我去从事和专业有关的工作。直到经一〇三公司总工程师李延林签批，我可以借阅和使用五〇四厂的图纸和技术资料，在苏联专家撤离后留存的图纸中看到了扩散分离机组的全部系统，才发现原来我们是为制造原子弹生产基本原料的。知道这一情况后，我十分激动！

1958年，刘述英（右）在工厂实习

我出生在日本对我国发动全面侵略战争的年代，幼年时期随祖母和母亲等人逃到常德远郊的山村里，躲避日本飞机的狂轰滥炸；又因生活环境被日军的毒气弹和细菌弹污染，小时候经常生病长疮，吃不饱穿不暖。幼年的苦楚是我日后奋发有为的动力，国家把我从小学培养到大学毕业，成为有用之人，能在这种时期参加这样一份伟大的事业，见证国家的强盛，我感到无比的骄傲和自豪。

披荆斩棘见证第一桶铀

由于工作性质特殊，那时的保密工作做到了极致，就算是同在一个办公室的同事也彼此不知道对方的具体工作，每个人都有一个保险柜，只能各自打开。更别说将这些事情跟家人分享了，具体干什么，在哪儿，一律不能告诉家人。就算回家以后也要把火车票藏起来，不能被家里人看到。工作期间，我一直靠书信与家里进行往来，信中也只能聊聊说说日常生活情况，询问家里的近况。每月我会给自己留 10 块钱，剩下的邮寄给家人。

我在五〇四厂一直工作到 1964 年 1 月，这期间我见证了五〇四厂的建厂过程，了解了其宏大无比的规模。记得当时苏联领导人赫鲁晓夫曾对毛泽东主席说过，“你们中国电力不够，搞不了原子弹。”他所说的电力消耗大，就是指扩散机 108 台电力变压器满负荷运行时就要 8.1 万千瓦电力，甘肃省当时全省电力的一半都用在五〇四厂的一个车间！可以想象 1 号车间规模之宏大和技术之复杂。

就在工程按部就班推进时，中苏矛盾激化。苏联专家撤了，我们面对大量的设备，根据苏联专家留下的设计图纸、说明书开始一边学习一边安装。我上大学时学的是弱电，为了能快速掌握强电知识，能快速看懂俄文的自控仪表资料，在跟着老工程师与老技术员学习强电知识的同时，自学大学课本，从接线、看图做起，刻苦钻研有关专业知识，并且每天早晚坚持学习俄文，逐一对照，在最短时间内掌握了设备安装技术，并带领技术工人们安装设备。此外，我还负责编写自控仪表施工安装与调试技术方案以及做工程预算等。我编制的第一个施工方案是“Gap仪表安装施工技术方案”。每台机组前边有一个Gap传感器，它是一个传导该机组的铀235化学成分与浓度的一个仪表。施工技术方案明确制定了安装规范和施工程序，指导仪表工怎么样装表、接管，电工怎么样接线。

由于工作努力立过一等功、二等功各一次，被评选为兰州市五好共青团员，并当选为兰州市西固区人民代表。

在大家的努力下，一〇三公司1959年12月27日开始安装1号扩散分离车间的小机组，1961年12月29日小、中、大机组4 000多台扩散分离机全部安装完毕。历经1962、1963年两年调试与热处理和不取料工况运行。1963年6月，3号车间铀再生工段开始生产六氟化铀，为主工艺生产提供原料。11月，3号车间铀再生回收系统投产。12月23日，最后一批机组启动成功。1964年1月14日，接通最终产品取料口，高浓铀按序进入容器，经分析，质量完全合格，工厂一次投产成功，为中国第一颗原子弹提供了核装料。

五〇四一次投产成功是在什么样的条件下取得的？当时厂区环境很差，我们住在土坯房里，床是木板搭起来的大通铺，一个床上睡 20 个人。当时吃的水是直接从黄河里打出来的，还带有泥沙，又赶上自然灾害，大家过着无油少粮饥饿度日的生活，粮食都定量，约有一千多名职工饿得全身浮肿。即便这样，工人们仍然坚持“一不怕苦、二不怕死”的决心，为建设任务尽心尽力，勇往直前，坚持劳作。

1961 年，刘述英（前排中）与五〇四厂一起工作的部分干部、工人、家属等合影留念

说到这儿，我想起了一个人，他就是一〇三公司的总工程师李延林，后来是建工局的总工程师，他跟工人们一起住在帐篷里，同吃同住。我记得当时国家给他一个优惠，一个月有两斤黄豆，但他没有自己留下而是送到了食堂，供工人们吃。虽然是一个小事，但是对于我们当时年轻人的影响是很深刻的。

一〇一建筑公司是建设五〇四厂的先遣部队。1958 年 3

月，第一批 3 000 多名职工最先进入黄河两侧的荒地，披荆斩棘，建成了五〇四厂福利区和厂区全部基地。后来他们中的很多人扎根在那里，一辈子为核工业的发展默默奉献。

举世瞩目的蘑菇云从这里腾空

1964 年 1 月末，刚刚胜利建成兰州铀浓缩厂的一〇三公司二处建设队伍中的 300 多名职工被紧急调出，组成一〇三公司直属三工区，我有幸是其中的技术员之一，并担任工区技术组组长，来到了戈壁滩上的四〇四，接受新的建设核基地的光荣任务。三工区主要任务是担当四〇四厂三分厂的全部安装工程。

工区主任指派我作为一名小的领队，首先完成了抢建急待使用的 18 号萃取生产车间的施工安装工程任务。我们仅用 20 多天的时间就完成了该车间的全部安装与调试任务，交付厂方运行。

而后，我们三工区与承担四〇四厂一分厂安装任务的二工区（赵宏同志为二工区主任）合并，组成一〇三公司第五工程处。投身到各个分厂的安装工程中，一干就是 7 年。

戈壁荒漠自然条件恶劣，气候变化莫测。有风的时候吃饭沙石硌牙是常有的事，宿舍和办公室的门窗也经常被大风刮坏。不仅如此，施工装备设施简陋，当时没有吊车等装备，重大工业设备的运送与就位，都是靠人工手拉肩扛，就是在这种情况下，我们争分夺秒，终于在1958至1970年在西部戈壁荒漠的深处建成了我国另一个最大的核工业基地，确保了第一颗原子弹研制的需要，满足了氢弹研制的需要。

1970年4月，我进入四川北部大山里，担任中核二三公司第五工程处电仪主管工程师，负责电气与自控仪表安装施工与调试技术工作。1974年，我们完成了所承担的工程任务。随后走上保军转民的道路。

1959年10月1日，建国10周年
（前排左三为刘述英）

抢建金山石化为国争光

20世纪70年代，我国首次引进几个大型石油化工项目，需要抽调一些优秀的施工队伍参加，一〇三公司第五工程处被抽调到位于上海市金山镇的上海石化总厂负责安装施工工作。

在抢建金山石化的过程中，起初，我担任电仪工程主管工程师，还是聚酯工程项目（PET）的中方副总代表。那时经常为了进度、安全和技术等方面的问题与日本人打交道，甚至有几次和对方发生争执，争到面红耳赤、忍不住拍案的地步。为了攻克工程中的技术关键，我带领技术人员和工人埋头苦干，直到工程保质保量按计划胜利完成。

由于我们的队伍表现优异，后来就组建成了中国核工业第五安装工程公司（现今的中国核工业第五建设公司）。我在五公司工作期间，担任过工程师、副主任工程师、副总工程师、总工程师。1985 年调往北京，任中国核工业部建筑安装工程局总工程师。

1963 年，刘述英在五〇四厂获兰州市“五好”青年

辗转各个核电站

1983 年，在担任核工业部建工局总工程师期间，我接到

命令来到了秦山核电工地。上级指派我为建工局驻秦山核电工地工作组组长，长期驻秦山工作，直至秦山核电站发电并网为止。我当时心里就想，我们搞了几十年的核工程，没搞一座核电站实在是遗憾。所以建工局派我到秦山，我没有犹豫就来了。1991 年 12 月 15 日，秦山核电站正式并网发电。我为秦山核电站的建设，在工地付出了 5 年半的时间，我感到无比荣幸。

秦山核电站并网发电前后，1990 年至 1992 年期间，我多次参加部里的工作组到建设中的大亚湾核电站检查指导二三公司和华兴公司的工作，从而认识了世界上的核电大国——法国在核电站工程管理与质保管理上的现代化水平之高，为此我决定支持二三公司和华兴公司引进现代化管理软件，建立并强化核电工程质量保证管理体系。

三任核建领导合影（左为穆占英、中为刘述英、右为王寿君）

在我任建工局局长兼任中国核工业中原核电建设公司总经理、法人代表，负责恰希玛核电站的施工总承包任务期间，我9次去巴基斯坦工地检查部署中原核电建设公司、华兴公司、五公司的各项工作，实地察看让我感受到，我们建工系统这次大规模的成建制地参与高科技高难度的大型国外工程，经受了考验和锻炼，也培养了一大批涉外技术人才。

我还参与了岭澳、秦山二期、秦山三期等核电站建设。

在我退休的前一年，中核总还任命我兼任了中核总核电工程办公室主任等职务。我几乎每月都要出差到相关的核电站去，奔忙于广东、浙江、江苏、巴基斯坦的这些核电站之间，尽可能地处理好相关的事务。我是忙碌的，也是快乐的。工作是大家完成的，我只不过是起了一个螺丝钉的作用。

而我最自豪的是我可以坦诚地说，我问心无愧，无愧于党、国、无愧于人民，一辈子为国家做了点有意义的事儿。

48. 我国第一艘核潜艇陆上模式堆焊接攻关

马安国 口述　　尹　匡 整理

马安国，男，中共党员，1939年7月出生，湖北黄陂人。1963年7月毕业于天津大学机械系焊接专业，研究员级高级工程师，享受国务院政府特殊津贴。历任中核二三公司副总工程师、副总经理、总经理等职务，2000年退休。

1967年年初，参与我国09（第一艘核潜艇）工程前期准备工作。1969年年初，参加196（第一艘核潜艇陆上模式堆）工程施工，负责焊接技术工作，同时参加工区生产管理工作。期间，和团队一起攻克了陆上模式堆主管道自动焊及压力壳焊接技术难题。上世纪70年代，完成多项焊接科研课题，两项科技成果获四川省科学大会奖。参加秦山核电站主管道焊接技术攻关和现场施工。秦山核电站主回路管道焊接技术成果获部级科技进步一等奖。

1963年8月，我大学毕业被分配到大连523厂当技术员，那个厂是当时我国核工业最大的设备制造厂。同年11月，由于二机部天津605所需要技术员，我又被调到605所从事焊接工作。1964年，为了进一步加强四〇四厂的建设，我被抽调到二机部一〇三安装工程公司，在焊接试验室任技术员，参加我国第一座大型专用反应堆工程焊接科研试验。1964年10月16号我国第一颗原子弹成功爆炸，举国欢腾。中国的原子弹装置实际就是一个大圆筒形钢制容器，里面装的是爆弹燃料。当年制造这个容器的时候，我负责做参数记录，测量容器的变形量。能够亲身参与我国第一颗原子弹工程，我感到非常自豪。

意外与“09”工程结缘

1966年12月，为提早开展“三线”核工程的技术准备，公司总工程师李延林指派我去北京出差，主要任务是到核二院了解第二套大型专用生产堆的设计情况，重点掌握主要焊接工程技术，包括新材料、新工艺的设计要求。李延林总工程师还特意委托我到核二院看一看09工程的模型，并要求我回公司后向他汇报。

我到北京之后，因工作上的需要，与在北京的我们公司技术室主任陈玉训同志取得了联系。1967 年 1 月上旬的一天，陈主任突然通知我陪他去核二院开个“很保密”的会，开会的内容并未告诉我。当天参加会议的有二机部四局、四机部和海军有关单位的同志，陈主任和我代表二机部一〇三安装工程公司参会。原来，这是一次关于 09 工程的重要组成部分 196 工程的任务分工会议。会上议定了工程分工的很多事项，其中涉及多个关于焊接技术攻关的安排。到这时我才明白，我已涉足极度机密的 09 工程。由于陈主任当时已调往成都二三安装工程公司（一〇三安装工程公司在成都设立的派出机构），不能返回西北，就责成我回西北向公司领导汇报。当时我并未想到，偶然参加一次会议就决定了我此后 4 年的人生轨迹。后来，公司领导听了我的汇报，决定由焊接试验室负责焊接技术攻关，又指派我参加 196 工程焊接任务的调研、施工组织设计、施工技术准备，乃至参加现场施工。从此，我就正式参加到 09 工程中。

公司“一盘棋”组织会战

当时的中核二三公司经过西北三厂的建设，队伍颇具规模，管理能力与技术水平有了长足的进步，已经成为国内独一无二的核工程专业安装企业。在当时的形势下，走活公司“一盘棋”，集中优势兵力，组织会战，是必然的选择。有鉴于此，以朱泗亭同志为首的公司领导对资源调配、队伍布局做出了科学合理的安排。总体来说就是合理分工、突出优势，西北、西南两处协同会战。

中国第一艘核潜艇陆上模式堆建造厂房

196 工程就是在山沟里修一个大厂房，修一个拦河坝，把水聚下来，然后在厂房里做一个能容纳核潜艇的大蓄水池。这个蓄水池里建了三节舱作为工程的核心部分，包括堆舱、副机舱、主机舱，核潜艇的核动力装置就在那里建成，投料并实现临界运转。196 工程的安装施工是从 1968 年下半年开始的。1968 年冬至 1969 年年初，中核二三公司各路人马聚集到四川西南山岭中的“一号点”，开始了为期两年的 196 工程会战。我也在这个时候从西北进入四川参加 196 工程建设。根据上级安排，我担任一处焊接队技术负责人，兼现场生产组成员，负责 196 工程焊接技术工作，并参与工程管理。当时公司的焊接力量比较薄弱，技术能力不足，再加上受“文化大革命”的冲击，困难重重。经过公司积极协调，焊接队调集 100 余人，其中西北支援人员约 40 人，成立了电焊班、气焊班、自动焊班、探伤班以及理化实验室，应该说是专业工种齐全，实力大增。更重要的是，这些来自不同单位的同志，为了按期完成 196 工程的高技术、高质量要求，最紧张的时候是三班倒，白天晚上都不休息。在现场干活的人三天三夜没有休息的都有，那个时候相当紧张。通过抢工、赶工，真正做到了不负重托、不辱使命，圆满地完成了施工任务。

经过近两年的抢建，1970 年 7 月，196 工程胜利完工，核潜艇陆上模式堆装料启动并顺利达到满功率。一年之后，我国第一艘核潜艇制造完工并下水试航。

精雕细刻　完成每一个焊口

这里，我想着重讲一下我亲历的两项重大技术攻关——陆上模式堆主回路管道安装自动焊和反应堆压力壳的焊接。

核潜艇陆上模式堆的一回路主管道是厚壁不锈钢管道，工作介质为高温高压的放射性轻水，又要承受将来核潜艇航行时的冲击力，因而设计方不但规定了材质、规格和质量性能，还规定了焊接工艺方法——带熔化垫圈钨极自动氩弧焊。这种焊接工艺方法的关键点有两个：一是实现熔化垫圈在接头根部的完全熔合，保证管道焊缝背部的良好光洁成形；二是在堆舱狭小空间实现全位置自动焊接。这种焊接工艺是从苏联引进的，国内尚无先例。早在20世纪60年代初，公司就开始在国内引进了成套的管道自动焊机。接受196工程焊接攻关任务后，公司焊接试验室历经两年的技术试验，在设备调试、熔化垫圈加工、焊接工艺规范选择、辅助卡具设计制作等一系列方面取得了成功。1969年年初公司焊接试验室连人带设备进入现场后，又不断演练完善操作，保证了自动焊施工的顺利实现。施工过程中，自动焊班的焊工，在堆舱极为狭窄的条件下，趴在主管道上施焊，真可谓一丝不苟、精雕细刻，完成了一个又一个焊口的现场施焊。196工程反应堆一回路主管道系统共有115个安装焊口，除6个焊口因空间位置过于狭小只能用手工氩弧焊施焊外，其余109个焊口完全实现了底层焊缝的自动焊，管道背面焊缝光洁平滑，质量优良，受到各方的高度称赞。这项成功的工程焊接实例，当时在国内是绝无仅有的。

陆上模式堆反应堆压力壳采用的是一种高强度的合金钢，是我国科研部门和钢厂专门为09工程反应堆压力壳研制的。这种钢的机械性能完全满足核潜艇反应堆压力壳的要求，但是高强度往往又是对焊接工艺性的极大制约——容易产生焊接裂

1970 年 12 月 26 日，中国第一艘核潜艇下水

纹。为了进行焊接技术攻关，公司焊接试验室从东北、上海等地调集钢材、焊材，制定了完备的技术方案，多次选择工艺规范，采用一系列防止裂纹的辅助工艺措施，如焊前加热、焊后保温等，并在施工现场制作了大型加热器具，等等。至此，就技术攻关而言已经较好地解决了防止产生焊接裂纹的问题，可以应用于工程施工。后来的施工实践也证明了技术攻关的成果，大部分舱内钢结构焊接质量良好，未出现裂纹。但是，过程中出现了一个意外：堆舱内反应堆四周的横隔板，材质为船用钢，由于板厚达 40 毫米，焊缝呈封闭状态，结构应力过大，在施工过程中曾经两次出现裂纹，只好将焊缝铲除重新焊接。经过技术人员与工人师傅的认真分析，在工艺规范、操作手法和焊后保温方面加以改进，第三次焊接才成功。这时，大家心

里的石头总算落了地。

高温炙烤，每次进去只能坚持五分钟

这里特别需要提到的是，在堆舱内反应堆压力容器结构施焊的过程中，由于工艺要求焊前加热到 250 摄氏度，通风散热条件又不好，舱内温度极高，呼吸困难，还要始终保持 250 摄氏度的高温连续施焊。面对这样恶劣的环境，我们的 10 余名焊工分成几个小组，轮换进舱焊接，每次只能坚持 5 分钟左右。他们面对高温炙烤，高声朗诵着“下定决心，不怕牺牲，排除万难，去争取胜利”的毛主席语录，一次又一次义无反顾地下到舱内施焊，连续奋战 12 小时，直到圆满完成任务。此情此景，令在场者心灵震撼，无不动容。现在回想起来，我还忘不了那些可敬可爱的焊工师傅们。他们中有徐清成、崔广仁、时克轩、陈宝宪、王殿池、隋启芳……这令人难以忘怀的攻关场景，在今天看来似乎有一丝悲壮色彩和别样的印记，但老一辈“二三”人的使命感、责任感和拼搏精神是不会也不应过时的，永远值得我们铭记和发扬光大。

49. 在大草原上搞基建

张长顺 口述　　**汪海涛** 整理

张长顺，1936年3月出生，1956年参加工作，中共党员，高级工程师。曾参加过613工程、221厂、902厂、813厂的建设，以及西昌卫星发射基地和重要民用工程的施工组织设计和主要技术管理工作。曾任中核二三公司第四工程公司总工程师。1992年批准享受国务院政府特殊津贴。

1960年，他带领先遣队奉命奔赴221厂开展基本建设工作。面对自然环境恶劣、施工条件和技术不足等不利因素，他和职工全力克服极端天气影响、缺粮缺水等生活窘境以及无施工经验借鉴和无施工图纸的工程建设困难，保质保量完成了221厂的基本建设任务，为我国建设核武器研制基地做出了突出贡献。

1960 年 3 月，我们奉命来到青海省大草原，参加我国第一个核武器研制基地——二二一厂的建设。

当时，我国正处在三年困难时期，又加上中苏关系恶化，国内国际形势比较严峻。在党中央提出的“自力更生，艰苦奋斗”方针指引下，为了抢时间、赶进度，施工队伍在指定时间内进入了大草原。当时二二一厂只有 300 多名安装职工，远远不能满足工程需要。后来又补充了一些转业军人、支边青年，由大约 500 多人组建成了一个安装工区，负责二二一厂的安装任务。

大草原，并没有想象得那么美好

为做好前期施工准备工作，我和王长发、徐玉久三人组成的先遣队先期来到了位于青海省海晏县金银滩草原的 221 厂。这里是一片海拔 3 300 米，方圆近 1 167 平方公里的大草原，地势平坦。一眼望去，看不见一棵树。冬季气候寒冷，风沙很大，四周是高低起伏的丘陵，人烟稀少。

我们三人从兰州乘火车来到西宁接待站，办理了“进厂通行证”。从西宁到二二一厂区大约还有 120 公里。当时专线火车铁路尚未通车，进厂人员只能靠每天一趟的班车运送。到达厂区后，我们被临时安排在刚盖好的“干打垒”房子里。

刚到草原，新建房屋很潮湿，冬天室外很冷，气温有时达

金银滩草原

零下 25 摄氏度。风沙很大，冬季睡一晚上，早晨起床被子上一层砂土。当时还没有水吃，我们每天要抽出两三个人去一公里以外的牧场水井里挑水，供几个人一天使用。如果下大雪，无法去挑水，我们就把雪集中在一起，化雪水喝。这样的日子过了有一个多月，尽管条件非常艰苦，我们仍然要坚持工作，为大批施工人员进厂区做必要的准备。当时的生活条件特别差，粮食定量也低，每人每月仅有 24 斤粮食和二钱油。二十几岁的年轻小伙子，食量都很大，根本就吃不饱。而且因为没有蔬菜吃，也没有油水，大家大便都解不出来，甚至肛裂出血，后来还有不少同志生了痔疮。每天大家吃了上顿就想着下顿。到晚上睡觉的时候，肚子饿得睡不着。大家想办法，有人说喝酱油膏水，我们就托人去西宁市买酱油膏回来冲水喝。结果不少人越喝越饿，反倒得了浮肿病，两腿无力，无法工作。有的同志星期天组织大家到别人挖过的农牧场地里去挖土豆、萝卜，尽管出去一天，收获也只有两三斤，但至少可以充点饥。

南泥湾精神鼓舞着我们去战胜生活上暂时的困难。公司书记孟兆美，一个老共产党员，天刚亮就带领大家去大草原上拣牛粪、羊粪，积粪开荒，为我们增加副食，改善生活。就这样，大家一手抓生活，一手抓生产，这成了我们战胜困难的妙方。

初介入，靠学习总结摸着石头过河

每到一个新的施工现场，按常规要先到现场按总图要求了解各分厂具体内容、施工顺序。但是在这 1 100 多平方公里的

二二一厂老厂址

土地上，先准备哪个厂区，必须要根据生产需要来确定。经过分析，我们决定首先进行十厂区——515 制氧车间的安装。但是制氧车间的施工我们没有干过，为尽快熟悉施工内容，我们首先到兰州参观学习，了解施工中可能会出现的问题，通过借鉴别人的经验来加快我们的建设速度。学习回来后，我们立即着手编制施工方案及设备、材料计划等施工准备工作，积极创造施工条件。一切准备工作就绪后，很快，制氧车间第一台吊车、第一个分馏塔、第一台制氧机顺利安装完成，室内管道连接、电源接通等工作相继完成。仅用了 40 多天，一个完整的制氧车间就安装完成，并经过试车产出了合格的氧气。

二二一厂各分厂的布局较分散，每个厂区相隔有 3 至 5 公里。十厂区施工完成后，我们又进驻二厂区。这是一个很重要的厂区，其特点是各车间要求防爆，室内地面为无火花地面，就连门窗上的折页、插销等五金件都必须是有色金属的。在这样一个极其分散的地方施工，我们的首要任务就是建好临建设施。安装三队承担了这项任务。为确保工程进度，我们大约七八个人临时搭起帐篷，帐篷既作办公室，也作宿舍，就地办公。就是在这个帐篷里，我们设计出了临建施工图纸，对施工、加工、仓库、食堂、宿舍等场地进行了布局。

1962 年下半年，国家经济形势好转，二二一厂的基本建设也加快了步伐。按照国家战备需要，二二一厂的核心厂区是七厂区，其关键在于核武器爆炸后存在核污染的问题。因苏联撤走专家，搞技术封锁，这个厂区就没有设计方案。在没有资料的情况下，科研、设计等方面技术人才经过刻苦钻研，自主设计了七厂区。为了加快七厂区的施工准备，在没有设计出一张施工图之前，时任二三公司副经理褚明翰带领我和刘世雄、杨殿生 3 名工程技术人员前去北京十三局设计院摸底。我们在招待所里把床铺当成办公桌，编制了二二一厂第一本《施工组织设计》。尽管图纸未出来，但通过各专业设计人员口头交底及草图等各方面资料，我们基本上对七厂区的新技术、新材料、新设备、新工艺做到了心中有数，为我们“大战”七厂区提前做好了施工准备。后来的实践证明，我们的前期准备工作对工程施工起到了重要作用。

在七厂区的建设中，717 放化实验室的施工对我们来说是一个新课题。因为有放射性污染，所以对施工清洁度要求很高，地面要求使用易清洗、防污染的材料。为了加快施工进度和保证质量，我们把有经验的师傅请来传授技术。通过面对面的学习，我们的工人师傅很快掌握了这门铺塑料地面的技术，最终保质保量地完成了任务，保证了放化实验室的投用。剂量管道的安装也是七厂区施工的一个难点。在放化工程中，剂量管道是很细小的管道，是用于检测放射剂量的。它们延伸的地方很广泛，凡是有放射性污染、需要检测的地方，都必须安装这些管道，包括高达 30 米以上的烟囱的顶端。在高原地区，建楼房也顶多建到三层，而小管道要铺设到 33 米高的烟囱上去，困难之大可想而知。为了尽可能减少施工困难，技术人员在编制施工方案时，必须综合考虑各方面因素。根据施工方案，在制作排气烟囱厚壁道时，为了在烟囱外皮铺设安装小管道，施工人员需要在地面将高 33 米、直径 800 毫米、壁厚 8 毫米的大烟囱预制焊接为一个整体，然后把小管敷设在大管外壁，焊好管卡，刷好油漆，再将小管安在大管体外。整体安装完后，在当时没有大型吊车的情况下，我们因地制宜，制作人字桅杆进行一次性吊装，并顺利完成了安装任务。

靠智慧，解决极端天气打压试验难题

718 热源锅炉房是七厂区施工重点之一。因为没有热源，全厂区供热、空调就无法运行，科研生产也就无法进行。锅炉房以及热网是连通各工号的重要纽带，当锅炉房安装完毕后，有上千米的管线正在热网地沟中敷设，另外还有十几个检查井。冬季热网试验很关键，以往就曾出现过冬季试验发生火烧热力网的事故。当时是 1964 年 1 月，正是草原上最冷的时节，室外气温在零下 22 摄氏度。如果措施不当，很可能发生质量事故。因此，如何顺利进行热管道水压试验便是我们面临的一个难题。经过工程技术人员、工人及领导共同研究，决定利用锅炉房产生的热水首先在管道系统进行循环预热，然后再试压。但是，采用多高的温度合适？因为管线安装在地沟里，管线很长，打压时间又不好确定。带着这个问题，我们做了一个试验。我们选取一根与热网同样规格的长约6米的钢管，在管内充满热水，放在热网管沟内，每隔一小时测试一次温度，检查管内水是否结冰。经过实际环境测试，最后选定用35摄氏度的热水进行水压试验。

为了有序进行打压，我们在打压组织方面也做了周密的考虑，同时编制了预案措施。打压工作共由五个小组实施。其中，锅炉房一个管工小组、一个电工小组，室外管线巡视一个小组，阀门检查井一个小组，打压操作一个小组。总指挥由工程技术人员及大班长负责，电焊工就地待命，同时安排工人担任通讯联络工作（当时没有对讲机等通讯工具）。

设置预案措施主要是针对出现事故的可能性及其位置提前做好全面考虑。我们关注的重点，一是焊缝，二是阀门法兰处及石棉垫片等。为此，我们还准备了不同规格的螺栓、石棉垫、阀门等备件。开始循环试压后，果真在检查井内有一处因阀门法兰石棉垫片破裂而漏水。由于我们准备充分，仅用了7分钟时间就换上了石棉垫，使问题得到了有效解决，确保了打压成功，为七厂区尽早投入科研生产奠定了基础，受到了生产单位的高度好评。

221厂的建设进度很快。1962年10月，中央北戴河会议要求原子能事业加快发展速度，因此，厂领导要求部分厂区早日进行试验。为此，中核二三职工不分白天黑夜加紧进行调试工作。就在我们加快步伐、加紧施工和科研工作的时候，接到了苏联准备摧毁中国核基地的通知。我们一边紧张施工，一边备战，利用休息时间挖猫耳洞进行防空演习。最终，在 1963 年 10 月前，我们承担的工程项目陆续交付。

1964 年 10 月 16 日，我国第一颗原子弹爆炸试验成功！全国、全厂上下都沉浸在欢乐中。在金银滩这片大草原上，我们从来之初的一无所有，到一座座厂房楼房的拔地而起，多年的无畏奋斗，是一腔腔时刻沸腾的爱国热血激励我们战胜万难，更是一颗颗献身祖国的报国心给予我们强大动力。

50. 奔赴草原建设二二一基地

方德义 口述　　**二四公司党群部** 整理

方德义，1938 年出生。1954 年在长春第一汽车厂参加工作。1957 年调入兰州总公司三公司。1958 年 12 月调入二机部 221 厂，历任中国核工业二四建设有限公司团总支副书记、书记、团委副书记、组织部副部长、工会副主席、工会主席等职。1998 年退休。

我是学护理的，16 岁参加工作，后来改学了计划专业。1958 年 10 月的一天，组织上找我谈话。那天领导一副严肃又神秘的样子，见我到了，先让我坐下，然后关上办公室门，转过身盯着我，走上前对我说："国家有一个新成立的单位，你的出身可靠，家庭关系清楚，经过组织慎重研究，决定选调你去，这是组织对你的充分信任，你愿意去吗？"我当时听了心里激动，有组织的信任，还能为国家做事，自然是件大好事，我没有犹豫就应下了。

后来我才得知，这个新单位是绝密的国防单位，选人的条件也很高、很严格，必须得是又红又专，宁缺毋滥。当年，我们整个单位，选中的只有我和另外几位同事。现在想想，能够被选上是件激动人心的事，如果再有机会让我选择，我仍然会义无反顾地选择参加核工业事业。

投身非同一般的任务

那次谈话过后没几天，我们就响应组织号召，背着行李离家出发了。出发的时候，我们仅知道是到青海工作，没有说具体地址，也没有说具体干什么，但是我们的内心却坚定无比，一心要完成组织交办的任务，做好了为祖国献青春、做贡献的思想准备。我们这一批人，先是到了兰州，组织上让我和李竹林、赵发林等几位同志留在兰州做了一个多月的接待工作。

那个时候，每隔几天就有大批的人过来报到，我大致了解到我们的队伍都是按照严格的标准，从全国各地选拔而来，有专业的军人、工程技术人员、工段长、工区主任等，大都是原单位的骨干人员。随人员一起，还运来了好多机械设备。组织上说，我们要组建一支建筑队伍，尽快前往海晏建设二二一基地，实际上我们就是第一批参加二二一厂的建筑队伍。尽管当时我们并不清楚要干什么，但大家都感觉到，这是一个非同一般的任务。

1959 年 4 月，出席青海省总工会“工会积极分子”表彰大会的二二一厂全体代表（后排左起一为方德义）

同年 12 月份，我们才真正来到了青海草原。因为没有火车，我们乘坐“嘎斯 51”的卡车走了两天才到达目的地。那正是天寒地冻的时候，草原上的风比东北的风更厉害些，像一声声怒吼，叫嚣着“你们来吧”。更要命的是，这里是高原，我们中的大多数人，都出现了不同程度的高原反应，呼吸不畅，头晕目眩。但是我们作为“先遣部队”，是来不及多休整、也容不得多休整的，我们的当务之急是必须要自己解决吃住的问题。没有水，我们要去就近找水源，找到的都是冰块，只有砸碎了，搬回来用；没有柴，我们就学牧民，捡草原上的牛粪回来烧；吃上几口青稞面糊糊我们就继续投入“战斗”——迎着寒风扎帐篷。再后来，草原的队伍越来越壮大，我们的帐篷也不够用了，大伙儿就挖地窝子住。那个时候人心齐，再苦再累也不觉得，大家都憋着一股劲儿，一定要办好组织上交给的任务，没有一个当“逃兵”的。

1959 年 12 月，出席二二一厂“群英会”表彰大会的
六〇四厂全体代表（中排左一为领队方德义）

到了过年，我回到家中探亲，家里人问："你那个工作到底是去做啥的?"因为我们有保密纪律，也不能多说，我只是叫家人放心：我们是在为党做事、为国家做事，重要的事。

我记得那年探亲回草原时，还发生了一件有意思的事情。我回去需要在北京转车，晚上在北京住旅馆，旅馆需要登记，但是当时手头上能证明我身份的只有一张"白条"，没有盖公章，写的单位是国家计委的一个下属单位。警察过来问我是从哪里来的，我支支吾吾半天，说不出个所以然来。越是说不清楚，警察越怀疑，最后警察说，你跟我走吧，我只好穿上外套跟警察走了。我心里清楚，保密的纪律那是铁的纪律，不该说的，到什么时候也是不能说的。在派出所又问了半天话，还是说不明白。后来，又进来一个人，叫走了和我问话的警察，又过了一会儿，他们把"白条"还给了我，放我走了。我这才得以第二天坐上回草原的火车离开北京。因为工作单位保密，出门在外有过很多误会，这只是其中之一。

事业的荣光弥补生活的遗憾

在草原工作，除了生活艰苦外，还有一个最大的问题就是成家问题。那个时候一批又一批青年人不断加入到核工业的队伍中来，但问题是，基地的女同志实在太少了。那会儿没有人统计男女比例，但我约摸着差不多得二十比一。再加上环境封闭，我们也接触不到其他的人，成家成了问题。我那个时候是草原上的团总支书记，条件还是蛮不错的，但也是一直没解决对象问题。随着年龄越来越大，家里父母实在着急，就招呼我回家结婚。后来我们中的好些人，也确实都是回老家经人介绍解决了个人问题再回到草原的。我其实不想这样，但迫于家里的安排，也回去了一次。那次和介绍的姑娘见了面，也谈到了婚嫁，但是姑娘家听说得跟着我去青海草原，就不愿意了。我当时并没有说什么，但是实际上心里自有主张：我在青海草原虽苦是苦了点，但我干的是国家保密工程，这是组织的信任。你不愿意去，我也不勉强，你嫌远嫌苦不乐意，我也瞧不上，这事也就没成。后来我回到草原，遇到了现在的老伴儿，她是1959年到草原的，我们有着共同的志向，也更能理解彼此，心意相通。1961年，我们在青海草原上结婚了，之后在草原上我们有了第一个孩子。

说到我的这个孩子，我还是有一些遗憾的。那个时候，全国性的饥荒扩散开来，草原上的生活更加困难。职工每人每月24斤口粮，还都是青稞、谷子面，吃不饱也没营养，大家去草原上挖野菜、草根，仍然是填不饱肚子。那段时间，绝大多数职工的身体也因为饥饿一天天地变差，浮肿、疾病不断蔓延。就是在这样的情况下，我的大儿子出生了。好在他出生不久饥荒的问题就有所缓解，中央调来了一批黄豆，大家每天能喝上豆浆，能吃上掺了豆渣的青稞馒头，草原上也组织成立了农副队自救，生活条件得到了一定程度的改善，孩子才得以顺利活了下来。但是由于先天不足和缺乏营养，孩子落下了病根，身体一直都不怎么好。

孩子还只有三岁多的时候，由于我们俩工作都离不开，实在照顾不上小孩，就不得不把他送回到老家我的父母身边了。1964 年，原子弹制造已经快要进入试验阶段了，当时基地的小孩几乎全部都送回去带了。我记得那段时间，总是有美国的无人机在上空徘徊，看着可恨，但是我们的炮打不着它，只能干着急。我当时被任命为民兵队长，要组织民兵站岗，一心要保卫核事业、保卫祖国。当时家里姐姐、姐夫劝我们，说家里母亲年纪大了，让我们也不要在外面奔波，回家去。那怎么可以呢，我们没法听从家里人这样的“劝告”。他们哪里懂得，当时虽然没有“四个一切”的提法，但是在我们心中，就是事业高于一切、责任重于一切；即便做着再微不足道的工作，那也是无比光荣的，是一定要做好的。后来我一直在想，国防事业可能与生俱来就是能产生无比的凝聚力、自豪感，把我们这些来自五湖四海的人都凝聚在一起，我们能够有机会为祖国奉献，那就是快乐的。不管什么时候，为国献身的精神应该永远都不会过时。

所以说，即便对于我的孩子有亏欠，我们做父母的也只会责怪自己没能精心照顾好他、耽误了他，但是对于我们所从事的核工业事业，我们从不后悔，反而觉得无上光荣。

1965 年 5 月 4 日，出席共青团青海省委第三次青年社会主义革命和社会主义建设积极分子表彰大会的二二一厂一〇四公司全体代表（前排左三为方德义）

后来我们从草原转战到西南四川，再到全国各地跑市场，草原上干事业的那种精神一直都在激励着我。我还记得，有一次我在一辆公交车上，听到有人在说：“当年新中国那么困难，原子弹是怎么搞出来的？不简单啊，真为中国人长脸！”那个时候，我心中一股自豪感油然而生，毫不夸张。可能这辈子，就是因为能参加过核工业建设这样一件事，能在其中做实实在在的事情，这份光荣和自豪感始终没有变过，一切都是值得的。

51. 金银滩与大三线的建设历程

王兴善 口述　　田晓东 整理

王兴善，1940年出生，1958年11月参加工作，历任中国核工业二四建设有限公司出纳、会计、二工区组织干事、公司革委会秘书，二四公司三公司（上海分公司）支部书记、党委副书记、机修厂工会主席、公司经理办主任，二公司（四川分公司）党委书记等职，2000年退休。

中国核工业的发展从无到有，从小到大，从弱到强，我们亲眼见证，亲身经历过。如今我虽然已经退休，但终生难忘的往事历历在目。不忘初心，牢记使命，是我们共产党人永远的信念。

今生难忘的大草原

1958年9月，青海省海晏县金银滩上的移民工作刚刚结束，11月份就迎来了首批参加核基地初期建设的施工队伍——河南省项城县的两千多名支边青年。我们都是农家子弟，大多数都是小学和初中毕业后就报名参加边疆建设的青年人，当时经过严格的政治审查和体检，步行到县城里进行培训学习。我们先后乘敞篷汽车和密封的闷罐火车，经过半个多月的行程，才到达了目的地青海湖畔的金银滩大草原，即后来的二二一厂。

建设队伍在搭建活动帐篷

刚到大草原的时候，我们住的地方一无所有，当时只能临时住进当地藏民搬走后剩下的牛棚和羊圈，还临时开挖了一些地窖子——在地下挖个坑，上面用柳芭茅草盖起来。在地窖子住时都是两个人打通一个地窖睡觉，这样可以相互取暖，保持温度。当时正是寒冬季节，我们很多人睡在牛棚羊圈里，都是脱了最外面的外衣，里面的棉衣棉裤不脱，戴着棉帽睡觉，结果第二天早晨起床时，被子上和帽子上全是冷霜，室内的温度和室外基本上是一样的。

用柳条编制搭建的部分临时住房

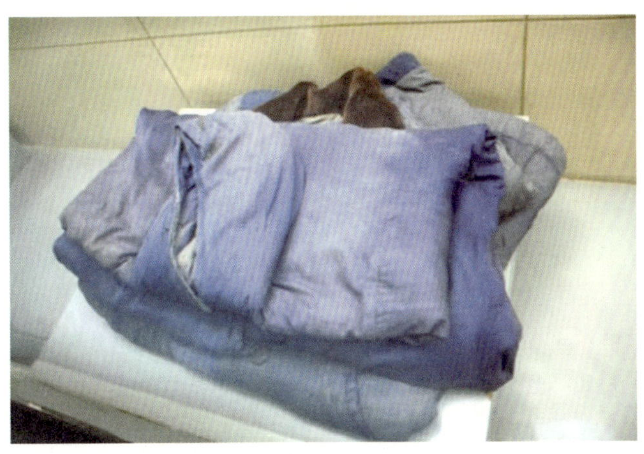

给职工发放的三大件：棉大衣、棉帽和棉鞋

多数同志不服水土，产生了高原反应，身体患病，精神和思想压力很大。但是，为了迎接第二年更多人员进驻金银滩，我们就在原陕西省建三司师傅们的带领下，边学习技术，边参加冬季施工，克服和战胜了许多困难，为后来的部队战士、工程技术人员等建设了食堂、仓库和临时宿舍及生活场所。

在青海草原上还有一件难忘的事情，就是要接受严格的保密教育，学习毛主席关于保密工作重要意义的训导："必须十分注意保守秘密，九分半不行，九分九也不行，非十分不可"和"保守机密慎之又慎"等。所以，单位的名称和通信地址都是用信箱代号，而且经常更换厂名，如"青海矿区""国营综合机械厂"和"二二一厂"等。所以，职工的家人和亲戚朋友根本就不知道我们在什么地方、在哪个单位工作，尤其是一些工程技术人员和科学家基本就与家人中断了联系。

"草原会战"时期，六工区的一名工长的妻儿从陕西渭南来到青海探亲，在草原等了20多天才见到丈夫。当时，没有电话，通讯条件不像现在这样方便，这位妻子只能托人给丈夫捎口信。她见不到丈夫急得直哭，感觉丈夫出事了。其实，这位工长一直坚守在离驻地二十多里外的工地，他的信念就是"不完成任务坚决不见亲人"。这是一个真实的故事，给我留下了终生的记忆。

抢建四川大三线

1965年9月，我们随一〇四公司到四川改为中核二四公司，从祖国大西北青海湖畔的金银滩，搬迁到祖国大西南三线建设的腹地绵阳，参加抢建三线大会战。

当时最大的困难不是环境的艰苦、气候的不适，而是条件不允许把孩子带在身边。离开二二一厂之前的动员会上负责同志说，到新的工作地点要准备过条件更差、更困难、更艰苦的生活。组织要求双职工把自己的小孩送回家找人看管，要求职工队伍每个同志都必须轻装上阵，迎接新的更加光荣的任务。我只能将年幼的女儿和不满百天的儿子送回河南老家，这是我当年所做的最艰难的决定。

西南三线建设的施工地点都是在大山沟里，靠山隐蔽，运输非常不方便，很多施工用的材料都是靠人工搬到施工现场的。工作艰苦，劳动繁重，很多工程不是按部就班，而是抢建。不分昼夜，没有星期天，没有节假日，最多也就是换班轮休一下。那个时候，国家利益高于一切，个人没有其他什么想法，只想把任务提前完成。

三线建设时期，好多地方我都干过；保军转民时期，西安、北京等地我也去工作过。20世纪90年代中后期，我在909的一个项目干了5年。工程地点远离城市，交通十分不方便，工程涉及核废料处理，精度要求高、难度大，容不得丝毫马虎。我和同事们以苦为荣、以苦为乐、以实干为荣，战胜各种困难，最终出色地完成了任务。

1985 年 11 月，中核二四公司三分公司六队施工现场
职工代表合影留念

我们那个年代的人，党叫干啥就干啥，组织叫去什么地方就去什么地方，分配什么工作就干什么工作，绝不讲任何条件。

我做了多年党务工作。我本人对党的信念从来没有动摇过，在工作中也总是千方百计围绕生产经营抓好党建工作，尽量把党员的先锋模范作用发挥出来。在很多艰险危困的时刻，大多数党员发挥了关键性的作用。

回顾核工业 60 多年的发展进程，从 20 世纪 50 年代末到

80 年代的 30 多年里，我们一直在极其困难的条件下为核工业努力奉献——战酷暑、抗严寒，艰苦创业，埋头苦干，不图报酬，真正继承和发扬了一不怕苦、二不怕死的革命精神，为能终身参加核工业建设而感到光荣和自豪。

1992 年 5 月，中核二四公司二分公司共青团代表活动留影

在此后的 20 多年里，老一代的同志陆续退休了，子女们有的上了技工学校，有的考上大学，有的子承父业，绝大多数仍然留在核工业战线上工作，实现了我们常说的“献了青春献终身，献了终身献子孙”的誓言。

明后年，我要抽个时间到金银滩去走一走、看一看。离开那个地方将近 40 年了，那里有我曾经留下的青春，有我挥之不去的留恋……

52. 在西北戈壁滩建设我国第一个原子能联合企业

车兆先 口述　　车欧平 整理

车兆先，1918年11月出生，1937年参加革命，1938年加入中国共产党。1954年至1963年，历任兰州工程局二公司党委书记，建工部直属二公司党委书记、西北矿山机械厂副厂长兼建筑安装公司经理、国营一〇二建筑工程公司党委书记。

1958年8月，根据建工部决定，建工部兰州工程局组建建工部直属工程局（后改名为“建工部直属公司”），承担原子能基地的保密工程建设。时任兰州工程局二公司党委书记的车兆先带着三千多人去了条件最为艰苦的戈壁滩，在那里建设我国第一个原子能联合企业——核工业404厂，为我国核工业建设做出了积极的贡献。

1964 年，车兆先调回兰州建工局工作，后任甘肃省建委给排水设计院领导小组组长、中国市政工程西北设计研究院党委书记。1983 年 6 月离休。2017 年 7 月在兰州辞世，享年 99 岁。

追根溯源，第一个核工业建筑安装企业的由来

为加快我国石油工业的发展和西部开发建设，中央政府制定了建国后的第一个五年计划，在甘肃省规划建设了兰州炼油厂、兰州化工厂、西固热电厂、兰州自来水厂等一批重大项目。围绕这些工程的建设，全国各地的支援大军，陆续云集到祖国的大西北。

1954 年 3 月，上级命令中国人民解放军建筑工程第三师调到兰州承担兰州化工厂等五大工业项目的建设任务。师部命令我带领先头部队从西安开拔到兰州，筹建建三师生活基地，

安下心，扎下根、戈壁滩上献青春[①]

① 这句话表明了核工业人建设祖国的壮志豪情

为大部队的到来做好准备。

同年 11 月，建三师与西北第一工程公司组成兰州总公司，成为当时兰州市最大的一个施工单位。

1956 年 1 月，东北工程管理总局第一建筑工程公司与兰州总公司合并，组建成立了建工部兰州工程总公司。经过两年多的建设，兰州市的石油化工工业初具规模，电力、供水市政基础设施改变了城市的面貌。

1958 年 1 月，建工部兰州工程总公司更名为建工部兰州工程局。

1958 年 8 月，就在庆祝兰化项目部分投产的同时，兰州建工局接到建工部的通知，兰州组建建工部直属工程局（后改名为建工部直属公司，即后来的二机部 102 公司）到戈壁滩承担原子能工业工程建设，让我在二公司七千人的队伍中挑选三千人，作为新建工程局的骨干。因为工程保密性强，决定审查干部和工人时，特别重视政治审查，要求被选人员政治素质好、技术能力强、身体健康、无家庭拖累。兰州建工局一再要求，一定要挑好的，不能有本位主义思想，我一一照办。

根据我国原子能工业发展规划的需要，从上世纪五十年代后期开始，建工部兰州工程局先后选调了一万多名干部职工，一部分在兰州建设核工业 504 厂，一部分西进青海建设核工业 221 厂，一部分挺进大漠戈壁，建设我国第一个原子能联合企业。后来，这些队伍都从建工部划归第二机械工业部。第一支核工业建筑安装队伍，就这样在我国西部开发建设和核工业创建时期组建起来了。

挺进戈壁，艰苦奋斗

直属公司在兰州的工作安排好之后，我带人去看施工现场，才知道我们要建的工程对外名称叫西北矿山机械厂，也叫甘肃矿区，也就是现在的核工业 404 厂。为了保密，对外的联系地址、电话信箱都是兰州市，实际上真实的地址离兰州市区有 800 多公里，在一片戈壁滩上。这里的戈壁滩无边无沿，干旱缺水，飞鸟不下、走兽亡群，植物只有骆驼草，动物只有小马蛇。

职工们搭起帐篷，开始了我国第一个核工业基地的建设

刚到戈壁滩时，大家都住在帐篷里，为了防风沙，只能蒙着头睡觉。早晨起来，被面上常常是一层沙土。如果遇到特别大的风，就会把帐篷

掀掉。但是开拓者们要做长期奋战的充分准备，施工设备、生活用品必须一应俱全。甘肃省的领导对原子能工厂工程建设非常重视，甘肃省粮食厅商业厅，都派了处级干部专门负责食品、商品供应，保障我们对生活必需品的需要。

工程技术人员在施工前，认真分析、审核施工图纸

公司选派能吃苦、能打硬仗的闫德山同志带了一百多人，作为先遣队打前站，在戈壁滩搭了供三千人住宿的帐篷，建了十几个灶房，并派了打井队在离工地二十多公里的巩昌河边打了眼机井，以保证公司施工人员到了以后有住的地方、有水喝。

1958 年 10 月，我带领直属公司的大队人马先乘火车，下了火车后步行十多里，到了施工现场。虽然条件艰苦，但是有帐篷就可以住下来，支起床铺就可以睡觉。可是打的机井离工地太远，全靠汽车拉。水供应不上，只能实行分配制，早上分的一盆水洗脸，不舍得倒，晚上还要洗脸用。直到把机井的水引到食堂，生活用水才算解决。生活用电刚开始是在工棚中安装柴油发电机供电，后来从玉门石油管理局接来电路，我们自己完成通往工地的电路支线建设，生活施工用电才有了保障。

戈壁滩风大，说刮就刮，食堂做饭成了问题。炊事员架火做饭，几个人围着用火柴把草点着了，往炉膛里一放，就被风从烟囱吸到了空中，又熄灭了。做不成饭，只好派车到附近的城镇买些熟食来充饥，玉门、酒泉不知跑了多少趟。后来总结经验，等风小的时候再点火烧水，把炉中的碳烧红了就不怕风吹熄了，这样才逐步解决了几千职工的吃饭问题。

由于风沙大，吃饭的碗里、喝水的缸子里都有沙子，吃到嘴里硌牙，时间长了也就习以为常了。晚上吹大风的时候，沙子可以把帐篷压塌。帐篷有缝隙，睡觉时沙子迷了眼，醒了不能睁眼，要用毛巾把沙子擦去才能睁眼睛。一次刮大风，工地正在施工，我看昏天黑地的大风席卷而来，马上通知停工，工人刚从脚手架上下来，一席龙卷风就把一堵正在砌的墙吹倒了……如何治理风沙成了我们考虑的一大难题。

公司根据工程需要分了七处三厂，各自建造自己的基地。建厂需要材料，砖瓦、灰沙、石料当地都没有。首先要建砖厂，找沙石料场，选择基地，在苏联专家的协助下，确定了有红土的地方建砖厂；沙石料场的选址离工地 40 公里，要用火车运，我们就修铁路专用线；冬季到了，生活供应、取暖都遇到了困难，怎么办？向部里汇报，部里征求意见，兰州建工局和我们联系说不行就撤回来。回到兰州在哪里安营扎寨？一来一去要耗费多少时间？经过仔细考虑，我认为不能，于是千方百计想办法解决过冬生活问题，向省粮食厅、商业厅请求支援，他们一百个支持，保证了过冬的粮油、蔬菜、物资供应。我们同时又做长久打算，安排赵振卯同志带人到附近的五华山办农场，开荒地，打机井，来年种菜，通过种养殖改善职工生活。赵振卯对这项工作非常认真，精心耕种，第二年就解决了吃新鲜蔬菜的问题。

戈壁滩上只要有太阳、不刮风，冬天并不是太冷，十二月份还可以施工。砖厂、砼加工厂建成了，各处基地均已就绪，冬天我们没有撤离，站住了脚。

马不停蹄，突破重重生产难关

1958 年秋冬做了生活准备工作，粮食、商品供应、水电都有了，生活问题基本解决，基地也建设完成，各个方面有了保障。1959 年我们着手规划展开工程建设，整个工地热火朝天。建工部指派的文功元局长负责整个工程的设计、规划、计划和材料供应，我负责工程的现场管理、工程质量和进度。文功元是个好同志，他性子急，遇到问题经常和我吵，不过吵完了就没事了，往往他输理后就不再吭声了，也不计较，同志之间的关系相处得很好。工程设计有的在现场，有的在北京，经常因为图纸不赶趟而影响施工进度，有时也因为材料供应不上使施工计划完不成。不过我也有应对的办法，受影响的工程就停，不受影响的往前赶，有什么活干什么活，只要施工人员不停就行。本着对国家重点工程负责的态度，在工程质量上我们要求非常严格。发现工程中有不合格的地方，坚决推倒重来，对责任人进行处理，杜绝了不合格工程的产生。

整个工程建设中，地面厂房、办公楼、住宅楼施工都进展顺利，但是有个项目难度很大，就是从昌马河水库到厂区要埋设18公里1.2米直径砼管的三条引水管。一是要制管，二是要挖管沟，时间紧任务重。水管的制作是引水工程中的大问题，这么大管径的生产厂找不到，即使找到了，运输也是个问题。经过认真地研究，单位决定派六分厂厂长王向明同志带技术人员到西安、咸阳的制管厂

核工业人在戈壁滩上架起通向外面的铁路

去参观学习，回来后自己创建制管厂。在公司的大力支持下，职工们精心研究、反复试验，终于生产出单筋预应力砼管，与传统水泥制管工艺用料相比，节省了一半钢筋，质量完全符合要求。可是铺设好后，新的问题又出现了：时至冬季，水库的水面飘着一层冰球，一开闸放水冰球进到管道里，水流走了冰球流不走，渐渐把水管堵塞了。施工队急得团团转，向公司报告，我急忙驱车赶往现场和大家磋商解决办法。商量的结果是一方面烧热水消冰，一方面在水管中烧火。为了防止冰球再进入管内，在闸门上方用铁丝网挡住冰球，温度升高了，水量大了冰球顺水而下就不碍事了。通水成功了，整个工地欢欣鼓舞。

工人们在戈壁滩上埋设输水管道

二处负责的核反应堆工程，也叫大坑工程，施工难度也很大。核反应堆的大坑40米见方，都在地下施工。运土很困难，要一车一车从坑下拉上来，配备的拉土车是苏联造的“牛牌”载重车，从坑下四十多度的斜坡往上走，汽车很吃力，有时轮子打滑呜呜叫不起步，工人气得再给它装些土。二处主任周靖清是一个有能力的干部，不怕困难敢于承担这项任务。正在施工紧张阶段，突然接到上级通知，苏联援华专家撤走。没有苏联专家帮忙，我们于是请了兰州建工局的工程技术人员和周振远同志（国营一〇三公司第一任公司经理）带的安装公司到现场帮助施工，大坑工程逐步建成交工。反应堆可以说是404厂的心脏，这个核心项目的完成，多亏了周振远同志领导的安装公司。我们大干了一年，完成建筑面积7万平方米。

经过全体职工千辛万苦的努力，工程进展顺利，厂房和办公楼、宿舍等生活设施均建成完工，防风沙的绿化也建起来，各方面的人员陆续到厂，这个往日荒无人烟的戈壁深处日渐热闹起来，生产准备工作按部就班地展开，可以说万事俱备只欠东风。

大力协同，多方筹粮度过最艰难的三年

20世纪60年代初那场自然灾害带来的粮食短缺，给我们这支深处戈壁的建设大军带来了最艰难的考验。粮食供给不足时，红薯叶、洋芋都成了主食，最困难时采来骆驼草籽充饥。在那段艰难困苦的岁月，筹措粮食成了我们的一项重要工作。

1960年，是三年自然灾害最严重的一年。我们和省里联系，省里答复张掖地区有粮让我们自己去拉。随后我们又从武威拉了四百万斤洋芋，白银市支援了三十万斤麦麸和杂粮的混合物。

为了粮食我跑到北京向二机部汇报，请求部里解决粮食问题。部领导给时任东北局第一书记的宋任穷同志打电话求援，宋任穷书记答应发一个列车的苞谷给404厂。这才算解决了问题，“手中有粮，心中不慌”。

那个年代的困难在全国带有普遍性，404厂虽然没有移民就食，但二机部和甘肃省都安排要精简人员，省里要求精简三千人，部里要求精简一千人，算是度过困难的措施之一。有些职工家中极度困难，还有些职工身体不好，愿意回内地的都列入了精简范围，也有人是以请假的方式离开厂的，各种形式加起来精简了一千多人。我由于营养不良得了肝炎，一边治疗，一边坚持工作，要是普通职工也该列入精简队伍了。

当时我心中惦记的就是粮、粮、粮，戈壁滩如果断了粮不像内地可以逃荒，只有饿死。为了筹集粮食，我长途电话一个接一个，四处告急，八方求援。现在回想起来当时的情形还是很可怕的，如果不是措施得当不知会产生什么后果，至今我忘不了玉门的二十万斤粮、白银的混合面、武威的洋芋、东北的苞谷，这些都是救命之粮啊！

四〇四厂反应堆冷却塔

在这么困难的条件下，我们102公司这支钢铁队伍真是可爱、可贵、可敬，困难面前不动摇，保持了解放军的优良传统，发扬了工人阶级吃苦耐劳的作风，保证了工程的顺利进行。

从建工部直属二公司到西北矿山机械厂建筑安装工程公司，再到国营一〇二建筑工程公司，伴随着单位称谓的几经变化，原来的建工部直属二公司发展成为一支国防工业战线上的核工业建筑施工企业。

53. 参与建设中国的第一个核武基地

李竹林

李竹林，1929 年 8 月出生于山西省山阴县，1944 年 4 月参加山西省怀仁县游击队任通讯员，1946 年 5 月加入中国共产党，1947 年在中国人民解放军一野六纵司令部任科员，参加了解放兰州整编国民党起义部队等工作。1955 年 5 月随部队整编转至二机部二二一厂筹建处，1962 年入职二机部一〇四厂在青海省海晏县投身国家核工业建设，历任处长、办公室主任、筹建处指挥部部长，核工业二四公司经理、党委书记，见证了第一颗原子弹的爆炸成功。1987 年 12 月光荣离休，享受副部长级医疗待遇。

李竹林 2019 年 3 月 30 日在四川大学华西医院逝世，享年 90 岁。此文为李竹林同志生前亲笔撰写。

2010 年春节，在《炎黄春秋》（2010 年 1 期）上，看到王菁珩的回忆文章《中国核武器基地揭秘》，埋在我心头五十余年的往事，一幕幕浮现到眼前。回想起那些曾经一起战斗、工作的老领导、老同志，我的心情难以平静。多年从事保密工作使我养成了习惯，往事永远藏于心底，秘不示人。读罢王菁珩的文章，我突然有了把自己经历的往事说出来的冲动。王菁珩进入二二一厂是在 1961 年，该厂初期的建设情况他并不了解，而这段历史恰是我所经历过的。

李觉将军带领，勘察草原

我国核工业的 101、102、104 三个公司的基础，是由军队转业组成的兰州建筑总公司下属的一、二、三公司。特别是由 9 团（兰州建筑总公司下属三公司）大部分成员组成的 104 公司，是一支政治素养高、技术好、能打硬仗的队伍，为我国的核武基地与核工业建设立下了汗马功劳。

1958 年 9 月一个夜晚，我和兰州建筑总公司下属三公司经理刘志民、测量技术员杨树林被秘密地召集去开会，莅会者中有三位素不相识的人。我们被告知将前往青海执行特殊任务，具体什么任务并未说明。后来得知，在我们前往青海前，金银滩作为核武基地已被选定，并得到中央批准。我们的任务是进一步了解草原上的各方面细节，为下一步建设提供资料。翌日清晨，我们前往兰州机场，乘一架小型飞机前往西宁，再乘吉普车抵达青海湖东北角的金银滩大草原。

我们开着车在草原上勘察地形，整整跑了一天。因为保密缘故，带队领导并未言明我们来干什么。调查结束后，测量技术员被留在一小喇嘛庙内（草原上唯一可待之处），为的是给后续人员做向导。此人因此留下绰号——杨喇嘛，被人叫了一辈子。

我们其余的人经西宁返回兰州，旋即赶赴北京二机部九局接受新任务。到京后方知，此次率我们前去金银滩的竟是九局局长李觉将军和他的两位助手。我们被告知，立即筹组104公司，尽快前往海晏建设青海机械厂。尽管当时并不清楚这个公司的使命干什么，但隐约中感到任务非同一般。

向戈壁进军

就在北京，李觉将军命我前往太原的志愿军某部，有偿接收一批苏联援助的退役汽车。我在临汾接收了汽车，办好了运输手续，同时接收了150名刚刚退伍的志愿军司机。然后亲自押车，将一百辆“嘎斯51”运到兰州。

此时，我们仍属于兰州建筑总公司的下属三公司，押运车辆及转业的司机也统一归我公司支配。与此同时，我们也在暗中开始组建104公司，挑选了上至党委书记、经理，下至工程技术人员、工区主任、工段长近200名骨干及工人1 000名。凡是政审合格、身体健康者一概调入，机械设备凡能用者也一律带走，就连公司领导的一辆吉普车也没放过。1959年元月，由三公司1 200人组成的104公司前往青海。那时没有铁路，乘卡车要走两天才到海晏，面对茫茫的大草原，朔风怒吼，地冻天寒。帐篷不够，就挖地窝子，铺草席，盖油毛毡，能遮风挡雨就行。时值三九，没有水，只能到山沟里运回砸碎的冰。没柴草，就到草原上拾牛粪。吃的是青稞面糊糊就咸菜。最难受的是高原缺氧和紫外线辐射。我们作为先遣队，除了解决自家吃喝，还要为后续人员来基地工作做准备。尽管生活极其艰苦，但没人打退堂鼓，硬是在不太长的时间里解决了基本的吃住问题，为后续人员创造了基本的生活环境。

基地建设场景

万人大转运

在金银滩安顿下来后，1959 年 4 月我又受命返回兰州筹备组办事处，准备接收从河南内黄、清丰两县招来的 7 千名支边青年和 3 000 名转业军人。办事处设在兰州西站附近的友谊饭店，这也是当时兰州唯一的涉外饭店。办事处成员近 30 人，分接待、财务、材料、人事劳资、生活服务、调度等几个组，每组五六个人。

基地生活场景

即将前往金银滩的转业军人和支边青年们分乘火车陆续抵达兰州，上万人的接待，吃、喝、拉、撒，工作难度可想而知。这些人来时乘火车，去青海只能乘租借来的大卡车。第一站先到西宁，然后再转赴海晏。由于运力缺乏，很快出现“到的人多，走的人少”的情况，致使大量人员滞留兰州，足足转运了三个月。期间最难的是吃饭，靠饭店和旅社根本解决不了，最后只好在人员相对集中的地方建了两座临时食堂。办事处人员都去食堂帮厨，人手还是不够，于是又到转业军人和支边青年中发动志愿者。食堂里一口大锅熬稀饭，一口锅蒸馒头，那场景就像万人大会餐。每日只能供应两餐，每餐每人一个馒头一碗稀饭，再给点咸菜，天天如此。最初，甘肃省粮食厅还能按需调拨粮食，后来粮也断了（此时已进入三年饥荒初期）。我这个办事处主任就像个“叫花子”，天天跑粮食厅“赖”着要粮，粮食厅负责人也很为难，躲着不见。我有时就睡在人家的办公室里，赖着不走。没多有少，要一点是一点，食堂也尽量节省支出。馒头没了，改成每日两餐稀饭。就在如此困难的条件下，我们完成了上万人的接待转运工作。1959 年 7 月 1 日，青海机械厂驻兰州办事处正式撤销。

会战“原子城”

转运工作结束后，1959 年 8 月的一个清晨，我到办事处准备乘坐大卡车前往西宁，远远发现车前站着一位穿军装的老同志，走近一看是李觉局长。我问他怎么在这儿。他说，等着你一块儿去西宁啊！就这样，我俩坐在驾驶室聊了一路。记得那年他正好 45 岁。

当时的海晏县城还不如内地的集镇，一条不到百米的街道，几家为二二一厂建设服务的党政机关。县城距金银滩草原还有近 40 公里，我们的筹建处设在城外扎的几顶帐篷里。这项工程属国家绝对机密，为此，一千余平方公里草原上的牧民全部外迁。这里一直无通信地址，直到1963年才设立邮局。

人安顿下来，还要适应海拔3 300米的高原艰苦生活。大家继续喝河沟里的水，烧牛马粪，吃青稞面糊糊，缺油少菜，完全谈不上营养。我们104公司的这一千余人分成几个工区，一工区负责十八厂区、电厂、七厂；二工区负责三、四、六厂区；三工区负责一、二、八厂区；四工区负责九、十厂区。

此后，苏联撕毁合同、撤走专家，对我们刚刚起步的核工业打击甚大。1960年下半年，全国性的饥荒像瘟疫般扩散开来，职工口粮每月仅有24斤，而且都是青稞、谷子面，每人每月还要节约两斤。人是铁，饭是钢，眼见着职工的身体在一天天垮掉，个个无精打采、东倒西歪。浮肿、肝病蔓延，人心浮动，非正常死亡出现。工地上已经无人，能动的都去草原上找吃的去了，野菜、草根都挖出来吃。下了雨，草原上人头攒动，有人采蘑菇，有人抓旱獭。尽管我们一再劝阻说旱獭会传染鼠疫，但根本没有人听。

1961年的下半年，中央调拨了一批救命的黄豆，从此大家每天都能喝上一碗豆浆，补充点蛋白质；磨出的豆渣则掺入青稞面蒸馒头，个头大，也好吃。时任二二一厂党委书记赵敬璞，要求各级领导全力以赴抓生活，各单位都成立了农副队，开荒种地，生产自救，组织人员去青海湖打鱼。

1963年下半年，二二一厂厂区交付使用，科研人员进驻，原子弹研制工作取得重大进展。1964 年 10 月 16 日，我国第一颗原子弹爆炸成功，美苏的核垄断被彻底打破。这以后，我国的科学家继续在 221 厂努力奋战，于 1967 年 6 月试爆成功了我国的第一颗氢弹。

基地外景

转战大西南

随着中苏关系的破裂，1963 年 7—8 月间，我被派往四川参与勘察第二个基地的选点。1965 年，我奉命从西北转战西南，接受 902 工程的建设任务。我们 104 公司也改称为“国营西南二四公司”。我的人生，也步入到另一新的阶段，直至 1987 年离休。

我这一辈子，都是在动荡的生活中走过来的。从兰州为建三师选择驻地，到参与 221 核基地勘察选点，再到 902 工程选点建设……动荡的生活让我失去了很多，1960 年大饥荒，我的老父亲因饥荒所迫，前来青海基地投奔我，但没料到，老人家难以适应高原缺氧的恶劣环境，竟然在到达金银滩草原的第二天清早便不幸故去。由于常年参加属于绝对机密的核武基地建设，我们夫妇只能将孩子托付给岳母，每年只有在 12 天的短暂探亲假期间，才能与孩子团聚。直到上世纪 70 年代岳母离世，我们才将孩子接到四川。但是，有失才有得。为了祖国的核基地建设，我牺牲小家的团圆，去换取为国家强盛贡献微薄力量。此生，我无悔。

54. 赴大三线建设二套核武基地

肖守业 口述　　**田晓东** 整理

肖守业，1937 年出生，河南平顶山人，1963 年在青海草原参加工作，1974 年入党，历任中国核工业二四建设有限公司技术员、计划处处长、三处副主任、公司总工程师、副经理等职，1997 年退休。

1963 年，我大学毕业到青海参加工作，正赶上二机部为加速实现我国第一颗原子弹爆炸实验而开展的“草原会战”，公司组织我们几十个大中专毕业生成立了劳动大队参加集体劳动，“草原会战”一直持续到了 1964 年。

先遣小分队探路入川

那时我们虽然属于保密单位，但自从中苏关系决裂以后，国家战略形势不断严峻，青海核武基地已不再是绝密之地，在准备打仗的特定形势下，国家领导层已经开始考虑在西部建设战略大后方的问题。到了1963年11月左右，公司领导从上级得到消息，国家要将核试验研究由集中转向分散进行，核武器研制基地由西北向内地山区转移。领导对此保持高度关注，开始着手组建先遣小分队。我是通过公司举办的技能测试被选中的，也是我们当时参加工作的那批毕业生中唯一一个被选中的，再加上公司一些有经验的工程师、技术员，共有三十几个人组成先遣队，等候上级指示。1964年4月，我们带着二机部从中央军委开出的介绍信，由公司领导汪若带队前往四川。

我们作为探路者入川时，国家三线建设的区域大布局已经确定，我国第二套核武器研制基地建设项目全部分散在四川几个县的山区里，一时间中央也下不了决心该先建哪里、后建哪里。我们依照最初中央先建821的命令，第一站赶到了广元，地方政府看到我们的介绍信，自然相当重视，为我们安排了专门的招待所和食堂。住下后我们开始了解周边情况，每天前往各个山沟去勘测选点，回来再做施工规划、队伍进场安排等预案。大概过了一个月左右，我们再次接到通知，中央最终决定先建 902 工程。

到达绵阳后，我们首先对 902 工程的各施工点进行了勘测，该工程十几个工号散布在几个县的山沟里，地点偏僻隐蔽，各个工号间相距甚远，施工难度非同一般。根据上级决定，我们先从安县的工程入手。由于公司大队人马还在青海草原没有动迁，我们三十几个人只有率先进入施工地点摸底。我们坐车到达安县秀水镇，进山沟没有公路，下面是大河，河的两边是几百米高的陡峭山壁，我们只能沿着山上的羊肠小道徒步前往。有的地方荒草丛生、沟坎断道，我们走了将近两个小时才到达山沟里面。我至今还记得那个山沟很深，有很少的几家居民，生活相当艰苦。我们在山沟中搭建临时设施办公，勘察地形，进行施工前的各项准备工作，并向部里和公司领导及时汇报了情况。

风风火火的三线建设

从我们先遣小分队入川开始，前前后后经过了一年左右的准备时间，1965 年 4 月，由公司副经理崔银茂带队的第一批施工队伍进驻安县。到 1965 年年底，公司陆续完成了青海草原全部施工力量的大迁移，我国第二套核武基地的施工建设也就此全面开工。公司大队伍入川后立即展开了风风火火的西南三线建设，我被调到了公司计划处负责施工任务规划，辗转于

三线建设历史图片

各个施工点之间，根据上级的任务部署，给各施工处下达施工计划。建设初期的确不易，在山区的道路、施工、生活条件都不具备的情况下，公司领导和职工们一同开山、修路、架桥、住临建，一点点开拓、一步步前进。虽然当时的困难很多，大家都以国家利益为重，排除万难，以最快的速度高质量地建设国家三线工程。

1968 年，部里决定由公司抽出施工力量承建 816 工程，我们一行十几个人再次随公司副经理汪若前往勘察情况，做施工准备。1970 年，公司抽调了部分施工力量承担 816 工程部分施工任务。816 地下核工程前期是由一个 1 万人左右的加强师进行了 4 年的施工才将山体打通，我们的队伍进入时部队已

三线建设历史图片

经撤出。816工程的洞中道路、导洞、支洞、隧道结构错综复杂，当时也没有完备的照明设施，我们的职工从来不敢一个人前往洞中，都怕迷路出不来。我们承担的项目，由部建工局总工程师吴世英负责技术工作，两个多月搞出了技术方案，我负责施工队伍布局，队伍驻扎江东、江西两岸，我们的人住在江的东岸。那个地方夏天的时候非常炎热，晚上酷热难耐，无法入睡，职工们只有头蒙着毛巾轮流到水管下冲凉降温，到天快亮时才可以相对安稳地睡上两三个小时。就是在这样艰苦的条件下，参战职工默默地克服着种种困难，艰难地推动着工程进度。

55. 三线工程建设的峥嵘岁月

任汉全 口述　　**夏子龙** 整理

任汉全，1965年10月进入核工业系统工作，1965年至1978年间参与了我国西南三线重点工程建设任务，尤其在我国首个核潜艇陆上模式堆（196工程）、高通量工程试验堆（49—3工程）及728工程建设中做出了突出贡献。1978年后，他参与了我国早期核电的选址工作，作为首批海外施工队伍技术负责人完成了哈桑体育城等多项工程建设，参加了巴基斯坦恰希玛核电建设。1999年回国担任中核华兴副总工程师，直至2001年退休。

1965年夏天，我从南京建筑工程学校毕业后，便匆匆赶往北京报到，那个地方很难找，后来才知道是二机部的招待所。当时西北戈壁滩的404工程已接近尾声，正赶上核工业建设队伍从西北调遣入川，核工业建安队伍陆续转移到西南地区，承担三线工程建设任务。我在北京待了一个多月，便随大家到了成都，来到了西南化工局下设的大华化工公司，后来又辗转到了宜宾汽车厂。当时，我们正巧碰上西北搬迁的队伍，几百辆大卡车，全是机器设备和工人，上万人一起住在汽车厂房里，用草垫子打地铺，好不热闹的一番场景。

1967 年 9 月，我们同批的 38 个学生接受正式的工作分配，我来到西南七处的三工区。那时三个工区分别承担着重大施工任务，其中一工区驻乐山，承担 585 所的 45－1 工程以及 303 甲、乙、丙三个大工程；二工区承担 909 所在地的生活住宅、办公用房、公司设施以及 909 工程研究所、科研设计服务实验室工程建设；我所在的三工区则主要承担 196 工程。

咬牙攻坚 196 工程

196 工程是我进入核工业以来参与的首个重大工程，是著名的核潜艇陆上模式堆工程。毛主席提出："核潜艇，一万年也要搞出来"，于是在 1965 年 3 月 20 日，中央下发了文件，196 工程正式上马立项。1967 年 4 月 10 日，项目破土动工。1968 年 3 月份，核潜艇工程指挥部成立，当时的指挥长是何谦，副指挥长是吴世英，总设计师是彭士禄，总工艺师是赵仁凯，我们三工区的施工主任是何其良（委派），我作为技术员从事现场施工技术工作。

当时三工区主要负责196工程半地下室钢筋混凝土结构。由于施工地三面环山，公用工程、生活设施、通风、三废处理工程以及给排水工程均在山之外，施工任务十分艰巨，根本没有大型的机械设备辅助，全靠人工进行施工，一座大山全部挖掉，还不能放炮（爆破施工）。我们担心山体地基松垮，影响后期工程运行，只能靠工人一锤一锤挖到地下25米，土石方量相当大。

那时主体工程的施工难度特别大，尤其是工程框架所用的承重柱施工特别难，高度高、模板量大，又没有机械设备。100多根柱子，贯穿整个主体结构，纵深40多米，都是空心的柱子，没有吊装设备，怎么上？当时我压力很大，分了四个小组花了很长时间来做技术革新、制定技术方案，最后还是靠自己的“土办法”，用很粗的沙杆来搭架子，上面支上横梁挂上倒链，每层混凝土浇筑完，用倒链把模板往上滑一点，再浇筑再继续往上滑。就这样一点一点，24小时三班倒来做，整整干了两个月，才把这些柱子全部弄完。除此之外，当时还有一个很大的难关就是重混凝土的施工。核潜艇反应堆厂房外墙用的都是重混凝土，石头是铁矿石，砂子是铁砂，一般混凝土比重是2.5吨每立方米，这个是3.8～4.2吨每立方米，搅拌、振捣、浇灌都很难。我们原来没搞过，做了很多试验。刚开始搅拌时铁矿石和铁砂子很重，直接甩出来，没有黏在一起，为此我们专门去外单位学习，想了很多办法做了很多攻关。后来慢慢掌握了一点规律，先把水泥和铁砂子放到搅拌机里，等黏合差不多再把铁矿石放进去，搅拌不能超过两分钟，然后慢慢扁平振捣，均匀下沉，直到最后成型，这样一点点弄，花了很长时间，就是为了保证工程质量，避免发生露筋问题。

当时的生活很苦，我们技术员每月只有 27 斤粮食，饭都吃不饱，架子爬不上去。三工区不到 1 000 人，为了 196 工程拼命在那儿干。又碰上“文化大革命”，国家在动乱之中，材料、设备供应不及时，设计院图纸出不来。面对这种情况，党中央在 1968 年 7 月 18 日下达了重要批示，派解放军独立师支援陆上模式堆建设，同时要求中科院、高等院校和机械工业部、冶金部、化工部以及几个省的有关部门，进一步加强对工程建设的支援。有了 718 批示，工人们虽苦但干劲儿很足，加班加点，夜以继日地奋战在施工现场。

主体工程施工时，混凝土浇筑完 8 个小时必须要养护，养护周期要 28 天。一层层浇下来，模板全部吸满了养护水，都很重，每块有一百来斤，根本拆不下来，上面浇混凝土模板又不够，急得我团团转，怕耽误工期。刚好独立师张师长问我有什么困难没有，我说人手不够，下面模板抽不出来，上面的混凝土没法打，张师长听完后说：“好，明天我给你找人来。”第二天，部队 500 名小伙子带着撬棍来到现场帮忙拆模板，只用了三天时间，模板全部拆出来了，这可帮我们解决了大问题。

还记得 1967 至 1968 年间，大雨滂沱，我们驻地旁的东风桥下发洪水，洪水很大，当时正在搭设模板的陈德阳、秦郝春两人为抢救模板不幸被洪水冲走，秦郝春幸存，而陈德阳不幸牺牲，连遗体都没找到。后来，大家在附近的山上为陈德阳建了衣冠冢，每年清明都去扫墓和祭奠，直到今天这个墓还在。他们这些壮举和精神激励着我们一步步坚持把工程干完。就这样，1970 年 4 月，196 工程建安提前完成。12 月，核潜艇下水，由此正式结束了我国没有核潜艇的历史。

49-3 工地的故事

1971 年，196 工程结束，我们开始了高通量工程试验堆的建造任务，即 49-3 工程。这项工程体量和难度一点不比 196 小，当时厂址在一座大山下，厂房负挖 20 米，配有 125 米高排风塔，不仅土方量大而且技术难度高。1971 年 1 月，在没有施工图纸的情况下破土动工，由北京二院边设计、边现场施工边修改。这个工程里面有 10 个热室，这个很难干，墙是 2 米厚，板子也是 2 米厚，都是重混凝土还有铅板，地下室的反应堆也十分复杂。所有的施工没有任何机械，全部靠人工，混凝土都是用独轮车一车一车运进去的。绑钢筋、支模板、打混凝土都是工人三班倒。每个大门都有 10～20 吨重，都是用倒链倒上去的。安装需要一个月，工艺要求非常高。除了主体工程施工，高排风塔结构施工同 196 工程一样复杂，防辐射层、耐火砖层和混凝土层三层施工难度特别大，我们用倒模形式施工，高度高，十分危险，对当时的施工水平来说真的是很大的挑战。

不过当时整体士气很高，大部分家属跟着职工过来了，她们没有工作。现场工人不足时，我们就把所有家属都动员起来参加工程建设。当时家属们每天都要结队去江边捡鹅卵石，砸碎了打混凝土用，每人每天 200 公斤，她们还要帮我们装车卸车。她们不为钱，不为名，无私贡献，在当时发挥了重要作用。

“倒水泥的书记”

在 49-3 工地工作了两年，我被调往二工区，准备从事 728 工程。728 工程源于周总理在 1970 年 2 月 8 日做出的重要批示，那时国家正准备开始筹备核电站建设。1973 年，上级要求二工区调迁到 812 厂。第二年春，我随众一起来到 812 厂承担 728 部分工程。

当时工程建筑总面积 25 000 平方米，配 80 米高的排风塔，我负责排风塔的滑模施工，那时在二机部来说滑模施工是首例，为了向厂家购进设备，我和两个同事一起乘火车去上海洽谈液压千斤顶设备。但由于“文革”动荡，厂家早已经不生产设备了，我们当时就急了，因为现场正等着这批设备施工呢，最终在我们的争取之下上报到部里。我们又回到了四川，焦急地等待了一个月，那个时候也没有电话，那种心情可想而知。最终部里出面，这批设备如愿获批生产，并顺利投入了工程当中。

设备问题解决了，我们当时就组织了滑模研究组，五六个人，自己搞滑模平台的设计，搞电气自动化设计、采购材料、平台组装然后带砖试压，核实每个平台多少公斤压力，然后在高空组装再试压，确保百分之百没问题了才正式施工，就这样前前后后花了七八个月，解决了模板、混凝土平整度等多个技术难题，最后用了28天完成了80米排风塔的滑模施工。当时这项技术在部里很红火，我还专门去部里做了报告。

当时大家都很努力，不管干部还是职工。有一次，人手紧张，时任党委书记曲甫亭在搅拌机旁整整倒了两天水泥。我当时问他：“书记，你怎么在这倒水泥啊?”他说：“你们是部里面第一个搞出滑模来的，我难道就不能倒水泥，为你们服务吗?”这句话一直深深地印刻在我心里，一个五十几岁的老书记亲自到工地倒水泥，为的是什么？这也是当时很多核工业建设者共同的奋斗缩影。

1978年，二机部在上海成立了728院，由原来的北京二院、北京六院及上海核物理研究所抽调人员组成，当时部里抽调我和几名同事前往23公司五处（金山五公司）进行核电站试验，我们是国家最早接触民用核电的一批人，不过因为种种原因，最先选定的几个点都没能最终立项，直到秦山核电选址成功并开工建设。

核工业是我为之奋斗终生的地方，在三线建设过程中，无数核工业人秉承初心使命，发扬戈壁滩吃苦耐劳、连续奋战的拼搏精神，建功立业，独立完成了核工业在川的大部分重点工程建设任务，为我国第一艘核动力潜艇的成功下水立下了汗马功劳。

56. 我国第一批核工业厂矿基地五〇四厂的建设过程

顾全华 口述　　**何　星** 整理

顾全华，1957 年参加工作，全程参加五〇四厂建设，1958 年至 1963 年任国营 21 公司第一工程处主任工程师，1983 年至 1986 年任国营二一公司总工程师，1986 年 12 月任深圳华泰企业公司总工程师。

五〇四厂是中国第一座浓缩铀生产工厂，也是“一五”期间前苏联援助中国的 156 个重点项目之一。这个本该拥有数不尽辉煌的老厂在我的记忆里却有些“灰头土脸”的模样。年轻的我见证了五〇四厂的逐渐成形。这是我与核工业结缘的地方。我国第一颗原子弹、第一颗氢弹、第一艘核潜艇所使用的浓缩铀全部产自五〇四厂。从五〇四厂的建设到现如今我国核工业的迅猛发展，艰辛与掌声我都曾经历。

与工作的初遇

我 1957 年大学毕业以后就分到兰州工程总公司，也就是后来的兰州工程局，大学在南京工学院读工业与民用建筑专业。那时候大学生少，但也都是实实在在地干，从来不娇气，“实践是检验真理的唯一标准”，要想得到真知识就得在基层沉下去干。当时中央下的命令是：大学生毕业后必须经过劳动锻炼一年，才能在机关从事管理工作。

我是在兰州工程总公司炼油厂一处班组锻炼，在班组锻炼期间，我在预制厂实践做混凝土，我的另外三名同学在做瓦工，都是很基础的工作。从南京的江南烟雨突然转到兰州的西北狂沙中，那样的环境转变实在让我印象深刻。我们整个班组全挤在一间土房子里，睡的是拿木板搭成的临时通铺，双层通铺中间留一个走廊，全住得满满的，一个挨着一个，风沙大的时候铺盖上都是沙尘。

不久，西固的一、三、六，三个处合并组成了兰州总公司下的一公司，一处是炼油厂，在兰炼靠近黄河边的位置，三处是电厂，六处就在福利区，主要是住宅区和一些生活供给。当时的我就是个愣头青，从来没有觉得自己的工作有什么不一样，每天就跟着老师傅们打混凝土，从来没想到自己能与核工业发生关联。

把图纸记在脑子里　一砖一瓦建设五〇四

1958年刚过完国庆，10月4日，我稀里糊涂地通知调走了，也不知道要去哪里，也不知道要去干什么，胡乱收拾些轻便的行李就出发了。到了地方才知道是去建设五〇四厂。五〇四厂地方很偏，从厂区坐火车去市里要半个小时。那时候我所在的公司名称是直属一公司，机构也很小，是个正处级。回想起来，其实来到五〇四我才真正开始了我的技术工作生涯，自此我参与了五〇四厂、八一四厂的建设全过程。1984年，四〇五厂开始建设，我作为21公司的总工也参与了4个月，把前期规划做完后才离开。

五〇四厂是按照原版的苏联图纸来建的，只有少数的标注是中文，我们大部分人是不懂俄语的，但为了看懂图纸，只能偷空自学。苏联专家都住在兰州招待所，上班由大巴统一把他们拉到我们厂里。他们在专家楼办公，一般人是不能进的，我们也接触得少，很多技术问题只能靠自己琢磨。厂房分三个工段，一段负责建福利区，二段负责建设厂前区，我所在的三段负责建设主厂区，当时是单永峰担任工区主任，李国章担任书记。整个五〇四厂建设任务非常重，光是三段就有两千多名员工，整个厂里除了苏联专家外有三批人马，一小部分清华等大学的毕业生是技术核心，部队调来支援的军人是建设主力，兰

1961 年，国营 101 公司第三工段（即华泰企业公司前身）生产技术组部分同志留影（前排右二为顾全华）

州各个县的临时普工负责一些基础性工作。1959 年我们三段从铁道部调来了一个工程师名叫陈自立。

五〇四厂自 1958 年开始建设，1965 年完工，作为核工业第一套核燃料浓缩工厂，工程建设难度相当大。五〇四的主厂房长 600 多米，宽 50 米，每一节三万到四万平方米左右，作为核工业工程对温度、湿度、清洁度控制要求也特别严格，稍有一丁点误差都会出大问题。同时，五〇四厂厂房因为保密、安全等因素，主体都在地下，只高出地面二三十公分，两侧是两条长 600 米、宽约 2 米、深约 3 米的现浇通风沟，通风沟钢筋很密，内壁大概 15 到 20 公分。厂房中间有一条中央沟。除去这三条长沟，厂房里都是排列得整整齐齐的设备，一号机、二号机、三号机不停地运转，当设备运转时会产生大量热量，厂房各处设有通风帽帮助散热。预制的盖板小的长一米五、宽一米三左右。地面刚开始也都是水磨石，加工难度也很大。400 米长的钢筋共 600 多条，一条一条紧挨着，除了走道各处都是这样的钢筋。当时外面没有人知道这个巨大的黑盒子是做什么的，而我们就在里面工作。

因为主厂房太大，所以被分为三段来施工，其中 1 号工程的钢筋、混凝土总量约 47 000 立方米，全现制支模板约十多万平方米，全是用的东北的红松，通风沟上层隔板的误差只允许正负 2 毫米，当时国家能给我们的不多，但是能给的全给了。在主厂房 1—37 轴线交付安装后，从 1960—1964 年期间，主厂房还有大小不同的

1961 年，国营 101 公司第三工段生产技术组部分同志黄河边留影

20 多项工程尚未完成，有的属于新建，有的完成主体待装修，有的处于收尾阶段。1960 年建设的 8 号工程为最大的项目，约有 6 千多平方米，由于 1959 年主体施工 1～3 层，因电焊原因造成 2～3 层局部被烧，经鉴定后，不合格的拆除，重新施工，经一年多的努力具备交付安装条件。

1958 年正赶上全国“大跃进”，干部职工都是白天干活晚上一同加班，加班也不计报酬。晚上十点左右收工后，一个馒头、一碗菜汤就是最好的犒劳。当时班组发的奖金大家是不会收的，都敲锣打鼓将奖金送回，那时候大家对个人利益都计较得少。洗衣服、做家务都留在大礼拜放假的时候做，职工在仪容仪表上舍不得花时间，所以偶尔出门还被外面的人戏称“远看像要饭的”。1961 年国家暂时困难时期，单位在“保人保机器”形势下迎来了一项特殊的施工项目，即 15 号工程。它结构特殊，经半年准备，终于进行到顶盖施工阶段。因其钢筋稠密，混凝土厚度为 1.5 米至 2.5 米，混凝土总量约为 2 000 多立方，而且要求一次性浇满，不留施工缝，为此工段调集了 8 台 400 公斤的搅拌机，50 多台振捣机，组织 200 多人，白天晚上三班倒，经三天三夜的奋战完成了任务。

液氮在当时技术上需求很大。过去，五〇四厂为了液氮的生产已经建立 9 号和新 9 号两个工程，不过建筑面积都不大，液氮产量仍不能满足需求，1962 年组织要求再建一个规模更大的工程叫新新9号，必须在9个月内建起交付安装，我们也没有辜负组织的信任，按期完成了任务。

五〇四厂建设过程中没有起重机，更没有塔吊这类好设备，十多米高的厂房需要的砂、石、砖不是靠人挑肩扛就是靠马车拉，我们的职工就挑着砖从架子走上去，稍不留神就会跌下来。工程的建设一开始全靠手推车，到后面才增加了架子车。就是靠这些简陋的设备和这样一群一心为着国家大事的人，才把五〇四厂一砖一瓦建起来。

五〇四厂建设时期的图纸都是绝对机密，绝对不能拿出保密室或者偷偷记在别的纸上。存放图纸的保密柜都是由厚铁铸成，四壁厚达30多厘米，拉开门都十分费力，我们只能抽空去保密室学习图纸，怎么学习呢？靠记。想画一部分带出来是根本不可能的，图纸是建筑的生命啊，我们只能把它刻在脑子里。

深刻教训引发“设计革命”

厂房在建设期间也发生过事故。1958年冬天天气转冷时，一颗螺丝从厂房顶钢架上掉落下来，别看只是一颗小小的螺丝，这可是大问题，一颗有问题整个厂房就可能都会发生问题。检查后发现1号工程骨架的螺丝黏合不合格，后经过检验发现混凝土强度也没有达到标准。当即，队伍就将1到37号骨架全部砸掉重来，所有的混凝土块体也全部重新在西固生产，为此工期也延误了3个月。1959年年末1号工程一段就要交付安装，厂房第一段就有10 000多平方米，这一拆又是大问题，工期可误不得，最后还是干部工人拼尽全力才将工期抢回。这次事故给我们带来深刻的教训，我们再次认清一个理念：工程必须要将质量、安全放在首位。

1998年，在深圳华泰企业公司办公室留影（左四为顾全华）

有了五〇四厂的经验与教训，三线建设时公司就格外谨慎，一定要按施工规律、按程序办事，严格把关，好中求快，好中求省，绝对不能含糊。1965年国家也讲究“设计革命”，改进施工工艺从设计开始，总工程师李日余就第二套系统怎么建也费了很多心思。他亲自带队去设计院谈了三天。后来814厂建设时根据实际采用了车厢式施工，也不像以前那样做现浇，而是大量采用预制，类似于现在的工业化生产，非常成功。

57. 迁徙只为核燃料老厂

扁生耀 口述　何　星 整理

扁生耀，1933 年 2 月 16 日出生于陕西省渭南县。1951 年入伍，1953 年转入中国建设工程第三师九团一营四连任排长，1955 年入党。1958 年调入第二工业部 21 建筑公司，参加建设 504 厂，1965 年转战四川省 814 厂搞建设，1970 年转到陕西省 405 工区参加三线建设。核工业 21 服务公司成立后，任党支部书记，1993 年退休。

短暂的军旅生涯

1951 年有那样一天我记忆深刻，到现在那种 18 岁少年想以身许国的亢奋我还能真实忆起。那天县里广场上开了一次大会，县上的人都围在广场上，领导在主席台上传达中央精神，振臂高呼动员大家报名参军。那时朝鲜战争还打得火热，美军已经越过三八线，严重威胁我们国家安全，只有抗美援朝才能保家卫国。我感到热血沸腾，一方面是见过这个国家曾有过怎样惨痛的遭遇，另一方面是我觉得自己也没有什么大本事，就只有这一身的力气，于是立即就报名参军了。

一起参军的有 30 多人，作为独立营我们当时都领到新发的军装和被褥住在农民家里，一路行军走到华县赤水，那是当时训练的一个大本营。我被编入西北野战军兰州军分区九团一营四连，我们积极训练，练投弹、刺杀、射击、实战演习，随时准备入朝参战。

收起枪支搞建设

1954 年，因兰州建设需要，部队调入兰州建设大三线。当时的兰州还处在一个十分艰苦的状态，水都是人挑、车拉从黄河运来的，全市只有陆军医院是二层楼，马路是土路，没有汽车只有马车，所以当时笑说兰州“下雨是水泥马路，晴天是洋灰马路”。这样一片荒芜的地方谁能想象到会是今天的兰州呢？

部队到了兰州西郊建基地，用以前惯用的老方法打井取水，结果全是泥沙水，连洗手都不行。我们只好从黄河拉水供生产、生活使用。这么大个部队拉水吃也不是办法，所以就开始修水管，听说兰州最冷时地冻一米以上，我们就把水管埋在一米以下。可是哪里知道 1954 年的兰州那样冷，冰封黄河，大货车可以直接从冰面上开过，埋的水管全都冻坏了，我们储水的罐子也都冻裂开了。战士们就背着篓子去黄河背冰回来，用火将冰融成水了再用。部队施工也因此耽误了些时候。

部队当时实行十小时工作制，两个礼拜修一次假还经常要参加义务劳动，休息时间格外宝贵。当地人都戏称我们“远看像逃难的，近看像要饭的”。

由于苏援西固热电厂工作紧张，我被借调到三处钢筋车间任工长，主要负责钢筋加工，每天在工地上跑，家里做的鞋不到一个礼拜就穿底了。大家都这么泡在车间里一心一意搞建设，与亲人都断了联系。

与核工业结缘

1958 年，国家发展核工业建设 504 厂，成立核工业 21 公司，国家对核工业相当重视，核工业人都是经过严格选拔以后才能加入的，必须根红苗正、政治可靠、技术过硬。钢筋班共选了三个班，我任钢筋车间主任。那时就一心听从组织分配，服从组织安排，一心只为工作。大家统一开个介绍信，背起背包就出发了。我们刚去的时候条件都还很艰苦，也没有房子住，都是在当地农民的房子里借住。大家为了争取时间都不分白天黑夜地干，员工吃完午饭刚一放下碗就睡着了，抓紧时间睡几分钟就要工作。虽然504厂在兰州，建设条件十分艰苦，但当时大家都不怕吃苦，拼命干，也不是为了什么，就是组织交代的任务要又好又快地完成。那是大跃进时代，由于大家的努力，年终我们车间被评为先进车间，我也被评为先进个人，出席了二机部在北京召开的“跃进积极分子献礼大会”。

建设1号厂房的深基础时，因为黄土高原的土质十分松软，一下雨就会塌陷下去，建筑质量无法保证。但厂房的质量不能因此受影响，当时工程师李日余他们就搞了个创新：深基础深回填。一层一层每层20公分的深基础回填都靠人力来夯实，一直垒到十几米高，很辛苦。这一项技术也获得了“国家科技进步奖”，全国第一次科学技术大会我们公司也受邀参加。当时的人不仅能吃苦还具有改革创新的精神，就想着怎么保质保量地将工程搞好，这是十分难得的。

当时，运输都是靠马车，仅有的几台汽车都宝贝得很，不用来做运输。当工作遇到问题了，也都是“保人保机器”，下大雨了别人都是往回跑，我们都是往工地冲。要保设备呀，设备都来之不易，没有设备就没办法生产。虽然淋了雨，但大家都感到非常光荣，因为自己在为原子弹建设出力，再大的苦都值得。

1958年，25岁的我经家人的介绍，与妻子宁玉琴相识并完婚，那时我刚工作不久，当时国家也是大快干的时候，婚姻这种个人问题都处理得快，在10天短暂的婚假后我告别妻子

工业学大庆会议留影

又回到单位继续工作。这一别就是半年，不是没有感情，生产任务实在是紧。半年后的一天，我照常在车间工作，有同事神神秘秘地走进来告诉我，我家属来了。我当时又惊又喜，惊的是她来得突然，喜的是思念成真。

但那时我们住集体宿舍，两层床的通铺，安排她的住宿实在困难。下班后我带着她在食堂吃完饭，再帮她找地方住。单位没有合适的地方可以让她住，又因为504厂的特殊性，附近也都是一片荒芜，没有人家，我就带她到离单位十里外的农村找住处。当时兰州农村各方面的条件都很差，我们住的农民房子里臭虫特别多，晚上爬到身上咬得人没法睡觉，早上起来身上都是红疙瘩．看到妻子受委屈，我内心深感过意不去。但与单位很多职工比起来，我又是极幸福的了，他们多的是三年两载连自己的爱人都见不到一面的。

全家为核工业做贡献

不久单位领导了解到我们的情况，想办法在离工地七八里的自建家属区给我们安排了一间简易的土房子，就这样我们算是有个家了。家属区里住的员工家属都被安排在单位上班。妻子是农村来的，能吃苦、热心肠。一次邻居凤珍生孩子，怀着身孕的妻子二话不说就去帮忙照顾。那天，正下着雨，她去帮凤珍倒便盆，在门口的下坡不小心滑倒了，当即腹部就隐隐作痛，但她不吭声，愣是自己爬了起来。后来妻子也没有告诉我，实际上这次是伤了胎，到她临产时胎儿已胎死腹中。我们的第一个孩子就这样失去了，我问她为什么不说，她说："工期紧，任务重，你们麻烦事已经够多了，不想让你再为我的事分心。"家属区里的每一个女人，不管是知书达理的还是大字不识一个的，她们都在尽全力为我们撑起一片天，有这样的依靠，我有什么理由不一心一意去搞建设。

在 1959 年年底反右运动后期，组织上清查内部人员，我被派去四川、云南外调。1960 年大年三十，我的妻子怀着孕还在厂区上班，突然肚子疼，就自己走了三里地到厂部医院，经检查快生产了需要住院。她住下后发现没有带新生儿的东西，她又忍着腹痛走回家拿小孩的衣被等。大年初一大家都在欢度春节时，我的大女儿出生了，等我回去已经是一周后了。

为了工作，我们前面生的三个孩子都在很小时就送回老家由老人帮忙抚养。老三出生不到6个月，单位要调迁四川，因为保密关系，除单位职工外任何人不能靠近新工地，就只能将孩子送回老家……每每想起往事，至今思绪难宁。

1959年我被提拔为加工厂总支书记，1960年21公司和23公司合并，我调到公司团委任书记，1962年两个公司又再次分开。1963年年底我被调到四川去搞建设，因为保密，当时都是派专列运人。

1970年上级强调抓革命促生产，405厂的建设又要开始了。我们第一批职工带家属一起来到405工地，在当地农民家里借住，孩子也在农民学校读书。几个月后公司建好了平房，我们才离开民房。山里山外的平房也搬了四次家，1973年才搬进生活区的楼房。

在405厂的建设中，我曾任公司三处一大队党支部书记，后任三处党办室主任、处党委副书记，核工业21公司服务公司成立后，任党支部书记，1993年退休。

后　记

为贯彻落实习近平总书记对中国核工业集团有限公司221厂的重要批示精神，在国务院领导及国家人力资源和社会保障部、财政部等关心支持下，我们编撰了《共和国核记忆亲历者说》一书。经过一年的努力，现已撰稿完成。

参加本书撰稿工作的有：杨金凤、陈运、王晨香、杨新英、申文聪、余诗君、蔡晶磊、李珍、李春平、王烜昌、邢泓琳、董建丽、虞莉婷、潘一骁、张静、王亮、马嘉、邢会敏、刘人安、郭苏、吴珊、宋锴、李志刚、王春艳、牛大力、林丽圆、焦永忠、许桢、尹匡、汪海涛、田晓东、车欧平、夏子龙、何星等同志。

本书的出版，得到了多方支持与帮助。各位受访者提供了十分珍贵的历史资料。核工业二二一局、中国工程物理研究院、中国原子能工业有限公司、中国铀业有限公司、中国核工业建设股份有限公司、中国原子能科学研究院、中国核动力研究设计院、核工业北京化工冶金研究院、核工业四〇四厂、五〇四厂、二〇二厂、二七二厂、中核二二公司、中核二三公司、中核二四公司、中核华兴公司、中核华泰公司等单位对本书出版给予大力支持。谢建源、王菁珩、缪仲甫、李鹰翔、侯艺兵等同志对本书进行了具体指导并提出了宝贵的意见。还有其他不能一一详尽列举的给予本书帮助的人员，在此一并致以深切感谢！

本书编撰工作由中国核工业集团有限公司党群工作部牵头组织，中核（北京）传媒文化有限公司承办，朱向军、孙敏莉统稿，中国原子能出版社出版。

谨以此书，向渐行渐远的前辈们、向仍在为中国核事业默默奉献的核工业人、向将要接过核事业大任的追梦者致以崇高的敬礼！

编委会

2019 年 10 月